高等院校教育技术及相关专业"应用型"教材

U0117034

Photoshop
平面设计

王朋娇　主编

電子工業出版社.
Publishing House of Electronics Industry
北京·BEIJING

内 容 简 介

本教材对 Photoshop 软件、视觉心理、平面构成、版式设计等方面的理论知识进行了一体化设计，将平面设计理论与 Photoshop 操作实战这两项内容有机融合是本教材的选题特色。本教材秉承"边学边用＋项目实训＋夯实理论基础"的教学理念，设置了边学边用 Photoshop 技术技巧篇、项目实训提高篇及夯实理论基础篇。读者能从本教材中找到自己需要的可以迅速提升设计制作的理论知识、技术技巧与项目实战。

建议本教材采用"非线性的学习方式"，积极拓展思考领域，延伸自己的理解范围，增强自身的创作能力，将学习的内容融会贯通在设计中。

本教材的读者对象为从事电脑平面设计的专业人员、广告设计人员、大中专院校数字媒体技术、数字媒体艺术、艺术设计、影视艺术、动画、教育技术及相关专业的学生，也可作为各电脑培训机构的培训教材及大中专院校、高职高专等相关专业的教材。

图书在版编目（CIP）数据

Photoshop 平面设计/王朋娇主编 . —北京：电子工业出版社，2012.1

高等院校教育技术及相关专业"应用型"教材

ISBN 978-7-121-14856-9

Ⅰ.①P… Ⅱ.①王… Ⅲ.①平面设计—图象处理软件，Photoshop—高等学校—教材 Ⅳ.①TP391.41

中国版本图书馆 CIP 数据核字（2011）第 213124 号

策划编辑：张贵芹

责任编辑：周宏敏

文字编辑：韩 蕾

印　　刷：

装　　订：北京中新伟业印刷有限公司

出版发行：电子工业出版社

　　　　　北京市海淀区万寿路 173 信箱　邮编 100036

开　　本：787×1092　1/16　印张：19.25　字数：492.8 千字

印　　次：2012 年 1 月第 1 次印刷

册　　数：3 000 册　定价：32.80 元

凡所购买电子工业出版社图书有缺损问题，请向购买书店调换。若书店售缺，请与本社发行部联系，联系及邮购电话：(010) 88254888。

质量投诉请发邮件至 zlts@ phei. com. cn，盗版侵权举报请发邮件至 dbqq@ phei. com. cn。

服务热线：(010) 88258888。

编委会名单

主　　编：王朋娇

副 主 编：全江涛　孟祥宇

编　　委：（按拼音先后排列）

艾敬园　陈　惠　陈佳男　范健楠

郭　巍　关　婷　耿佳楠　韩晓婷

林　琳　吕　婷　王婷婷　孙　革

张　涛　张　晗

前　言

　　21 世纪是设计的时代，设计正在不同事物的相互关联、相互渗透中发展着。电脑平面作品作为现代信息交流的主要媒介，不但是现代设计的主要表现形式，而且逐渐向多元化、自由化发展，因此成为设计领域备受关注的中心。

　　Photoshop 软件是步入设计殿堂的一个强大工具，使用 Photoshop 软件是为了信息的表达，但这只是实际设计工作的开始。因为电脑平面作品是通过创造性思维活动和思维方式进行有意义的图形设计而生成的，可以说电脑平面作品不是"模仿"，而是"创造"。一切创造活动的前提是人们利用智慧对设计理论的掌握和对概念的理解与创新。具有深远人文关怀和人性视野的设计者，不但需要宏观的思想、全面的艺术、科学、技术、人文社科知识，也需要许多微观的构成能力的点滴环节。

　　我们通过调研及课堂教学、培训后发现，掌握 Photoshop 软件的使用不是难事，在日益强大的设计功能面前，设计师们不用担心自己的想法无法实现，只会感到自己的想象力、与电脑平面设计相关的视觉心理、平面构成、版式构成、色彩构成等方面知识的贫乏，从而阻碍了电脑平面作品设计的提升与创新。为了完成基本设计想法的传达，将画面提升到一定的艺术境界，对平面设计理论如视觉心理、平面构成、版式设计、色彩构成等理论知识的掌握，是电脑平面设计不可或缺的一个环节。从目前国内 Photoshop 电脑平面设计的教材来看，大部分教材设计了 Photoshop 操作实例实战，并且这些实例设计涉及很宽泛的领域。而对平面设计理论如视觉心理、平面构成、版式设计、色彩构成等很少阐述，可以说将平面设计理论与 Photoshop 软件操作实战这两项内容有机融合的教材几乎没有。

　　本教材对 Photoshop 软件、视觉心理、平面构成、版式设计等进行了一体化设计，使读者可以融会贯通。将平面设计理论与 Photoshop 软件操作实战这两项内容有机融合是本教材的选题特色。本教材不但包括 Photoshop 的使用技巧技法及项目实训等内容，还对视觉心理、平面构成、版式设计等方面的理论知识进行了一定的阐述，相信读者经过一定的美术知识熏陶后，会使所设计的平面作品不仅仅是平面设计作品，而成为一件思想内容丰盈和具有更高审美价值的艺术作品。（说明：色彩构成的理论知识可以参考电子工业出版社出版的《数码摄影教程（第 2 版）》一书）

　　本教材分为三篇：边学边用 Photoshop 技术技巧篇、项目实训提高篇、夯实理论基础篇。建议读者对本教材采用"非线性的学习方式"，积极拓展思考领域，延伸自己的理解范围，增强自身的创作能力，将学习的内容融会贯通在设计中。

边学边用 Photoshop 技术技巧篇：

　　从 PhotoshopCS 基础设计与制作开始，带领你步入电脑平面设计的殿堂。案例典型全面，技能技巧到位，有效地向读者展现了 Photoshop 在平面设计工作中的强大功能。使得读者不仅可以在设计理论、设计分析能力上有所突破，而且对于设计中所涉及的细节安排和容易出现的问题也做到心中有数。能够对读者起到很好的参考和借鉴作用，让读者学以致用。但切记：设计不要局限于技术，更不可让技术的规律变成你理解事物的规律，技术只是手段，不是目的！

项目实训提高篇：

本教材对平面设计项目的常见类型进行了分析总结。从书籍封面、名片、海报、广告、包装、网页、标志到 VI、卡通到 DM 单等，汇集了经常遇到的 10 个设计项目，其中每个项目都从理论知识、实例效果导入，详细介绍了项目的创作思路及制作步骤，使读者可以知其然并知其所以然，真正掌握平面创意技术和艺术的结合应用。10 个精彩设计实例，不仅能够使读者在设计中有章可循，还会激发读者的设计创意。但切记：学而不用，知而不授，非谋事之道。

夯实理论基础篇：

对平面设计的相关理论"视觉心理＋平面构成＋版式设计"进行概括简练实用的讲解，让设计的理论变得通透易懂。作者可以采取自学的方式进行学习，相信读者学习后设计水平将会有很大的提高。但切记：理论是设计提升之本，不可忽视。

本教材在体例上进行了独到的设计。在每章的开始设计了"本章导读"、"关键词聚焦"；第三章根据知识体系的不同要求，设计了"友情提示"、"知识拓展"、"点石成金"等栏目，并设计了"实训实践"，在第四章设计了"项目创作实践"。

本书由王朋娇担任主编，全江涛、孟祥宇担任副主编，王朋娇负责总体体例设计、统稿和审定工作。本书各章编写人员分别为：第一章、第二章、第三章由王朋娇编写。第四章由王朋娇统筹编写，张涛负责写作体例设计，参加编写人员为：第一节陈惠、孙革，第二节耿佳楠，第三节陈佳男、张涛，第四节吕婷、王婷婷，第五节陈惠、张涛、张晗，第六节韩晓婷，第七节范健楠、张涛，第八节张涛，第九节、第十节关婷、孙革。第五章由王朋娇、全江涛编写；第六章由艾敬园编写；第七章由郭巍、艾敬园、孟祥宇、林琳编写。李珍珠、朱丽泽、金鑫、孟帅进行了资料收集和整理工作，在此表示感谢。

在编写本教材的过程中，参考和引用了国内外有关 Photoshop 电脑平面设计方面的文献资料，吸收了很多国内平面设计专家、学者的真知灼见，我们向这些研究成果的作者表示衷心的感谢。由于时间和联系方式等方面的多种原因，有些资料的引用没有来得及征得作者的同意，在此深表歉意。如果作者不同意引用资料，请与我们联系，以便我们再版时予以修改。

虽然在多年的教学工作经验基础上编写了此教材，尽管在讲解案例时尽量使用了通俗易懂的语言并核查了案例的步骤，但仍然不能保证没有差错，恳请各位同仁和读者针对本教材中的有关内容提出建议。

为了方便教师教学，本教材还配有 PPT 课件、素材。请有此需要的读者登录华信教育资源网（http：//www. hxedu. com. cn）免费注册后进行下载，有问题时请与电子工业出版联系，或致信 wangpengjiao@ sina. com。

编　者

2011 年 8 月于大连

目　录

边学边用 Photoshop 技术技巧篇

项目实训提高篇

夯实理论基础篇

边学边用Photoshop技术

技巧篇

第一章 ◀ 平面设计概述

第二章 ◀ 数字图像知识

第三章 ◀ Photoshop设计与应用

第一章　平面设计概述

 本章导读

- 设计是一种革命，创造不只是一个过程，它更是一种思维的突破，想提升创造力最好的方式就是广博览、取百家之长。
- 设计需要精益求精、不断完善，需要挑战自我、向自己宣战。
- 设计的关键之处在于发现，只有不断通过实践，进行深入的感受和体验才能做到。
- 设计与美术不同，因为设计即要符合审美性又要具有实用性，替人设想、以人为本，设计是一种需要而不仅仅是装饰、装潢。
- 美术基础、平面构成、色彩构成、立体构成等是平面设计师必不可少的功底课程。
- 打动别人对于设计师来说是一种挑战。设计师严谨的态度更能引起人们心灵的震动。一个成功的设计师不但要有高旷的境界、宽广的知识面、娴熟的技巧，而且还要把广泛的兴趣推广到广阔的领域，并且敢于创新和尝试。
- 设计师的心灵和思维要开放，设计师要站在受众的角度去看问题。

 关键词聚焦

平面设计　平面设计元素　平面设计师　图形　创意　图形创意思维　多实践　多反思多交流

第一节　平面设计概念与应用

每当翻开一本版式明快、色彩跳跃、文字流畅、设计精美的杂志，你都有一种爱不释手的感觉，即使你对其中的文字内容并没有什么兴趣，有些精致的广告也能吸引住你。这就是平面设计的魅力，它能把一种概念、一种思想通过精美的构图、版式和色彩，传达给看到它的人。

一、平面设计的概念

平面设计（graphic design）是设计者借助一定的工具或材料，把所要表达的一种概念或一种思想通过创意后，在二维空间中塑造出的具有精美构图、版式和色彩的视觉表现艺术（平面设计所表现的立体空间感，并非实在的三度空间，而仅仅是图形对人的视觉引导所形成的幻觉空间）。平面设计是有目的地策划将要采取的形式，设计者在平面设计中用视觉元素来传播设想和计划，用文字和图形把信息传达给受众，通过这些视觉元素来了解设计者的设想和计划。

电脑平面设计是集计算机技术、数字技术和艺术创意于一体的综合设计。主要是针对广告、网页制作等屏幕上的视觉内容，通常运用二维的表现手法创造出具有创意的图像效果。

二、平面设计的应用

在现实生活中，平面设计已和人们的文化生活息息相关。平面设计的应用范围非常宽泛，目前常见的平面设计项目大概包括：书籍装帧设计、名片设计、海报设计、网页设计、广告设计、包装设计、标志设计（Logo 设计、商标设计、企业标志）、POP 广告设计、DM 设计（宣传单设计）、VI 设计（企业形象设计、识别系统设计）、楼书设计、年报设计、贺卡设计、请柬设计、各类印刷品设计等。

三、平面设计的元素

1. 概念元素，所谓概念元素是那些不实际存在的、不可见的；但人们的意识又能感觉到的东西。例如我们看到尖角的图形，感到上面有点，而物体的轮廓上有边缘线。概念元素包括：点、线、面。

2. 视觉元素：视觉元素包括图形的大小、形状、色彩等。概念元素不在实际的设计中加以体现，它将是没有意义的，概念元素通常是通过视觉元素体现的。

3. 关系元素：关系元素包括方向、位置、空间、重心等。视觉元素在画面上如何组织、排列，是关系元素来决定的。

4. 实用元素：指设计所表达的含义、内容、设计的目的及功能。

四、平面设计的术语

1. 和谐：从狭义上理解，和谐的平面设计在于统一与对比两者之间，不是乏味单调或杂乱无章的。广义上理解，在判断两种以上的要素，或部分与部分的相互关系时，各部分给我们的感觉和意识是一种整体协调的关系。

2. 对比：又称对照，把质或量反差很大的两个要素成功地配列在一起，使人感觉鲜明强烈而又具有统一感，使主体更加鲜明、作品更加活跃。

3. 对称：假定在一个图形的中央设定一条垂直线，将图形分为相等的左右两个部分，其左右两个部分的图形完全相等，这就是对称图。

4. 平衡：从物理上理解是指的重量关系，在平面设计中指的是图像的形状、大小、轻重、色彩和材质的分布与视觉判断上的平衡。

5. 比例：是指部分与部分，或部分与全体之间的数量关系。比例是构成设计中一切单位大小，以及各单位间编排组合的重要因素。

6. 重心：画面的中心点，就是视觉的重心点，画面图像轮廓的变化，图形的聚散，色彩或明暗的分布都可对视觉中心产生影响。

7. 节奏：节奏这个具有时间感的用于设计上指同一要素连续重复时所产生的运动感。

8. 韵律：平面构成中单纯的单元组合重复易于单调，由有规律变化的形象或色群间以数比、等比处理排列，使之产生音乐的旋律感，成为韵律。

五、平面设计师应该具备的能力

平面设计师是在二度空间的平面材质上，运用各种视觉元素的组合及编排来表现其设计理念及形像的方式。一般人认知的平面设计师是把文字、照片或图案等视觉元素加以适当的影像处理及版面安排，而表现在报纸、杂志、书籍、海报、传单等纸质媒体上，就是在纸质媒体上进行美术设计及版面编排。

一个成功的设计师不但要具备全面的专业智能、宽广的文化视角，还必须是具有渊博的知识、创新精神，敏感并能解决问题的人。优秀的平面设计师用自己的手法塑造清晰的形象，反映真正的审美情趣和审美理念。他会考虑作品的社会反应、社会效果，力求设计作品对社会有益，能提高人们的审美能力，让人们获得心理上的愉悦和满足。

成功的平面设计师除了需要掌握 Photoshop、Coreldraw 、Illustrator Pagemaker 等软件外，还应具备以下几方面的能力：（1）强烈敏锐的感知力和想象力；（2）发明创造的能力；（3）对作品的美学鉴定能力；（4）对设计构想的表达能力。

第二节　图形设计思维

现代图形作为现代信息交流的主要媒介，是现代设计的主要表现形式，也是设计作品中备受关注的视觉中心。怎样通过创造性的思维活动和思维方式进行有意义的图形设计，成为了设计者关注的主要问题。若干年以前，加拿大教育家、传播理论家马歇尔·麦克鲁安（Marshall Mcluhan）曾经说过："现代社会已经由文字文化转化为图形图像文化，人们接受资讯的方式也由读文时代转变为读图时代"。因此，在当今的读图时代，图形必须担负起视觉传播的重任。

一、图形与创意

1. 图形

艺术设计中的"图形"（GRAPHIC），是一种说明性的视觉符号。它是特定思想意识支配下的对某一个或多个元素组合的一种蓄意刻画，通过可视性的设计形态来表达创造性的意念，是一种给设计思想以形状，通过视觉形象进行信息传递的载体。

2. 创意

创意是具有新颖性和创造性的想法，也就是我们平时说的"点子"、"主意"，它一般源于个人创造力、个人技能或个人才华。

创意是传统的叛逆；是打破常规的哲学；是大智大勇的同义；是导引递进升华的圣圈；是一种智能拓展；是一种文化底蕴；是一种闪光的震撼；是破旧立新的创造与毁灭的循环；是宏观微照的定势，是点题造势的把握；是跳出庐山之外的思路；是超越自我，超越常规的导引；是智能产业神奇组合的经济魔方；是思想库、智囊团的能量释放；是深度情感与理性的思考与实践；是思维碰撞、智慧对接；是创造性的系统工程；是投资未来、创造未来的过程。

在平面设计领域，作品的成败取决于创意和表现形式。因为图形是由"形"和"意"构成的，"以形写意"，造型是手段，表意是目的。只有这样图形设计才能以简洁、完美的外形表达丰富的内涵。一件成功的平面作品必然来自绝妙的创意和精彩的表现形式。因此，提高图形的创意水品，把握图形的创意与表现方法，是提升视觉水品及视觉传达能力的关键。

要掌握图形创意的构思方法、设计程序和表现技巧，需要对图形的创意与表现方法进行系统分析和研究，并结合大量的图形创意训练，掌握图形创意的表现技巧，更好地为专业设计服务。

二、图形创意思维

图形创意思维是一种运用视觉形象进行创造性思维的活动，而创造性思维是创造力和想象力的结合。创意思维包括软性思维和硬性思维两种。软性思维是指梦幻、隐喻、幽默、童心、矛盾、模糊等感性的思维模式；硬性思维是指现实、直接、逻辑、成人、正确、清晰等理性的思维模式。软性思维是相对硬性思维而言的。软性思维在创意构思中能打开思路，冲破现实中种种习惯的束缚，从而创造出具有非同寻常的视觉冲击力的视觉形象。

对图形设计而言，图形创意思维过程非常复杂，带有很大的偶然性，因此为了尽可能地解释图形设计的有关思维活动，从自然的体验中获得超自然的设计思维，研究思维的心理因素和心理过程是非常必要的。

三、思维设计

瞧！一个小姑娘正在放风筝，顺着她手中的绳子往上看，那风筝竟然是一条游动的五彩的鱼；几块钱币经过独到有序的排列，可以概括几千年的延续；几把钥匙经过不同的重叠组合，可以展示人的一生；鸡蛋里生出幼苗；<u>圣诞树长在月亮上</u>；一张白纸可以隐含虚无缥缈的空间；一张黑纸也能让人堕入无穷无尽的奇妙幻想。<u>张冠李戴、偷梁换柱、颠倒黑白、异想天开</u>……这就是"思维设计"的课堂上，在这儿，"不可能"三个字是不存在的，<u>"不怕你做不到，只怕你想不到"</u>。

思维设计的要求：放开思路，不择手段。

思维设计的口号：标新立异、打破常规、消灭一切禁区。

思维设计的目的：不但要教会学生怎样看、怎样画、怎样设计，更重要的是要教会他们怎样想。

四、图形创意的表现方法

1. 联想——图形创意思维的基石

联想是审美过程中的一种心理活动，这种心理活动是一种扩散性的创造思维活动，它综合了认知能力、记忆能力、理解能力和想象能力。19 世纪俄国诗人普希金曾经指出："我们说的机智，不是深得评论家们青睐的小聪明，而是那种使概念相接近，并且从中引出正确的新结论来的能力。"这种使概念接近的能力就是联想。客观世界的万事万物是普遍联系的。具有各种不同联系的事物反映在大脑中，形成各种不同的联想：在空间或时间上相接近的事物形成接近联想，有相似特点的事物形成类似联想；有对立关系的事物形成对比联想；有因果关系的事物形成因果联想。

在设计上最常用、最容易产生效果的是类似联想。例如一个小黑点，我们可以联想到一颗黑棋子，一个黑眼珠，一只小蝌蚪，一颗小黑豆等；而由蓝色联想到天空、大海、宁静、清凉。联想思维正是利用预先组织和整理有序的信息来进行的。由此可见，事物之间的关联性是联想产生的客观因素。就图形创意而言，图形常常以联想的形式创造形象化的视觉语言，即联想一个图形暗示关联的相似与含蓄的图形，不同的形式与形象可产生不同的视觉语言，而使元素具有无限的生发力。

通过进行联想的思维训练，可以开拓创意思维的天地，打开创意思维的通道，使无形的思想转化成有形的图形，从而达到对形象的认识和感悟。可以说联想是图形创意的关键，是形成设计思维的基础。

2. 想象——图形创意思维的原动力

爱因斯坦说："想象力远比知识更重要，因为知识是有限的，而想象力概括着世界上的一切并推动着进步。"想象是比联想更为复杂的心理活动，这种心理活动能在原有感性形象的基础上创造出全新的形象。可以说想象是联想的扩展与飞跃，是联想的积累和突变。想象可分为以下两种形式。

（1）再造性想象

再造性想象是根据一事物形象的启示，再造出相应的新形象的心理过程。德国著名设计师金特·凯泽重视图形的主题意义和创意，利用事物的某种属性关系的相似形来传达信息，将多种事物用蒙太奇手法进行创造性想象组合，使图形充满哲理、情感和艺术魅力。

（2）创造性想象

创造性想象是创造性活动的一个重要的思维工具，是一种创造性的综合，是把经过改造的各个成分纳入新的联系而建立起来的完整形象，这种新的形象是当时和以前并不存在的，它的形成必须用已积累的视知觉材料做基础。

创造性想象比再造性想象更加自由灵活，是创造性思维发展到高级阶段的产物，图形创意更要求设计师具有这种创造性想象力。比如，特定元素的视觉想象——火柴盒，要紧紧围绕火柴主题，从整体和内容，从材质、社会文化学，从功能等方面展开联想进行构思。在方寸火柴盒空间外，超越时空，从政治、文化、科技、生活、艺术等角度充分想象。思路上有了很大拓展与进步，就能创造出很多优秀作品。

图形设计的视觉想象是一个广阔的心理范畴，各种视觉元素都可以通过想象加以完善。同时图形设计往往带有个人风格，具有某种独特的气质，以个性化的图形语言来传达信息。所以在图形图像的设计中，设计师的想象尤其重要。设计师通过想象，将现实中和记忆中的形象进行创造和再创造，以全新的表现形式去诠释主题，而且，设计师的思维在冲破现实的情况下自由驰骋，往往产生一系列发散性的设计构思，这些设计构思经过进一步的筛选、综合、修正，最终产生一个相对较完善的设计意念。可以这么说，任何创意方法的运用都需要以创造性的想象为基础。可以说想象力是设计师的生产力，更是创意思维的原动力。当然，无论想象如何奇特和自由，都不能离开所表达的主题思想，用想象获得的有可能不符合逻辑的新形象去表现符合逻辑的主题内容，这才是图形创意的本质内涵。

3. 情感——图形设计思维的凝聚力

情感是人们对客观事物的一种心理反应。它总是伴随着人们对客观事物的体验和感受，当客观事物能够满足人们情感上的需要时，人们就会为之动情。王国维在《人间词话》中说："境非独谓景物也，喜怒哀乐亦人心中之一境界，故能写真景物、真感情者，谓之境界"。也就是说，将情附于景物上，情景交融，人们才能为之感动。

在图形设计创意思维阶段，设计师只有做到从情入手，由感而发，让情感贯穿于视觉形式并予以表现，才能从无生命的形象中创作出具有生命意识的思想火花，使图形在激发自己的同时感染大众，以此增加图形图像的视觉感染力，使其含有深刻的意念。因此，我们在创作图形图像时，或以情托物，或以物寄情，创造出内涵丰富、意境深远、充满生命活力的图形图像，这样才能引发人们思维美感的共鸣。

例如奥迪公司的网络主页面。其主题定为"朋友"，为表现这一主题，它没有采用商家谈判、握手之类的图像，而采用了一张有些残破的、古旧的、几个童年小伙伴的合影，并加注了一行文字："朋友是一个认识、喜欢并值得信任的人。"这立刻勾起了人们对童年伙伴、对往事的美好回忆，思绪似乎被拉回到纯真的孩提时代，每个人都为之动情。

第三节　平面设计基本元素的运用

做好平面设计要充分考虑文字、图形、色彩这三个基本元素，任何平面设计都离不开这三种基本元素。平面设计是将文字、图形、色彩等诸多元素进行组织和编排的艺术，即根据设计需要将文字、图形、色彩等视觉形态有机地排列与组合，使设计内容与艺术形式达到完美的结合。在特定的平面范围内，形成具有个人风格和艺术特色的视觉传达方式。我们的设计作品能否吸引人的眼球，这些元素是关键所在。

在设计中基本元素相当于作品的构件，每一个元素都要能够传递信息。真正优秀的设计师往往很"吝啬"，每动用一种元素，都会把握整体，谨慎取舍。

一、文字

文字是大部分平面作品信息的主要载体，是构成平面作品信息的最基本元素，更是最重要、最具个性和活力的设计要素。文字不仅可以说明问题，而且可以传递情感。例如字体粗壮显得稳重大方，字体纤细则会显得精致秀美，不同的字体、字号给人不同的视觉感受，因此在设计的过程中要根据设计需求来选择合适的字体、字号来完成。

平面作品设计中的文字种类主要包括：中文、外文、阿拉伯数字三种。平面作品设计中的文字基本属性主要包括：字体、字号、字性、字距、行距、栏距等。在整体的编排中还包括层级关系和气口设置等。因此在文字设计时可以充分利用文字形态的艺术表现力，设计出优秀的平面作品。

二、图形

图形是平面作品中最重要、最为直观的视觉元素之一，图形的创意与选择恰当与否往往决定作品的成败，应该予以高度重视。借助图形可以更清楚地说明内容及观点，加强和补充文字描述的不足。图形的形式可以概括为写实和抽象两大类。写实类主要是绘画、摄影，抽象类主要以象征性的点、线、面、几何形、不规则形、符号等为主要形式。无论写实形式还是抽象形式，都应根据作品的表现需要进行选择和设计，充分为表达主题服务。

图形是能够瞬间抓住读者眼球、激发读者阅读欲望的不可或缺的要素。图形要在视觉上形成冲击力，画面元素一定要简洁。画面元素过多，读者的视线容易分散，图形的感染力就会大大减弱。遇到这种情形，必须做好图形的选择和剪裁，设计师必须敢于下刀，通过图形选择和剪裁，力求让读者一眼就将注意力集中到图形中心部位。在剪裁过程中，设计师也要力求推陈出新，尝试不同的剪裁角度和方法以达到最佳的效果。

标志是图形表现中较为重要的特殊形态，是各种易于识别并可以获得共同理解的图形和符号。

三、色彩

色彩是平面作品的生命力，色彩是否合理、和谐直接影响画面信息的有效传递。色彩是一种语言（信息），具有感情，能让人产生联想，让人感到冷暖、前后、轻重、大小等，色彩是平面设计中的重要因素，一幅好的作品，色彩起到了"先声夺人"的视觉效果，一个好的配色方案能提升一幅平面作品的视觉效果，能有效地引起阅读注意，突出重点。如果一个好的版面选择了不合理的配色方案，就会淡化平面作品的整体结构布局和视觉流程。另外色彩可以对文字内容进行区分，起到导读的作用。平面作品信息复杂时，通过色块的区分很容易建立明确的视觉阅读范围和清晰的版面思维脉络。在这一元素的使用上，能体现出一个设计师对色彩的理解和修养。

字体、图形设计是文字、图形在"形"上的设计，而色彩的选择和运用是文字、图形的"魂"，"形魂"合一，文字、图形才真正有了传递信息的实力。文字、图形色彩的选择要与背景颜色相区分，不能单纯地考虑文字、图形，必须将三方面结合起来，和谐搭配，形成一个有机的整体，才能产生美的效果。文字的色彩要清晰鲜明，不同层级关系的文字选取的颜色要有区别。

注意，在平面作品的设计中，虽然色彩的设计占据很重要的地位，但是切记色彩是为内容服务的。避免凭着自己的喜好而非主题内容的需要，对色彩进行毫无章法的使用。

第四节　平面设计训练的方法

在电脑平面作品的设计工作中，由于软件技术的普及与广泛运用，大多数时间是以计算机为工具进行图形图像设计和处理的。其实电脑并非人脑，只是工具而已，一个成功的设计取决于设计者的创造性思维、审美修养和娴熟的表现技法。一切创造活动的前提是人的智慧、对设计的掌握和对概念的理解与创新，好的想法是要用好的表现来支持的，但再"美"的图纸，没有丰盈的思想内容，也只是画图。

电脑平面设计师不但要"懂设计"，而且还要脚踏实地地"做设计"，要善于挖掘自身的潜力，注意培养与众不同的想法，这非常重要，因为设计就是要求新求变，让人耳目一新、印象深刻。平面设计训练的最好方法是根据自己的特点，有针对性地进行学习和训练，将自己塑造成为一名优秀的电脑平面设计师。

一、培养自己的创新思维

电脑平面作品的成功与否，主要取决于设计师的创新思维。电脑平面设计是对图像艺术加工和再创造的过程，设计师创新思维的发挥及对图像艺术的想象能力十分重要。电脑平面作品是一个不可重复的世界，可以说电脑平面作品对于设计师而言，是一种基于生活现实基础上的"无中生有"的产物。而平面作品的这种创新，正是源于设计师对客观之美、生活之美的不断发现和创造。当设计师真正进入创作阶段，他们的思维观念、艺术修养，他们对美的发现能力、对事物关系的想象力、创造力，都会先于技能性，最先受到创作的检验。

看一下国内国外的优秀设计师作品，不管是标志、包装、招贴，很多都充满着灵动、生命，令人欣赏、赞叹，有时我们因为其构思的独特或造型的独特、色彩的运用而有一种想了解设计师思想的冲动，大师的作品往往生命力极强，耐人推敲，这是他们"以智取胜"的结果，这里的"智"就是创新思维。你必须学习他们的思维模式，站在巨人的肩膀上才能看得更远。

二、拓展自己的知识领域

从事电脑平面设计活动，不单纯是依靠掌握软件、构图、色彩和一定的美术知识就可以完成的。电脑平面设计是一种吸取不同艺术养分的综合设计活动，高层次的设计思想来源于设计人员的艺术修养，掌握一定的艺术、科学技术、人文社科等相关学科知识是必不可少的。比如设计师应该了解哲学，因为电脑平面设计包含着较深奥的哲学思想；应该了解历史、人文知识，包括美术史和人类发展史；应该了解东西文化的差异，以及不同时期的社会、经济和政治状况等。在学习过程中这些知识会潜移默化地对设计活动产生影响，设计师对事物的认识会有更深层次的理解，设计的电脑平面作品艺术内涵也会更深刻。

三、多欣赏优秀的平面作品

学习电脑平面设计要多欣赏优秀的现代平面作品，了解近几年来平面图片艺术的创新概念。突破常规的思维界限，运用独特的视觉语言树立自己图形图像的创新风格，体现出视觉设计领域的时代精神。平时要多注意各式各样的海报、广告、杂志、书籍、网站等的设计手法并加以收集，或是上网浏览其他设计师的作品，以激发自己的设计灵感。同时也要多欣赏美术、雕塑、建筑、音乐等各种形式的艺术作品，将逻辑思维与感性思维有机结合并运用到平面作品设计中，这样，平面作品才会有质的飞跃。

电脑平面设计是一门视觉艺术，电脑平面作品不单纯反映出设计者的审美能力，还反映设计者的创造美。当人们看到好的电脑平面作品时，可以激发审美意识活动，诸如想象、认识、情感等，获得种种的心理体验和共鸣。正如音乐艺术需要常听才能领会，电脑平面作品一定要多欣赏。千百年来无数个艺术大师为我们留下了无穷的精神财富，这些精湛的艺术作品是我们取之不尽的学习宝库。

优秀的电脑平面设计作品，会给人留下深刻的印象。漂亮的网页、精美的书籍封面、广告、贺卡等，是每一位平面设计者追求的目标。设计师只有通过学习和研究大量优秀作品，提高鉴赏能力，才能在完成基本设计想法的同时，将设计的画面提升到一定的艺术境界，成为上乘之作，设计作品不仅只是一幅平面作品，本身也成为一件有观赏性和更高审美价值的艺术作品。

四、多实践多反思多交流

艺术家与工匠的区别在于：工匠具有高超的技艺，而艺术家不仅具有高超的技艺，而且具有敏锐的思想和非凡的创造才能。学会思考、勤于思考、善于思考是学习电脑平面设计的重要条件。只有善于思考，总结平面设计的成功经验，勇于探索，关心电脑平面设计的发展，才能培养自己独特的艺术思维，才能使平面设计技能逐步得到提高。因此，学习电脑平面设计，就是要对艺术、对世界、对人生进行研究和思考，只有这样，电脑平面作品表现力才能深刻。

设计师要从实践中来，从点滴做起。成为具有深远人文关怀和人性视野的设计师，既需要宏观的思想，也需要微观的各项能力，一个不能讲不会做的设计人员是不合格的，社会需要的是既能高瞻远瞩又能解决问题，为设计做出贡献的有才有识之士。

一个好的设计师在学习过程中除了需要多实践获得直接经验以外，还要经常和高水平的人一起交流。一个平庸的指导者只能给自己一份指导，受高人的指点往往能让自己醍醐灌顶。另外一个好的设计师必须要对人敏感，尤其要对人的需要敏感。设计师之所以和别人不一样，就在于他的这种迅速反应。再次，他能组织各种资源去实现想法并且说服别人，他会与人沟通，把自己的想法和概念传达给别人，从而得到支持。当遇到困难时，他能够及时调整方案。

五、认真看待民族传统和文化

有个性的设计可能是来自于悠久的民族文化传统和富有民族文化特色的设计思想，民族性和独创性同样是具有价值的，地域特点也是平面设计师的知识背景之一。未来的平面设计师不再是狭隘的民族主义者。每个民族的标志更多的体现在民族精神层面，民族和传统将成为一种图式或者设计元素，作为平面设计师有必要认真对待民族传统和文化。

六、坚信自己的个人信仰

平面设计师一定要自信，坚信自己的个人信仰、经验、眼光、品味。不盲从、不孤芳自赏、不骄、不浮。以严谨的治学态度对待创作，不为个性而个性，不为设计而设计。

第五节　平面设计的一般流程

电脑平面设计的过程是有计划有步骤的渐进式不断完善的过程，在进行电脑平面设计之前，要仔细研究设计主题，将设计构思反复推敲，然后再进行电脑操作。电脑平面设计的一般流程，因设计者的设计能力、设计经历、设计修养、设计习惯、设计方法的不同而不同。下面提供的流程谨供参考。

1. 查阅、收集资料

在明确设计主题的要求之后，通过网络、图书等来查阅、收集与主题相关的文字资料、相关图片等，并对资料进行梳理，可以通过对优秀作品的欣赏、分析、研究，来启发自己的设计思维，打开自己的设计思路。

2. 策划并画小稿或草图

策划是对设计者的基本常识、基础理论、创意思维、审美素养、设计语言的选择，以及设计表现能力等方面的考验过程。

设计者需考虑如何通过各种媒介如图形、文字、色彩等表现抽象的设计理念，让人们领略到设计者的设计水平与风采。在策划过程中，所有知识与技能的表现往往不像单项练习时那样单一、清晰可辨，而是随着策划作品的不断完善而被逐渐呈现。这时需要将自己的策划思路化成草图或小稿。

在绘制草图时需要调动视觉元素，包括构图、图形、文字、色彩。

小稿：是设计者的图形思维的记录，是构思的延续。小稿可以是局部的、不完整的，只供设计时筛选，是为设计而准备的素材。

草图是指在小稿的基础上，通过筛选、归纳、提炼、取舍后形成的准作品。

3. 制作

制作就是将已构思好的草图，运用计算机软件如 Photoshop、Illustrator、PageMaker、Freehand、CorelDraw 来实现全面的阐述，使平面作品内容更丰富的过程。

在计算机屏幕上进行平面作品的设计与制作时，要解决的根本问题有：一要吸引观众的视线，从屏幕整体效果入手进行设计；二要注意把握设计内容与形式美感的巧妙结合，使观众看后有一种赏心悦目的感觉；三要注重对观众视觉流程的设计，让观众轻松自如地进行浏览。

平面设计制作同时也是把不同视觉元素进行有机结合的过程。如果说平面设计有一种诀窍的话，那就是"简洁"，将所有的设计元素都紧紧围绕主题来展开。设计师若要快速、准确、生动地将设计内容诉诸于观者，只有运用简洁明了而又精炼的视觉语言。善于调动视觉元素是设计师制作平面作品时必备的能力之一。

视觉元素包括标题、内文、背景、色调、主体图形、留白、视觉中心等。在电脑平面作品制作的过程中，每动用一种视觉元素，都要从整体需要出发，要充分利用各种视觉元素来加强画面信息的传递。使视觉和效果更赏心悦目，易于被受众理解。

4. 设计说明

设计说明是在作品完成后，设计者对自己作品的设计理念、处理手段、形式的定位、图形的选择、文字的编排、色彩的表现等方面的思考，用文字的形式进行诠释的过程。设计说明要求文字简洁、语言通俗、实事求是、表述清晰，语句优美但不要华而不实。

5. 检查

检查项目包括：图形、字体、内文、色彩、编排、比例、出血等每一个细节，做到无错字、无歧义字，图像清晰，使整体效果和谐。如果作品是为某客户设计或传到网上，请注意文件的格式应该是 BMP、JEPG、TIFF 等不分层的格式，自己则应保留 PSD 格式。

 思考题

1. 掌握平面设计的概念、应用、元素等。
2. 掌握图形、创意、图形创意思维的概念。图形创意的表现方法有哪些？
3. 如何运用平面设计的几个基本元素？
4. 平面设计训练的方法有哪些？
5. 掌握平面设计的一般流程。

第二章　数字图像知识

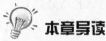 **本章导读**

- 数字图像的特点之一就是把图像解析成一系列像素点，通过不同形式的排列组合及像素密度再现客观有形物质世界。
- 在当今的"读图"时代，数码影像的直观性、丰富性、启示性、国际性，使人类文明的传播进入一个较语言和文字更为广泛、更为生动的天地，在人类科技信息传递、思想感情交流等方面，具有不可忽视的作用。
- 21世纪是设计的时代，设计正在不同事物的相互关联、相互渗透中发展着。不同的科学门类，不同的艺术科目，在思考观念和研究方法上息息相关，这正是人类思维活动的延伸。
- 从事设计工作的人们应当从不同的思维角度和心理走向表述自己的设计观念，探索新的思维方式，不断运用新颖的方式和手段来丰富图形语言的表现力，借鉴和吸收各种艺术上的成果，使各种设计观念、设计方法得到更为广泛的拓展和应用。

 关键词聚焦

数字图像　矢量图　位图　像素　分辨率　图像尺寸　图像大小　图像压缩　数字图像格式　色彩模式

第一节　数字图像及其类型

一、图像

图像是指各种图形和影像的总称。可以说图像就是任一二维或三维景物呈现在人们心目中的影像，它代表客观世界中另一物体的、生动的图形表达，图像是通过不同的亮度和颜色来表现原景物的内容和相关信息的。一幅图像在一定的光学条件下具有三大质量特征：层次、色彩和清晰度。文字和图形可以看成是图像的特例。

二、模拟图像

对图像信息的表示可采用光学、电子等模拟信号，称为模拟图像。模拟图像能更直观地表现图像的信息和特征，也是印刷复制品的最终表现形式。可以说模拟图像就是实物图像，是"看得见摸得着"的图像，比如照片、照相底片、印刷品图片、画稿等。

三、数字图像

数字图像是被数量化的、存储在磁记录介质上的、可以被显示、打印和进行其他输出的图像。

数字图像可以看成一个矩阵，或一个二维数组，这是在计算机上表示的方式。形象地说一幅数字图像就像纵横交错的棋盘，棋盘行和列的数目就表示图像的大小，我们说按印指纹图像大小是 640×640，实际上就表示图像有 640 行和 640 列。棋盘的格子就是图像的基本元素，称为像素。每个像素一般都取值 0 ~ 255 的整数，代表了这个格子的亮度。取值越大，则越亮，反之，则越暗。正是或明或暗、密密麻麻的格子形成了我们在计算机上所看见的指纹图像、人像和其他各种黑白图像。图 2.1.1 是在计算机上的数组表示，图 2.1.2 是指纹的"地形图"。

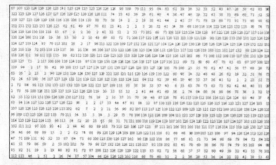

图 2.1.1　指纹图像在计算机上的数组表示

图 2.1.2　指纹的"地形图"

数字图像可以由许多不同的输入设备和技术生成，例如数码相机、扫描仪、坐标测量机、seismographic profiling、airborne radar 等，也可以从任意的非图像数据合成得到，例如数学函数或者三维几何模型。

四、数字图像的类型

1. 矢量图

矢量图是用一组指令集合来描述图形的内容，这些指令用来描述构成该图形的所有直线、圆、圆弧、矩形、曲线和文字等图元的位置、维数、形状和其他一些特性。矢量图是使用一些软件如 CorelDRAW、Adobe Illustrator、FreeHand、AutoCAD 等绘制出来的，图形的绘制不需要对一幅图画的点阵整体逐点描绘，一般情况下只需考虑构成图形的线条，然后用指定的颜色对封闭线条区域的内部或外部进行整体颜色填充，或者使用绘图工具对目标点进行涂绘即可。矢量图（如图 2.1.3、图 2.1.4 所示）包含各种互相独立的图元（图像元素），可以任意排列这些图元。这种包含图元的图像是以数学公式的方式保存的，所以矢量图的优点是文件的数据量较小，清晰度与分辨率无关，因此放大之后可以有同样的视觉细节、清晰度和光滑边缘。

矢量图的缺点是制作的图像色调不够丰富、不够逼真，不能像照片一样准确真实地描述对象。矢量图常用在工程制图、画图和美术字等方面。

图 2.1.3　矢量图 1

图 2.1.4　矢量图 2

2. 位图

　　位图使用像素点来描述图像。许多不同颜色的像素组合在一起便构成了一幅完整的图像。位图文件中的数据与图像的像素是一一对应的，在保存文件时，它需要记录每一个像素的位置和色彩数据，因而可以精确地记录色调丰富的图像，可以逼真地表现和还原对象的图像。它的优点是色彩丰富、真实感强，能直观逼真地再现对象的形状、颜色和场景，文件的格式种类多，可适应于不同软件的应用。缺点是文件数据量大，处理速度慢，当对图像进行放大之类的操作时，图像容易失真。在对图像进行放大输出时，往往需要考虑图像分辨率的设置。

　　如图 2.1.5、图 2.1.6 所示的图像就是位图。制作编辑位图文件的软件主要有 Adobe 公司的 Photoshop 和 Ulead 公司的 PhotoImpact 等。

图 2.1.5　位图 1

图 2.1.6　位图 2

第二节　像素与分辨率

一、像素

　　像素是组成数码图像的最小单位，如图 2.2.1 所示。若把图 2.2.2 的数码图像花蕊部分放大 1 600%，可以看到图像是由一个个小方色块紧密地排列组合而成，如图 2.2.3 所示，这些小方块就是构成影像的最小单位"像素"。在正常情况下观看图像，分辨不出图像的像素，但当图像的某个细节被放大的时候，像素就显示出来了。

图 2.2.1　小方块是构成影像的最小单位 "像素"

图 2.2.2　数码图像

图 2.2.3　像素

二、分辨率

1. 图像分辨率

图像分辨率是指显示或打印图像时，在每个单位尺寸上显示或打印的像素数，通常用 "像素数/英寸"（PPI, Pixels Per Inch）来衡量。分辨率越高，所得的图像就越清晰，质量越好，但图像文件也越大，反之亦然。所以，图象分辨率和图象尺寸决定了图像质量和文件大小。我们可以通过软件和算法来改变图像的分辨率，使之变得清晰或模糊。

提示： 如果希望图像仅用于显示，可将其分辨率设置为 72 像素/英寸或 96 像素/英寸。如果用于印刷、出版、广告，则分辨率设置最少在 300 像素/英寸以上。

2. 屏幕分辨率

屏幕分辨率指用户在屏幕上观察图像时所感受到的分辨率。屏幕分辨率一般是由计算机的显示卡所决定的。例如，标准的 VGA 显示卡的分辨率为 640×480 像素，即宽为 640 像素、高为 480 像素。较高级的显示卡，通常可以支持 800×600 像素或是 1 024×768 像素以上。

3. 位分辨率（位深）

位分辨率用来衡量每个像素储存信息的位数。这种分辨率决定了每次在屏幕上可显示多少种颜色。一般常见的有 8 位、24 位或 32 位颜色。

4. 设备分辨率

设备分辨率又称输出分辨率，指的是各类输出设备每英寸上可产生的点数，如显示器、打印机、绘图仪、数码相机、活体指纹滚动采集仪等。这种分辨率通过 DPI（Dot Per Inch,

每英寸的打印点数）来衡量。

5. 网屏分辨率

网屏分辨率又称网屏频率，指的是打印灰度级图像或分色所用的网屏上每英寸的像素数。这种分辨率通过每英寸的行数来标定。

知识拓展

色彩的位深度

"位"（bit）是计算机存储器里的最小单元，它用来记录每一个像素颜色的值。图形的色彩越丰富，"位"的值就会越大。每一个像素在计算机中所使用的这种位数就是"位深度"。在记录数字图形的颜色时，计算机实际上是用每个像素需要的位深度来表示的。

黑白二色的图形是数字图形中最简单的一种，它只有黑、白两种颜色，也就是说它的每个像素只有 1 位颜色，位深度是 1，用 2 的一次幂来表示；4 位颜色的图，它的位深度是 4，用 2 表示，它有 2 的 4 次幂种颜色，即 16 种颜色（或 16 种灰度等级），以此类推。当我们用 24 位来记录颜色时，实际上是以 $2^8 \times 3$，即红、绿、蓝（RGB）三基色各以 2 的 8 次幂、256 种颜色而存在的，三色组合就形成了一千六百万种颜色。32 位颜色的位深度是 32，实际上是 $2^8 \times 4$，即青、品红、黄、黑（CMYK）四种颜色各以 2 的 8 次幂，256 种颜色而存在，四色的组合就形成 4 294 967 296 种颜色，或称为超千万种颜色。色彩位深度对照表如表 2-1 所示。

表 2-1　色彩位深度对照表

二　进　制	位　深　度	颜 色 数 量
2^8	8	256 色
2^{16}	16	65 536 色
2^{24}	24	16 777 216 色
2^{32}	32	4 294 967 296 色
2^{64}	64	18 446 744 073 709 551 616 色

第三节　图像大小与压缩

一、图像尺寸

一般是指图像的宽度和高度。在 Photoshop 中一般是根据图像的输出需求确定其度量单位，例如在屏幕上显示的图像，一般使用"像素"作为度量单位；若在打印机等设备上输出图像，则一般使用"厘米"或"英寸"作为度量单位。

注意：一幅图像在显示器上的显示尺寸与其打印尺寸无关，它只与图像的像素及显示器分辨率等因素有关。

二、图像大小

图像文件的大小是指一幅图像在计算机中保存时所占的磁盘空间，其基本度量单位是字节（byte，常简写为 B）。一个字节由 8 个二进制位（bit，常简写为 b）组成。

图像文件的大小与其使用的颜色模式有关。例如灰度图像中的每一个灰度像素只占用一个字节。RGB 图像中的红、绿、蓝三个像素颜色各占用一个字节，而 CMYK 图像中的青、品红、黄、黑四个像素颜色也各占用一个字节。

另外图像文件的大小也直接与分辨率相关，分辨率越高，图像文件越大。

三、图像压缩

图像压缩是指以较少的比特有损或无损地表示原来的像素矩阵的技术，也称图像编码。图像压缩改变的是图像表示和存储的方式，并没有改变原来图像的大小。因为图像压缩是减少表示数字图像时需要的数据量。以数学的观点来看，这一过程实际上就是将二维像素阵列变换为一个在统计上无关联的数据集合。

图像数据之所以能被压缩，就是因为数据中存在着冗余。图像数据的冗余主要表现为：图像中相邻像素间的相关性引起的空间冗余；图像序列中不同帧之间存在相关性引起的时间冗余；不同彩色平面或频谱带的相关性引起的频谱冗余。数据压缩的目的就是通过去除这些数据冗余来减少表示数据所需的比特数。由于图像数据量的庞大，在存储、传输、处理时非常困难，因此图像数据的压缩就显得非常重要。

图像压缩基本方法有有损数据压缩和无损数据压缩。

无损压缩是对文件本身的压缩，文件可以完全还原，不会影响文件内容，对于数码图像而言，也就不会使图像细节有任何损失。对于绘制的技术图、图表、漫画、医疗图像、存档的扫描图像等内容的压缩尽量选择无损压缩方法。

有损压缩是对图像本身的改变，将颜色与周围的像素进行合并，由于信息量减少了，所以压缩比可以很高，图像质量也会相应下降。有损方法非常适合于自然的图像，例如一些应用中图像的微小损失是可以接受的（有时是无法感知的）。

第四节　数字图像格式及应用

1. PSD 或 PDD 格式

PSD 或 PDD 是 Photoshop 软件的专用格式，能够保存图像数据的每一个细小部分，包括图像的图层、通道及其他少数内容。如果图像中含有图层，若以 PSD 或 PDD 格式保存后，则再打开图像时，可以直接编辑图层的内容；若以其他格式保存，则 Photoshop 会自动合并图层，就不能再修改图层了。为了便于再次编辑，最好在存储一个 PSD 或 PDD 的文件备份后再进行转换。

注意：PSD 或 PDD 格式的图像不能插入到 Word、PowerPoint 等其他应用软件中，必须进行格式转换，在 Photoshop 中将文件"另存为"其他格式文件即可。

另外也可以利用 ACDSee 看图软件转换。打开保存有图像文件的文件夹，选择需要转换的图像，在其缩略图上单击右键，选择"工具"中的"转换"，会出现"格式转换对话框"，选中要转换的格式并设置好输出文件夹，确认后即可。或者单击菜单中的"文件"→"另存为"命令，在"保存类型"中选择需要的图像格式即可。

2. BMP 格式

BMP 格式是 Windows 系统推荐使用的一种标准图像格式。BMP 文件几乎不压缩，占用磁盘空间较大，是当今应用比较广泛的一种格式。它适用于出版、印刷、广告等对图片要求较高的应用。

3. TIFF 格式

TIFF 是一种灵活的位图图像格式，实际上被所有绘画、图像编辑和页面排版应用程序所支持，而且几乎所有桌面扫描仪都可以生成 TIFF 图像。它适用于出版、印刷、广告等对图片要求较高的应用。打印照片时，这种格式也是很好的选择。

4. JPEG（或 JPG）格式。

JPEG 格式是最大压缩比图像存储格式，支持真彩色，文件较小，由于这种格式采用的是"有损压缩"，所以 JPEG 文件并不适合放大观看，输出成印刷品时品质也会受到影响。但由于它可以用最少的磁盘空间得到较好的图像质量，因此在 Internet 上，它已成为主流的图像格式。这种格式适合把自己喜欢的照片通过网络上传。从网上下载的图片大多也采用这种格式。

5. RAW 格式

RAW 格式是一种灵活的文件格式，用于应用程序之间和计算机平台之间传递文件。RAW 格式由描述文件中的颜色信息的字流组成。每个像素以二进制格式描述，0 代表黑色，255 代表白色。

6. GIF 格式

GIF 格式的文件是 8 位图像文件，最多为 256 色，常用于网络传输。GIF 是一种 LZW 压缩格式，用来最小化文件大小和电子传递时间。

GIF 格式可以将数张图存成一个文件形成动画效果。在制作网站时，用到的许多小动画都采用这种格式。

7. PNG 格式

PNG 格式是一种网络图形格式，它结合了 GIF 和 JPEG 的优点，具有存储形式丰富的特点。Macromedia 公司的 Fireworks 的默认格式就是 PNG。

8. WMF 格式

WMF 格式是一种矢量图形文件，用来处理比较简单的图像，它使用图形描述命令，是 Windows 本身用来显示图像的格式。

9. EPS 格式

EPS（封装的 PostScript）语言文件格式可以包含矢量和位图图形，被几乎所有的图形、示意图和页面排版程序所支持。在 Photoshop 中打开其他应用程序创建的包含矢量图形的 EPS 文件时，Photoshop 会对此文件进行栅格化，矢量图形转换为像素。

10. PDF 格式

PDF 被用于电子出版软件 Adobe Acrobat。使用 Acrobat Reader（R）软件可查看 PDF 文件。PDF 文件可以包含矢量和位图图形，还可以包含电子文档查找和导航功能，如电子链接。在 Photoshop 中打开其他应用程序创建的 PDF 文件时，Photoshop 会对文件进行栅格化。

图像的格式还有 PCX、SVG、TGA、EXIF、FPX、CDR、PCD、DXF、UFO 等。

第五节　数字图像的色彩模式及特性

一、位图模式

位图模式下的图像也称为黑白图像，如图 2.5.1 所示它使用黑白两种颜色值中的一种表示图像中的像素，位图图像多用于保存线条图像。Photoshop 中的许多命令不适合编辑位图模式图像。一般情况下，先将位图模式图像转换成灰度图像进行编辑，编辑完后再转换成位图模式图像。

二、灰度模式

灰度模式图像是由多达 256 级灰度或灰色来表示，灰度模式图像（如图 2.5.2 所示）的像素用一个字节（8 位）来表示。

图 2.5.1　位图模式图像　　　　　　图 2.5.2　灰度模式图像

三、RGB 颜色模式

RGB 是红、绿、蓝的英文缩写，RGB 是常用的颜色模式，每一种颜色有 0 ~ 255 级变化。这三种颜色配合使用，可以产生多达 1 670 万种颜色。显示器使用这种模式显示图像，如图 2.5.3 所示。

四、CMYK 颜色模式

CMYK 是青、品红、黄和黑的英文缩写，该模式适用于图像的打印输出。在 Photoshop 中，一般是在 RGB 颜色模式下处理图像，当图像处理完毕后，再把它转换成 CMYK 颜色模式进行打印或输出，如图 2.5.4 所示。

图 2.5.3　RGB 颜色模式图像　　　　　　图 2.5.4　CMYK 颜色模式图像

五、索引颜色模式

索引颜色模式的图像至多含有 256 种颜色。该图像文件比较小，在多媒体应用程序和 Web 中得到广泛应用，如图 2.5.5 所示。

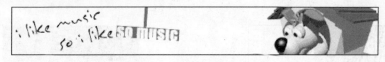

图 2.5.5　索引颜色模式图像

六、Lab 颜色模式

Lab 颜色模式是一种与设备无关的颜色模式。如图 2.5.6 所示，Lab 颜色模式表示的颜色色域范围最大，其次是 RGB 颜色模式，最小的是 CMYK 颜色模式。因而 Lab 颜色模式也是在不同颜色模式之间转换的内部颜色模式。通常情况下，RGB 颜色模式转换成 CMYK 颜色模式时，先将 RGB 颜色模式转换成 Lab 颜色模式后，再转换成 CMYK 颜色模式。

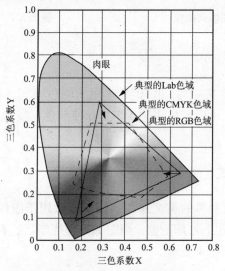

图 2.5.6　色域标准图

提示：在 Photoshop 中进行图像的颜色模式转换方法为，单击菜单中的"图像"→"模式"命令。

第六节 图像文件的输出

利用 Photoshop 软件设计完成平面作品后，如果要印刷成品时，Photoshop 文件的输出设置必须符合印刷的要求，只有这样才能制作出高品质的平面设计印刷作品。

用户将设计作品交由印刷厂后，印刷厂在印刷之前会先进行出片，即制作一个胶片简称"出片"。出片时将按照 CMYK 色彩模式对图像进行分色，将图像中的颜色转换成 C（青色）、M（品红）、Y（黄色）和 K（黑色）四种颜色，再按照这四种颜色出胶片，并进行打样校正，待用户验证颜色无误后再交付印刷中心进行制版和印刷。在印刷输出之前，必须要注意以下问题。

一、采用常用字体

字体尽量采用常用字体，如方正、文鼎，尽量不使用少见字体。如已使用，请附带字体复制给输出中心。如有补字文件，必须将补字文件一并复制。

在 CorelDRAW、FreeHand、Illustrator 等矢量图形软件中输入的文字如无特效处理，建议转为曲线（outline），以避免因输出中心无此种字体而无法输出的问题。转成曲线的文字，在屏幕上观看可能会有些变形，但不会影响输出。一些字体转曲线后会变成"空心字"，如楷体_GB2312、仿宋_GB2312、汉鼎特黑简、汉鼎美黑简等，应慎用。另外一些英文字转曲线后交叉的地方也会镂空，也要注意。

在 Photoshop 中输入的文字，当拼合图层后文字即成为图像的一部分，因此不需要转曲线。

文字不要做 Heavy（加重）或 Bold（粗体）处理，因为 FreeHand 中的中文字体如用了 Heavy（加重），很容易糊字；而在 PageMaker 中的中文用了 Bold（粗体），则会变成带齿的重叠字。另外，FreeHand 中最好不要使用 Fill and Stroke（填充与字边），使用不当也容易使字糊字。

PageMaker 中的中文字不要使用下画线效果，因为使用后输出时，线会跳到字里。空心字效果也最好不用。

PC 录入文字置入 PageMaker 中应将文中的空格、回车删除，否则容易出现乱码。CorelDRAW 文字排版，若文字从 Word 或记事本中复制出来，需去除双字节空格（利用 Word 的查找/替换），否则易出现"乱字"与跑位的情况。

检查文件中是否有小于 0.076mm 的线条。若有，请适当加粗，因为线条宽度小于 0.076mm，在晒版时容易晒掉，也难以印刷出来。

二、设置合适的颜色模式、图像格式、图像分辨率

1. 颜色模式

图像适合输出的颜色模式是 CMYK 颜色模式。

在 Photoshop 中新建文件时便可使用 RGB 颜色模式，待制作完成后通过执行"图像"→"模式"命令，将图像从 RGB 颜色模式转换到 CMYK 颜色模式下。

在 Photoshop 中新建文件时也可使用 CMYK 颜色模式，但该模式下有部分滤镜命令和一

些编辑操作不能实现。

2. 图像格式

适用于印刷的图像格式为 TIFF 格式和 EPS 格式。一般对于彩色位图图像存储为 TIFF 格式，而矢量图形则存为 EPS 格式。黑白图像最好存为 TIFF 格式，如需存为 EPS 格式，需要先转换为 CMYK 模式，然后将 C、M、Y 三个通道的内容删除。注意不要用 JPEG 压缩格式，因为这会造成在屏幕上图像看上去很清晰，但输出后会出现图像模糊的现象。

3. 图像分辨率

图像分辨率最少为 300dpi（像素/英寸），注意，只有位图图像才需设置分辨率，矢量图形无须设置分辨率。

三、各种尺寸的设置

在设计、打印及输出过程中常常要涉及页面尺寸、制版尺寸、打印尺寸（即纸张尺寸）等设置。

1. 页面尺寸

一般应设为成品尺寸。如正 16 开的杂志页面尺寸应设为 185mm×260mm，大 16 开应设为 210mm×285mm。

2. 制版尺寸

制版尺寸是指在成品尺寸的基础上加了出血的尺寸。一般为在成品尺寸的基础上四边各加 3mm。

3. 打印尺寸

设置的是打印的纸张或输出的胶片的大小。由于输出时为了后工序的方便，还要在页面四周加上一些标记如裁切线、套版十字线、灰梯尺、彩色控制条等，因此打印纸张或输出胶片的大小要比页面尺寸大，一般要在页面尺寸的基础上增加 22.2～30mm，以便页面完整打印或输出。如果纸张或胶片的大小不够，会在打印、输出时出现提示，提醒可能会打印不全。

四、分色与专色的检查

设置颜色时不要将特别色（专色）和印刷色混淆。对于四色印刷，一幅图像不管颜色多复杂，都只需输出 C、M、Y、K 四张分色片。但每种专色都要输出一张分色片，这时如若将四色搞错为专色，按专色输出，则有可能会输出十几张专色分色片。

在印前应用软件中，专色和印刷色会用不同的标示。一般，默认的调色板中的颜色都是印刷色，而油墨颜色库中的颜色都是专色。

五、带齐全部相关文件

设计制作工作完成后，要将版式文件和其他与输出相关的文件都保存到同一个文件夹中，俗称"打包"。完整的文件包里应包括以下内容。

1. 正式输出用的、在排版软件或图形软件中制作好的版式文件。

2. 在 Photoshop 中处理好的、在版式文件中用到的所有图像文件。

3. 用做屏幕校样用的 JPG 或 PDF 格式的版式文件。

4. 其他说明性文件，一般为文本文件或 Word 文件。

 思考题

1. 何为数字图像？数字图像常见的类型有哪些？
2. 掌握像素、分辨率、图像大小与压缩。
3. 掌握数字图像格式及应用。
4. 掌握数字图像的色彩模式及特性。
5. 掌握数字图像文件的输出。

第三章　Photoshop 设计与应用

 **本章导读**

- 本书以 Photoshop CS 为版本，虽然 Photoshop 版本不同，但是本质内容并没有大的变化。版本并不是很重要，重要的是我们要掌握 Photoshop 的设计思想和方法。
- 工欲善其事，必先利其器，使用软件是为了信息的表达。对于 Photoshop 操作技法，不仅要能独立重复制作，而且要理解其中的精髓，把学过的知识运用到具体的平面作品设计中，逐步在头脑中建立起一个完整清晰的操作体系。
- 其实电脑并非人脑，只是工具而已，一个成功的设计取决于设计者的创造性思维、审美修养和娴熟的表现技法，三者缺一不可。Photoshop 是科学与艺术的结合，但最后看的是平面作品的艺术效果。
- 选择字体风格的过程就是一个美学判断的过程。
- 平面作品设计师要有艺术家的天分、编辑工作者的才能和魔术师的创意。能将各种技术融合到个性创作中，用设计弥补技术上的不足，在多个功能的组合应用中取长补短，不断地从实践中积累经验。
- Photoshop 是一把"屠龙刀"，只有你想不到的，没有它做不到的。
- 多看一些现代平面作品，了解近几年来平面图片艺术的创新概念。突破常规的思维界限，运用独特的视觉语言树立自己图形图像的创新风格，体现出视觉设计领域的时代精神。

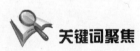 **关键词聚焦**

选区　图层　图层蒙版　快速蒙版　路径　通道　动作　滤镜　切片

第一节　图　层

一、图层的概念

图层被誉为是 Photoshop 的灵魂，利用它可以实现图像的分层处理和管理。

一个图层就好像是一张透明的纸，我们要做的就是在几张透明纸上分别作画，再将这些透明纸按一定次序堆叠在一起，它们堆叠起来便构成一幅完整的图像，如图 3.1.1 所示。一个文件中的所有图层都具有相同的分辨率、相同的通道数及相同的图像模式（RGB 模式、CMYK 模式或灰度模式等）。Photoshop 的图层是自上而下排列的，即位于图层调板最上面的图层在图像窗口中也位于最上层，调整其位置也就相当于调整了图层的叠加顺序。

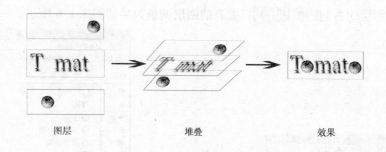

图层　　　　　　　　　堆叠　　　　　　　　　效果

图 3.1.1　图层堆叠示意图

图层的作用是将一幅图像分为多个独立的部分，每一部分放在相对独立的图层上，利用图层把图像的各个部分分割开来，对某个图层中的图像进行编辑和操作都不会影响到其他图层部分，而且图层中没有图像的地方是完全透明的，有图像的地方是不透明的，将这些图层堆叠起来，就形成一幅完整的图像。图 3.1.2 所示的图像是由图 3.1.3 所示图层调板中的风景、鱼、鸟、渔夫等四个图层构成的。

图 3.1.2　图像与图层

图 3.1.3　图层调板

二、图层调板的选项和功能按钮

1. 图层调板

在 Photoshop 中，对图层的大部分操作是在图层调板中进行的。图层调板中按图层的堆叠顺序列出了图像中所有的图层。图层内容的缩览图显示在图层的左边，它随着该图层图像的变化而即时更新。缩览图右边是当前图层的名称。如果当前图层有图层蒙版，图层名称就在蒙版的右边。使用滚动条或重新调整调板大小可查看其余图层。在图层调板的图层上单击鼠标右键，在弹出的菜单中单击"图层属性"命令，在弹出的"图层属性对话框"中可以修改图层的名称。

在图层调板中单击相应的图层，显示为蓝色，即将其选择，就可以对该图层进行设置、调整及修改，例如移动图像的位置、滤镜的使用、改变"色彩"混合模式、改变"不透明度"、添加"添加图层样式"及图层蒙版等。

图 3.1.4 西红柿图像的图层调板如图 3.1.5 所示，显示的是文件中包含的图层。

图 3.1.4　西红柿

单击每一图层中右侧的按钮 ，展开的图层调板效果如图 3.1.6 所示。

图 3.1.5　西红柿图像图层调板　　　图 3.1.6　展开的图层调板效果

2. 图层调板选项

（1）调板菜单按钮

"调板菜单"按钮的位置在控制调板右上角。单击此按钮，可以弹出控制调板的下拉菜单。这个菜单的内容根据当前控制调板的不同而不同。

（2）色彩混合模式

利用图层调板上的"色彩混合模式"，可以设置当前图层与它的下一层之间的色彩混合模式。混合模式包括下列几种。

① 正常模式：是图层的默认模式，在该模式下，图像的覆盖程度与不透明度有关。

② 溶解模式：使图层间产生融合效果，会将当前景色随机地分配在选择区域中。对于不透明的图层来说，这种模式不会发挥作用。

③ 变暗（变亮）模式：系统分别对各处通道进行处理，如果下边图层比当前图层颜色深（浅），则取代当前图层的颜色。

④ 正片叠底模式：产生出透过灯光观看两张叠在一起的透明底片的效果。

⑤ 颜色加深（减淡）模式：用于对图像进行暗化（亮化）处理。

⑥ 线性加深（减淡）模式：将图层中的颜色按线性加深（减淡），相当于颜色加深（减淡）模式的加强。

⑦ 叠加模式：综合了"正片叠底模式"与"屏幕模式"的作用效果，根据下层图像的色彩决定当前图层使用什么模式。

⑧ 柔光（强光）模式：使图像产生一种柔光的效果，而"强光模式"是柔光的加强。

⑨ 差值（排除）模式：用当前图层的颜色减去下面图层的颜色值，排除模式与其类似。

⑩ 色相（饱和度/色彩/亮度）模式：保留当前图层的色相属性，只影响其明度和饱和度。饱和度模式是保留饱和度；色彩模式是只对明度进行操作；亮度模式则保留当前图层的明度属性。

（3）不透明度

在"图层调板"上通过更改图层的不透明度，可以改变图像的合成效果。"不透明度"框中的值决定当前层的不透明程度。当"不透明度"值为 0% 时，表示该图层完全透明；当

"不透明度"值为 100% 时，表示该图层完全不透明。

（4）指示图层可视性按钮 👁

如果图层最左边都有一个 👁 图标，这表示此层处于可见状态。单击此眼睛图标 👁，图标上的眼睛消失了，表示此层处于不可见状态。反复单击 👁 图标，可以实现可见/不可见图层的转换。

在"图层"调板中，图层左侧有一个毛笔图标 ✒，表示此层是当前图层，所有操作都对这一层起作用。

（5）功能按钮 ⬚ ⬚ ⬚ ⬚ ⬚ ⬚

将光标放在图层调板功能按钮 ⬚ ⬚ ⬚ ⬚ ⬚ ⬚ 上，会显示各功能按钮的名称。

① ⬚ 添加图层样式按钮

单击"图层调板"下方的 ⬚ 按钮，在弹出的菜单中选择适当的命令，可以在图像中添加投影、发光、浮雕、渐变和图案等效果。这些效果被链接到当前图层的内容上，在移动或编辑图层内容时，图层效果被相应更改。这些图层效果常被用于加强图像中的特技效果。

② ⬚ 添加图层蒙版按钮

直接单击 ⬚ 按钮，可以在当前图层上创建图层蒙版。如果先在图像中创建适当的选区，再单击 ⬚ 按钮，则可以根据选区范围在当前层上建立适当的图层蒙版。

③ ⬚ 创建新组按钮

单击 ⬚ 按钮，可以建立一个新的图层组。

④ ⬚ 创建新的图层按钮

单击 ⬚ 按钮，可以在当前层上方创建一个新的透明图层。

⑤ ⬚ 删除图层按钮

单击 ⬚ 按钮，可以删除当前图层。

三、常用图层类型

1. 普通层

普通层是最基本的图层类型，它就相当于一张透明纸。

2. 背景层

在 Photoshop 软件中，背景层相当于作画时最下层不透明的纸。它在图层列表中位于最下面，名称为"背景"，且其最右侧有一个 ⬚ 图标。背景层无法与其他层交换堆叠顺序，也无法对其添加图层效果，不能执行自由变换等操作。但背景层与普通层可以互相转换。双击背景层，就可以将背景层转换成普通层，然后再和其他层交换堆叠顺序或对其进行图层效果的制作。

3. 文本层

使用文本工具在图像中输入文本后，软件自动新建一个图层。在图层调板中，如果某层的缩览图为 T 图标，则此层为文本层。文本层主要用于编辑文本的内容、属性。文本层可以进行移动、调整堆叠、复制等操作，但大多数编辑工具和命令不能在文本层中使用。要使用这些工具和命令，首先要将文本层转换为普通层。

要将文字图层转化为普通图层，可选择菜单中的"图层"→"栅格化"→"文字"命令。

注意：文字图层被栅格化后，对文字就不能再进行编辑。

4. 调节层

调节层的作用主要是可以调节其下所有图层中图像的色调、亮度、饱和度等。在图层调板中，调节层的图层缩览图下方有一个调节滑块的图形，根据图层缩览图上方显示的图形可以看出当前调节层的类型。

5. 效果层

当前图层应用图层效果时，图层调板上该图层右侧出现一个 **ƒ** 效果层图标，此时这一图层就是一个效果层。

6. 图形层

图形层是利用工具箱中的"图形"工具创建的图层，它主要包括各种形状，如圆形、电话的形状等。

四、图层组

图层组是图层的组合，它的作用相当于 Windows 系统资源管理器中的文件夹，主要用于组织和管理连续图层。

可以在图层调板中展开或折叠图层组。单击编辑其中的图层，包括将图层移入图层组。也可以将图层组看为一个整体，像处理图层一样查看、选择、复制、移动或更改图层组中图层的堆叠顺序，甚至可以将蒙版应用于图层组。

五、图层蒙版

在图像中，图层蒙版的作用是根据蒙版中颜色的灰度值变化使其所在层图像的相应位置产生透明效果。其中，该图层中与蒙版的白色部分相对应的图像不产生透明效果，与蒙版的黑色部分相对应的图像完全透明，与蒙版的灰色部分相对应的图像根据其灰度产生透明效果。

六、图层剪贴组

在图层剪贴组中，用基底层（最下方的图层）充当整个组的蒙版。剪贴组采用基底层的不透明度。剪贴组中只能包括连续图层，基底层名称有下画线，覆在上面的图层的缩略图是缩进的。另外，覆在上面的图层显示剪贴组图标 **◢**。

七、图层的创建和管理

单击菜单中的"图层"命令，在弹出的"图层对话框"中根据需要可以进行相应的操作。

（1）新建：单击菜单中的"新建"→"图层"命令，可建立一个不透明度为 100% 的新图层。单击图层调板下方的 **◻** 按钮，也可以建立一个新图层，连续单击图层调板下方的 **◻** 按钮，可连续添加图层。

单击菜单中的"新建"→"图层组"命令，可以创建图层组。利用图层组可以方便地对一组图层进行统一管理，如设置图层的混合模式、不透明度及锁定设置等。

（2）复制图层：图层的复制是复制图层内图像的一种便捷方法。选择要复制的图层，单击并拖曳至图层调板下方的 ▣ 按钮上，也可复制一个图层副本。右键单击复制的图层，选择"图层属性"，可重命名此图层。

快速复制图层的方法：按住 Alt 键，使用移动工具▸⊕拖曳要复制的对象即可。

（3）删除：选择图层后，单击图层调板下方的 🗑 按钮（或直接将图层拖曳到 🗑 按钮上），即可删除该图层。

（4）图层属性：可以设置图层的名称和图层的颜色，便于设计时区分不同图层。

（5）添加图层样式：参见第八节的"点石成金"。

（6）排列：由于图像中的层是一层层自上而下叠放的，并且上面的层总是覆盖下面的层。因此在编辑图像时，通过调整层的堆叠顺序便可获得不同的图像处理效果。利用菜单中的"图层"→"排列"命令，可以调整图层的顺序。

此外，在"图层"调板中，选中图层后用鼠标拖曳到指定位置也可以交换图层堆叠顺序。

（7）图层的合并：在制作完图像之后，如果几个图层的相对位置和显示效果已经确定，不需要再做修改，就可以将这几个图层合并。这样不但可以节约空间，还可以整体修改合并图层。

① 拼合图层：合并所有图层，但要求所合并的图层是显示的。

② 向下合并：用于把当前图层与其下面的一个图层合并。

③ 合并可见图层：将所有可见图层合并。

④ 合并链接图层：可将所有与当前图层链接在一起并可见的图层合并。

（8）图层的修边：有些选取范围可能包含白色或者黑色像素，可通过"修边"→"移去黑色杂边"或"移去白色杂边"命令。

修边操作可依次单击"图层"→"修边"→"去边"菜单命令，在"宽度"文本框中输入取出边缘的宽度（范围在 1～200 像素之间），单击"好"，便可删除边缘的黑白像素，从而使边缘平滑。

强光模式是柔光的加强。

差值（排除）模式：用当前图层的颜色减去下面图层的颜色值，排除模式与其类似。

色相（饱和度/色彩/亮度）模式：保留当前图层的色相属性，只影响其明度和饱和度。饱和度模式是保留饱和度；色彩模式是只对明度进行操作；亮度模式则保留当前图层的明度属性。

（9）图层的链接：链接起来的图层可以同时进行移动、缩放等编辑处理。在图层调板中选择图层或图层组，然后单击要链接的图层左侧的空白处，会添加一个 ▣ 图标，便可将所选的图层链接在一起。

第二节　Photoshop 工具、调板及菜单

一、工具

工具栏包含各种图像处理工具，如图 3.2.1 所示。将鼠标放在工具栏的工具上会显示该工具的名称。工具栏中的工具按钮右下角有一个小三角形，表示该工具下还有其他隐藏工具。用鼠标左键按住该工具不放，即可弹出其下隐藏的工具列表。

工具栏的工具通常是与选项栏（在菜单栏下）中的选项结合使用的。选项栏的内容会随着在工具栏中选择的不同工具而产生相应的变化。

使用 Photoshop CS 工具栏中的工具时有一个基本的操作顺序：首先在工具栏中选择要使用的工具，再在选项栏中进行适当的设置，最后才是使用工具对图像进行编辑修改操作。

在使用工具栏中的工具时，在图像中单击鼠标右键会弹出相应的菜单。这些菜单中的命令通常与工具按钮的功能相对应，功能较明确。

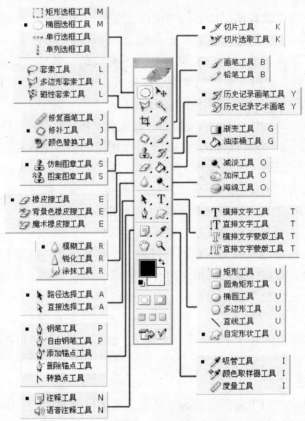

图 3.2.1　工具箱及其工具

建议在进行 Photoshop 制作实例前，尝试各个工具的基本用法，以便在设计制作实例时得心应手。表 3-1 列出了 Photoshop 工具的功能和使用技法。

表 3-1　Photoshop 工具的功能和使用技法

工具名称	图　标	快捷键	功　　能
区域选择工具 （1）矩形选框工具 （2）椭圆选框工具 （3）单行选框工具 （4）单列选框工具	▨ ◯ ▱ ▯	M	区域选择工具的主要功能是在图像中建立各种选区。当图像中存在选区时，所进行的操作都是对选区内的图像进行的，选区外的图像不受影响。区域选择工具包括矩形选框工具▨、椭圆选框工具◯、单行选框工具▱、单列选框工具▯。选择区域时，只需在图像中拖动鼠标指针即可出现一个选择区，按住 Shift 键可画出正方形或圆形选区 区域选择工具的选项栏中的 ▨▨▨▨ 选项分别为新选区▨、添加到选区▨、从选区减去▨、与选区交叉▨

工具名称	图标	快捷键	功　能
多边形套索工具	☒	L	使用多边形套索工具☒时，只要沿着选择的图像边界多次单击鼠标，新的光标落点与前一个落点间出现一条连线。最后将光标移回起点，当光标右下角出现一个小圆圈时，单击鼠标，闭合曲线，构成选择区 　　使用多边形套索工具☒时，按下 Delete 键可取消最近定义的边线，按下 Delete 键不放，则可以取消所有定义的边线，如果双击鼠标左键，系统会自动连接起点和终点并形成封闭选区
磁性套索	☒	L	使用磁性套索工具☒时，在图像边界与背景颜色差别大的部分，可沿边界拖曳鼠标，磁性套索工具会根据颜色的差别自动勾画选区；在图像边界与背景颜色差别不大的部分，用单击的方法勾选边界。磁性套索工具☒主要根据图像边界像素点的颜色来决定选择
裁切工具	☒	C	裁切工具☒主要用于剪切图像中多余的部分，只保留需要的部分。同时，它还可以对图像进行旋转、扭曲等变形修改。在裁切工具☒的选项栏中，不勾选【透视】选项，可以对裁切框进行缩放和旋转的操作；勾选【透视】选项，可以对裁切框进行扭曲变形
修复画笔工具	☒	J	修复笔工具☒用于修复图像，其使用方法与图章工具的使用方法相同，但修复笔工具在复制图像时，可以在不改变原图像的形状、光照、纹理和其他属性的前提下轻而易举地去除画面中最细小的划痕、污点、皱纹和灰尘。新复制图像的边缘自动产生羽化以与原图像自然融合，并且保持原图像的明暗效果不变
修补工具	☒	J	修复工具☒用于修复图像，修复方法是画一个选区，将这个选区拖动到需要修补的图像上进行修补，或者移动选区内的图像，修补想修补的其他地区
仿制图章工具	☒	S	可以将一幅图像的全部或部分复制到同一图像或其他图像中。擦除图像的特定部分或修复损伤的部分
图案图章工具	☒	S	用来复制图像。用户可以以定义的图案为内容复制到同一幅图像或其他图像中
橡皮擦工具	☒	E	擦除工具☒的功能就像我们平时用的橡皮。使用擦除工具☒时，如果当前图层是背景层，那么被擦除过的图像位置显示为背景色。如果当前图层是普通图层，那么被擦除过的图像位置显示为透明色 　　可以用吸管工具在图像背景部分单击，将其设置为背景色，这样用橡皮擦擦除过的图像位置显示的颜色与背景色就相同了
模糊工具	☒	R	在图像上拖曳鼠标，可使图像变得模糊。通过改变选项栏中的各项数值，可以改变模糊的程度
锐化工具	☒		在图像上拖曳鼠标，可使图像变得锐化。通过改变选项栏中的各项数值，可以改变锐化的程度
涂抹工具	☒		在图像上拖曳鼠标，可将鼠标落点处的颜色抹开，其作用是模拟刚画好一幅图还没干时用手指去抹的效果。通过改变选项栏中的各项数值，可以改变涂抹的程度

续表

工具名称	图标	快捷键	功能
路径选择工具		A	用于选取已有路径，然后进行位置调节
直接选择工具		A	可以选择和移动路径上的锚点，还可以调整平滑锚点两侧的调节杆
钢笔工具		P	利用该工具可以在图像中创建工作路径或形状。在工具箱中选择该工具，在图像中连续单击鼠标，可以创建由直线段构成的路径，将鼠标移至适当的位置拖曳鼠标，可以创建曲线路径
自由钢笔工具		P	利用该工具可以创建较随意的曲线路径。在工具箱中选择该工具，在图像中拖曳鼠标，软件沿鼠标拖过的轨迹生成路径。如果将光标移至终点，当光标右下角出现一个圆形标志时单击，可以闭合路径
添加锚点工具			利用该工具可以在建好的路径中添加锚点
删除锚点工具			利用该工具可以在建好的路径中删除锚点
转换点工具			选择该工具，单击路径上的平滑点，可以将其转换成角点。拖曳路径上的角点，可以将其转换为平滑点
抓手工具		H	主要用于图像的局部观察，或查询图像局部信息。当在图像窗口观察一幅较大的图像时，或将一幅图像放大到超出图像窗口范围时，图像在窗口无法完全显示。此时，可以利用抓手工具在图像窗口中移动图像，以便找到需要调整的局部图像，对图像进行更细致的修改，使制作的图像效果更精细
移动工具		V	用于移动选取区域内的图像。使用移动工具 可将某一层中的全部图像或选择区域移动到指定位置。只需将光标移动到选区，然后拖动即可。这一操作可在同一幅图像中进行，也可在不同图像间进行
魔棒工具		W	主要用于大块单色区域图像的选择。使用魔棒工具 时，在要选择的图像上单击，可选择与鼠标落点颜色相近的区域。按住 Shift 键可以增加选区，按住 Alt 键可以减去多余的选区。在魔棒工具 的选项中有一个重要的参数"误差范围"，它的取值范围是 0～255，这个参数的值决定了选择的精度。此值越大，选择的精度越小；此值越小，选择的精度越大 魔棒工具 选项栏中的 选项分别为：新选区 、添加到选区 、从选区减去 、与选区交叉
切片工具		K	用于切割图像。在网站上放置较大的图片会大大降低打开网页的速度，如果将一个图像切割成几个小图像分别下载，就可以节省大量打开网页的时间
画笔工具		B	画笔工具 是一种绘制工具，在工具栏选中画笔工具，在其选项栏中会有一个画笔框，在这个框中可设置画笔状态，单击"画笔"框右侧的 按钮，弹出"画笔"调板，在"画笔"调板上单击需要的笔形，即可将其选择 单击选项栏右侧的 按钮，弹出"画笔"调板，在"画笔"调板中，可以预设画笔，并对画笔笔尖形状（包括名称、硬度、大小、空白区）进行设置 单击"画笔"调板右上角的 按钮，在下拉菜单中，可以调用最下面的 11 种其他类型的画笔，".abr"是画笔文件的扩展名 也可以单击菜单中的"窗口"→"画笔"命令调用"画笔"调板

续表

工具名称	图标	快捷键	功　　能
历史记录画笔工具		Y	可以在图像中将新绘制的部分恢复到历史记录调板中的"恢复点"处的画面
渐变工具		G	用于颜色的逐渐变化。在选项栏中可再进一步选择具体的渐变类型：线性渐变、径向渐变、角度渐变、对称渐变和菱形渐变
油漆桶工具		G	按照图像中像素的颜色进行填充色处理，它的填充范围是与鼠标落点所在像素点的颜色相同或相近的像素点
减淡工具		O	对图像的阴影、半色调、高光等部分进行提亮加光处理
加深工具			对图像的阴影、半色调、高光等部分进行遮光、变暗处理
海绵工具			对图像进行变灰或提纯处理
文字工具	T	T	用于在图像上添加文字。添加的文字自动形成一个单独图层，可以对文字添加图层样式或变形等特效的处理
自定形状工具		U	在"自定义形状"调板中选择矩形、心形、信封等形状工具后，在图像工作区内拖动可创建相应的图形
吸管工具		I	吸管工具设置前景色和背景色。吸管工具主要用来从图像或调色板中吸取颜色，改变前景色或背景色，或标记图像中的颜色成分。单击图像或色板，前景色显示为当前像素点的颜色。按住键盘上的 Alt 键不放，再次单击图像或色板，背景色显示为当前像素点的颜色
缩放工具		Z	用于缩放图像，处理窗口中图像，以便进行观察处理

二、Photoshop 调板的基本功能

1. 动作调板：动作是记录 Photoshop 中经常重复使用的操作过程后，必要时自动执行的功能，如图 3.2.2 所示。

2. 画笔调板：在使用工具箱的画笔工具和选项栏时会激活画笔调板，并且可以设定所选画笔的宽度、形状和各种功能，如图 3.2.3 所示。

图 3.2.2　动作调板

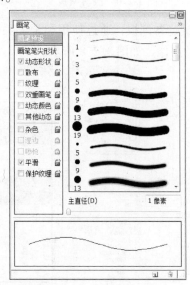

图 3.2.3　画笔调板

3. 通道调板：通道具有色彩管理（默认通道）和选择区域管理（Alpha）两种功能。图像的颜色分红、绿、蓝通道显示，指定不同的通道会得到不同的效果，如图 3.2.4 所示。

4. 字符调板：可以调整文字的属性，可以调整字体、样式、大小、行间距、字间距、宽度、高度、位置、颜色等，如图 3.2.5 所示。

图 3.2.4　通道调板　　　　　　　　　　图 3.2.5　字符调板

5. 段落调板：可以调整文章的对齐基准、缩进、段落的空白等，如图 3.2.6 所示。

6. 颜色调板：通过指定的前景色和背景色可以应用颜色。可以通过移动滑块指定颜色，也可以直接输入数值，并且还可以在拾色器中单击选择需要的颜色，如图 3.2.7 所示。

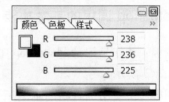

图 3.2.6　段落调板　　　　　　　　　　图 3.2.7　颜色调板

7. 文件浏览器调板：通过使用标记、关键字、可编辑的 MetaData 等，可以轻松地整理和查找需要的图像，如图 3.2.8 所示。

图 3.2.8　文件浏览器调板

8. 直方图调板：显示操作图像明暗度分布的调板，可以随时确认图像的变化，根据需要可以同时显示合成效果、个别通道、操作前后直方图等，如图 3.2.9 所示。

9. 历史记录调板：自动记录 Photoshop 中的操作过程，并以列表形式显示。在历史记录调板中可以取消命令，也可以移动到当前命令之前或之后的操作状态。利用"编辑" → "预置" → "命令"可以设定保存历史记录状态的次数，如图 3.2.10 所示。

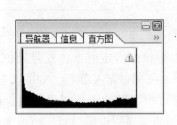

图 3.2.9　直方图调板　　　　　　　图 3.2.10　历史记录调板

10. 信息调板：信息调板中显示光标所在位置的坐标值、色彩信息、所选区域的大小等信息，如图 3.2.11 所示。

11. 图层复合调板：图层复合调板是在一个文件中可以多样化改变设计效果的功能。例如在使用添加图层样式时，希望在相应图像中应用各种添加图层样式后选择满意的效果。这时可以把操作结果保存到其他 Layer Comps 中后，轻松地比较选择应用效果，如图 3.2.12 所示。

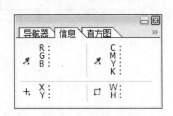

图 3.2.11　信息调板　　　　　　　图 3.2.12　图层复合调板

12. 图层调板：图层可以理解为用于 Photoshop 操作的一张一张透明纸。可以在一个文件中修复、编辑、合成、合并、分离多张图像。图层可以说是 Photoshop 的核心技术，如图 3.2.13 所示。

13. 导航器调板：导航器调板通过预览功能显示整个图像，并且还表明实际操作界面的位置。图像窗口显示的部分用红色矩形边框表示，并且可以在调板中移动。通过调整调板下端的图像预览比率，可以缩放界面，如图 3.2.14 所示。

14. 路径调板：使用钢笔工具绘制的矢量方式的直线或曲线叫做路径。Illustrator 是以绘制为目的使用路径，但是 Photoshop 是以选择为目的使用路径。使用钢笔工具绘制路径后，在路径调板中创建路径窗口，并且可以修改、调整或转化为选择区域，如图 3.2.15 所示。

15. 样式调板：通过利用已载入的样式，可以在图层图像中应用

图 3.2.13　图层调板

各种效果，并且还可以修改所应用的样式，或创建并载入新的样式，如图 3.2.16 所示。

　图 3.2.14　导航器调板

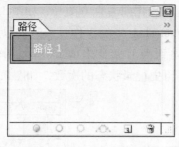
　图 3.2.15　路径调板

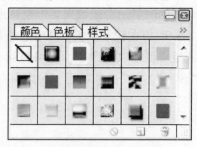
　图 3.2.16　样式调板

16. 色板调板：在色板调板中通过单击鼠标可以轻松地指定前景色或背景色，不但可以使用 Photoshop 中提供的颜色，而且还可以创建或添加使用自定义颜色，如图 3.2.17 所示。

17. 工具预设调板：工具预设调板的作用是保存每个工具的选项栏设定值，以便进行其他操作时使用相同设定值，保存用户经常使用的工具的选项栏设定值后，可以方便地使用这些工具，如图 3.2.18 所示。

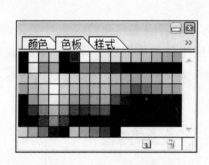
　图 3.2.17　色板调板

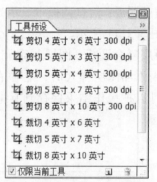
　图 3.2.18　工具预设调板

三、菜单

菜单是 Photoshop 软件的主干和脉络。Photoshop 的大部分操作都要通过菜单来完成，通常菜单中的各个命令很明确地告诉我们该如何进行下一步操作。一般来说 Photoshop 是按照一定的主题来安排菜单内容的，从菜单的名称上就可以看出菜单中的主题是什么。如果想了解菜单的具体内容，可以在学习案例前，打开 Photoshop 中的菜单命令，自己试着操作一下，以便对菜单有个初步了解，在后来的设计实践中再逐渐应用，慢慢就会掌握 Photoshop 的精髓。

第三节　魔棒工具、移动工具——制作男孩坐到沙发上

一、实例创作说明

利用魔棒工具选中图 3.3.1 中的男孩，用鼠标将其拖曳到图 3.3.2 建筑图片中，使用菜单中的"编辑"→"自由变换"命令，改变图像大小后使其坐到沙发上，如图 3.3.3

所示。并通过改变图层调板上"不透明度"在地板上制作出男孩的投影。

图 3.3.1　男孩　　　　图 3.3.2　建筑　　　　图 3.3.3　合成的图片

 友情提示

图片素材的获取

各节中的图片素材，请在网站 http：//www. hxedu. com. cn（华信教育资源网）免费注册后，在与本教材配套的课件资源中下载，打开"第三章各节配套图片"中的相应文件夹即可。

二、制作步骤

（1）单击桌面上的"开始"→"程序"→"Adobe"→"Photoshop CS"命令，打开 Photoshop CS 窗口，如图 3.3.4 所示。

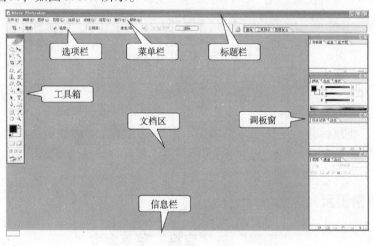

图 3.3.4　Photoshop CS 窗口

（2）打开图片素材第三章第三节文件夹中的图片"男孩"和"建筑"文件。

 友情提示

在 Photoshop CS 中打开图像文件的方法

一是使用文件浏览器。选择菜单中的"文件"→"浏览"命令，可以打开文件浏览器，

如图 3.3.5 所示，使用浏览调板可以直观地浏览和检索图像，并可以对图像进行简单的编辑、排列、命名等操作。

图 3.3.5　文件浏览器

二是双击 Photoshop CS 窗口中的空白部分。

三是选择菜单中的"文件"→"打开"命令，将调出 Windows 标准的文件打开。

（3）激活"男孩"文件（单击顶端的提示栏，显示为蓝色），选择工具栏中的魔棒工具 ，魔棒工具选项栏设置如图 3.3.6 所示，多次单击"男孩"图片的黑色背景，再单击菜单中的"选择"→"反选"命令，将"男孩"文件中的男孩图像选中。

图 3.3.6　魔棒工具选项栏

（4）选择工具栏中的移动工具 ，将所选择的男孩图像移动到"建筑"文件中。

（5）单击菜单中的"编辑"→"自由变换"命令，男孩图像周围出现一个矩形框。按住 Shift 键不放，将鼠标移至矩形框角上的小矩形处，当鼠标图标显示为双箭头时，向下拖动鼠标，将男孩图像按比例缩小到适当的大小，双击矩形框确认变形操作。

"编辑"→"变换"菜单命令

选择图像后，单击菜单中的"编辑"→"变换"命令，可以对图像进行"水平翻转"、"垂直翻转"、"旋转90度（顺时针）"、"旋转90度（逆时针）"、"旋转180度"、"扭曲"、"透视"等变化。

不选择图像，可以单击菜单中的"图像"→"旋转画布"→"任意角度"、"水平翻转"、"垂直翻转"、"旋转90度（顺时针）"、"旋转90度（逆时针）"等命令进行相应的操作，原图及效果如图 3.3.7、图 3.3.8、图 3.3.9 所示。

图 3.3.7　原图　　　　　图 3.3.8　旋转 90 度（顺时针）　　　　图 3.3.9　水平翻转

（6）选择工具栏中的移动工具 ，使男孩正好坐到沙发上。

友情提示

放大图像的方法

为了保证男孩坐到沙发上的位置合适，需要放大图像。

放大图像时，可以选择工具栏中的缩放工具 🔍。缩放工具主要是用来将图像进行等比例的放大或缩小，或者对图像进行局部的放大以便于对图像进行修改。使用缩放工具 🔍 时，将鼠标移到图像上单击，每单击一次图像，就放大一定比例。按住 Alt 键，在图像上单击，图像会缩小显示。

另外，可以利用"导航器"调板，如图 3.3.10 所示，快捷缩放图像。单击菜单中的"窗口"→"显示导航器"命令，确认"导航器"调板处于显示状态，调整"导航器"调板底部的水平滑杆可以放大或缩小图像。将鼠标放在"导航器"图像预览窗口中的"代理预览区域"即红色矩形框上，鼠标指针变成手形，按住鼠标左键拖动矩形框到图像的某一局部，在图像窗口中呈现出局部放大的图像。

图 3.3.10　"导航器"面板

（7）单击菜单中的"窗口"→"显示图层"命令，确认"图层"调板处于显示状态，观察"图层"调板，会发现它新增加了一个"图层 1"，"建筑"图层自动设置为背景层。

（8）单击菜单中的"图层"→"图层属性"命令，在弹出的"图层属性"对话框中，将图层的名称改为"男孩"。

（9）单击菜单中的"图层"→"复制图层"命令，将"图层 1"复制成"倒影"层。

（10）单击菜单中的"编辑"→"变换"→"垂直翻转"命令，将"倒影"层垂直翻转。

（11）选择工具栏中的移动工具，调整"倒影"层。

（12）在"图层"调板上，将"倒影"层"不透明"值修改为 35%。

（13）单击菜单中的"文件"→"保存"命令，保存图像，设文件名为"倒影"，保存的图片文件格式为 PSD。再单击菜单中的"文件"→"另存为"命令，保存图像，文件格式为 JPG。

第四节　套索工具——制作天使站在花丛中

一、实例效果说明

本例利用磁性套索工具 将"蝴蝶"（图 3.4.1）和"天使"（图 3.4.2）选择后，然后利用移动工具 ，以"花朵"（图 3.4.3）图片为背景，进行图片的合成，并通过使用菜单中的"编辑"→"自由变换（或变换）"、"图像"→"调整"→"色相/饱和度"等命令对图片的效果进行调整，最后制作成一个漂亮的天使站在花丛中的图片，如图 3.4.4 所示。

图 3.4.1　蝴蝶　　　　　　图 3.4.2　天使　　　　　　图 3.4.3　花朵

图 3.4.4　天使站在花丛中

二、操作步骤

（1）打开图片素材第三章第四节文件夹中的图片"蝴蝶"、"花朵"和"天使"文件。

（2）激活图片"天使"，利用工具栏中的磁性套索工具 ，选择"天使"文件中的人物图像，选区如图 3.4.5 所示。

（3）单击菜单中的"图层"→"新建"→"通过复制建立图层"命令，将选择区内的图像复制下来并成为一个新层。

（4）确认图层调板处于显示状态，观察图层调板，会发现它新增加了一个"图层 1"图层。

（5）选择工具栏中的磁性套索工具，在"蝴蝶"文件中选择蝴蝶的翅膀部分，如图 3.4.6 所示。

图 3.4.5　选择人物造型　　　　　　　　图 3.4.6　选择区状态

（6）利用工具栏中的工具，拖曳"蝴蝶"文件中的选择区图像至"天使"文件中，在"图层调板"中又出现了一个内容为蝴蝶翅膀的"图层 2"图层。

（7）在图层调板中，用鼠标按住"图层 2"层向下拖曳，拖曳至"图层 1"层松手，"图层 2"层移动至"图层 1"层之下，图层调板如图 3.4.7 所示。

（8）单击"编辑"→"变换"→"水平翻转"，然后利用工具栏中的移动工具调整蝴蝶图像的位置，如图 3.4.8 所示。

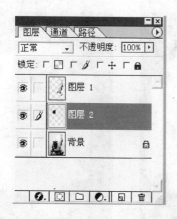

图 3.4.7　当前图层调板中的图层次序　　　　图 3.4.8　蝴蝶翅膀图像的位置

（9）单击图层调板上"图层1"层左侧的空白图标上，出现了一个图标，如图3.4.9所示，表示"图层1"与当前层被锁定在一起，它们的相对位置不变。

（10）利用工具栏中的磁性套索工具，在"花朵"文件中选择最下方的花朵，选区如图3.4.10所示。

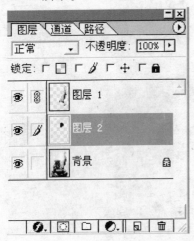

　　图3.4.9　图层调板　　　　　　　　　　图3.4.10　花朵选择区状态

（11）单击菜单中的"图层"→"新建"→"通过复制建立图层"命令，将选择区内的图像复制下来并成为一个新层。

（12）在"图层"调板上，单击最下方的"背景"层图标，使其成为当前层。这样后面复制进来的图层就会叠放在"背景"图层之上"图层1"图层之下。

（13）激活"蝴蝶"文件，使其处于当前状态。

（14）利用移动工具，拖曳"天使"文件中的当前图层图像至"花朵"文件中。"花朵"文件的图层调板如图3.4.11所示。可发现"天使"文件中的人物和蝴蝶翅膀同时被复制至"花朵"文件中，两个图像依然锁定在一起。

（15）在图像中，利用移动工具，调整新复制出来的图像至如图3.4.12所示的位置。

（16）在图层调板上选择"图层2"，调整"色彩混合模式"为"强光"、"不透明度"为60%，图像中的翅膀变得明亮而透明，如图3.4.13所示。

　图3.4.11　花朵文件的图层面板　　　　图3.4.12　图层的位置　　　　图3.4.13　效果图

友情提示

菜单命令的使用

由于篇幅有限，在调板、菜单中还有很多选项和命令我们没有一一讲述。但经过上面的练习后，相信大家都已学会如何使用这些命令。希望大家能够将其他的选项和命令一一尝试一下，以便了解它们所能达到的效果。

第五节　裁切工具、橡皮擦工具——处理扫描的图像

一、实例创作说明

使用 Photoshop CS 菜单中的"图像"→"调整"→"亮度/对比度"命令，消除扫描图像（图 3.5.1）的背景污迹，改变文件大小，运用裁切工具 [口]、橡皮擦 [∅]，使扫描的图像达到令人满意的效果，如图 3.5.2 所示。

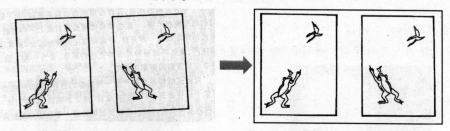

图 3.5.1　利用 Photoshop CS 扫描的图片　　　　图 3.5.2　消除背景污迹后的图像

二、制作步骤

（1）将要扫描的资料或物体画面向下放在扫描仪的平台上，打开 Photoshop CS，选择菜单中的"文件"→"输入"→"Epson Twain"命令，这时扫描仪对图片进行一次预扫描，从中选定要扫描的区域，设定扫描参数，单击"扫描"按钮，等待一段时间后，得到扫描图像。

（2）调正画布。扫描图像时由于原稿放歪，扫描后的图像倾斜或颠倒，这时需对图像予以调整。单击菜单中的"图像"→"旋转画布"→"任意角度"命令，打开"旋转画布"对话框，在对话框中进行旋转角度设置，单击"确定"按钮，即可调正画布，如图 3.5.3 所示。

（3）调正后的画面四周杂乱，可选择工具栏中的裁切工具 [口] 对画面进行裁切，裁切后的图像如图 3.5.4 所示。无论设置的裁切框形态多么不规则，执行裁切后，软件会自动把裁切后的图像调整为规则的矩形图形。

（4）消除背景污迹。扫描图像时由于原稿纸张质量问题或其他原因，扫描后的图像背景往往有污迹，可见原稿中纸张另一面图形的痕迹，影响图像画面的美观。这时，可使用菜单中的"图像"→"调整"→"亮度/对比度"命令进行调整，将"亮度"或"对比度"滑杆下的小三角形滑块移到合适位置，单击"确定"按钮。

图 3.5.3　调正的画布　　　　　　　　　　　图 3.5.4　裁切后的图像

对图像中剩余的隐隐约约的污点，可用擦除工具擦除。

（5）调整文件的大小。单击菜单中的"图像"→"图像大小"命令，打开"图像大小"对话框，选中对话框中的"重定图像像素"及"约束比例"复选框，在"像素大小"设置区的"宽度"文本框中输入文件要求大小的数值，可将图像文件改变成所需的大小。

（6）单击菜单中的"文件"→"保存"命令，保存处理后的图像。

点石成金

图像颜色的改变

单击菜单中的"图像"→"调整"→"色相/饱和度"命令可以改变图像的色彩。在图3.5.5 中选择右上角的花朵，进行色相/饱和度的调整后，花朵改变后的颜色如图 3.5.6 所示。

图 3.5.5　原图　　　　　　　　　　　　图 3.5.6　色相/饱和度调整后

在菜单中的"图像"→"调整"下拉选项中，通过选择"色阶、去色、色调分离、阈值、变化"等项都可以改变图像的色彩与色调，如图 3.5.7、图 3.5.8、图 3.5.9 所示。

图 3.5.7　未做色阶调整　　　　　　　　　图 3.5.8　自动色阶调整

"变化"命令用于可视地调整图像或选区的色彩平衡、对比度和饱和度，此命令对不需要精确色彩调整的平均色调图像最有用。

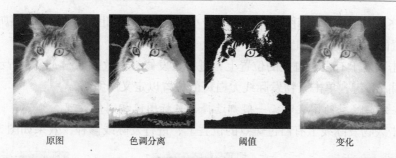

| 原图 | 色调分离 | 阈值 | 变化 |

图 3.5.9　去色、色调分离、阈值、变化

 友情提示

画布大小与图像大小的区别

在 Photoshop 中，应该清楚两个概念：一个是图像尺寸，另一个是画布尺寸。默认情况下，这两个尺寸是相等的。调整图像尺寸时，图像会被相应地放大或缩小。改变画布尺寸时，图像本身不会被缩放。缩小画布尺寸时，图像将被裁剪。放大画布尺寸时，图像四周将增加空白区。

第六节　修复笔工具、修复工具——修复一张老照片

一、实例创作说明

通过把如图 3.6.1 所示的老照片修复成图 3.6.2，掌握修复工具 的使用。

图 3.6.1　修复前的老照片　　　　　图 3.6.2　修复后的老照片

二、制作步骤

（1）打开图片素材第三章第六节文件夹中的图片"老照片"图像文件。

（2）在工具箱中选择修复笔工具 ，在其选项栏设置选项，如图 3.6.3 所示。

图 3.6.3　修复笔工具 选项栏

（3）按住 Alt 键，当鼠标图标显示为一个小刷子时，在如图 3.6.4 中圆圈所示的位置单击，将该位置的图像定义为图案。

（4）单击头发上有白色斑点的位置上，进行头发修补，效果如图 3.6.5 所示。

（5）按住 Alt 键，单击人物发际线无白斑的位置以定义图案。

注意： 在定义修补的图案时，一般都选择与目标图像相同的纹理。

（6）单击人物发际线上有白色斑点的位置上，进行发际线修补，效果如图 3.6.6 所示。

图 3.6.4　定义图案位置　　　　图 3.6.5　修补好头发的效果　　　　图 3.6.6　修补发际线的效果

（7）在工具箱中选择修补笔工具不放，在弹出的选项中选择修补工具 ，在选项栏中设置选项，如图 3.6.7 所示。

图 3.6.7　设置选项

（8）在衣服完整的部分拖曳鼠标，创建如图 3.6.8 所示的选区，定义源。

（9）将鼠标移动至选区内，将源拖曳至其衣服白斑的位置，修补衣服。衣服修补的效果如图 3.6.9 所示。

（10）在选项栏中选择"源"选项，在图像中选择背景上的白斑。

（11）将被选择的部分拖曳到背景上完好的部分，松开鼠标，取消选择。

（12）用上述方法继续修补背景的其他部分，最后的修补效果如图 3.6.10 所示。

图 3.6.8　创建选区　　　　图 3.6.9　修补衣服的效果　　　　图 3.6.10　背景修补效果

（13）在工具箱中选择涂抹工具 ，将选项栏设置为如图 3.6.11 所示的参数，用涂抹的方法对背景进行平滑处理，修复效果如图 3.6.2 所示。

图 3.6.11　涂抹工具参数

 友情提示

在修复图像时，也常常用到模糊工具 △ 、锐化工具 △ 、涂抹工具 ⬚ 、减淡工具 ● 、加深工具 ◐ 、海绵工具 ⬚ 等。

（1）使用模糊工具 △ 、锐化工具 △ 、涂抹工具 ⬚ 对如图 3.6.12 所示的原图进行调整的效果分别如图 3.6.13、图 3.6.14、图 3.6.15 所示。

图 3.6.12　原图　　　　图 3.6.13　模糊效果　　　　图 3.6.14　锐化效果　　　图 3.6.15　涂抹效果

（2）可以针对一幅图像，利用减淡工具 ● 、加深工具 ◐ 、海绵工具 ⬚ 等练习一下使用效果。

第七节　画笔工具——绘制一幅风景图画

一、实例创作说明

本实例通过利用 Photoshop CS 进行如图 3.7.1 所示的效果的制作，掌握画笔工具 ⬚ 、圆形选择工具 ◯ 、矩形选择工具 ⬚ 、吸管工具 ⬚ 、油漆桶工具 ⬚ 、色板、历史记录控制调板的功能与使用方法。

图 3.7.1　效果图

二、制作步骤

（1）单击桌面上的"开始"→"程序"→"Adobe"→"Photoshop CS"，打开 Photoshop CS。

（2）单击菜单中的"文件"→"新建"命令，在弹出的"新建"对话框中设置参数。名称为"风景图画"，宽度为"400 像素"，高度为"400 像素"，内容为"白色"，分辨率为"300 像素/英寸"，模式为"RGB"，内容为"白色"。

（3）在工具栏中选择画笔工具 ，设置画笔为柔边缘圆 200 像素，硬度为 0 度，间距为 25%。

友情提示

画笔调板的使用技巧

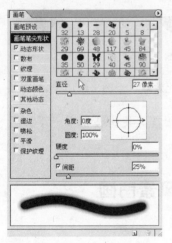

图 3.7.2　　"画笔"调板

单击选项栏右侧的 🖾 按钮，弹出"画笔"调板，如图 3.7.2 所示。在"画笔"调板中，可以预设画笔，并对画笔笔尖形状（包括名称、硬度、大小、空白区）进行设置。

单击"画笔"调板右上角的 ⏵ 按钮，在下拉菜单中，可以调用最下面的 11 种其他类型的画笔，".abr"是画笔文件的扩展名。

也可以单击菜单中的"窗口"→"画笔"命令调用"画笔"调板。

（4）设置前景色和背景色。单击工具栏下边的 ■ 图标左上角的"设置前景色"色块，在弹出的"拾色器"对话框中将前景色设置为淡蓝色。单击右下角的"设置背景色"色块，在弹出的"拾色器"对话框中将背景色设置为墨绿色。单击右上角的 🔁 按钮，可以将前景色、背景色转换。

友情提示

设置前景色的技巧

（1）数字输入法。如果想获取一个预定的颜色，如绿色，在弹出的"拾色器"对话框中，只要输入其颜色值 R:40，G:180，B:88，便可获得所需要的颜色，如图 3.7.3 所示。

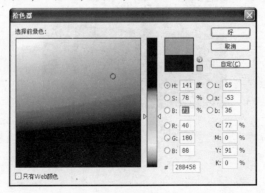

图 3.7.3　　"拾色器"对话框

（2）利用吸管工具设置前景色

吸管工具  主要用来从图像或调色板中吸取颜色，改变前景色或背景色，或标记图像中的颜色成分。单击图像或色板，前景色显示为当前像素点的颜色。按住键盘上的 Alt 键不放，再次单击图像或色板，背景色显示为当前像素点的颜色。

（5）用画笔工具  在图像上方绘制蓝天，在图像下方绘制绿地。

（6）选择工具栏中的圆形选择工具 ⊙，在选项栏中将"羽化效果"值设置为2。注意，圆形选择工具 ⊙ 有时隐藏在矩形选择工具 ⬚ 下。在图像中设置如实例效果图所示的树冠选择区。然后，将前景色设置为深绿色，在工具栏中选择画笔工具 ，在选择区内拖曳鼠标，将其内部涂满绿色，画出一个树冠。

友情提示

"羽化效果"

"羽化效果"值决定选择区边缘的羽化效果，也就是在选择区的边缘产生一个影响过渡消失的范围。"羽化效果"值应根据需要设定。图 3.7.4 是建立了三个大小相同，"羽化效果"值分别为 0、5、10 的圆形选择区，然后在其内部用油漆桶填充黑色可以明显看出"羽化效果"值对其边缘效果的影响。"羽化效果"值的单位是像素，图 3.7.5 是"羽化效果"值分别为 0、40 的圆形选择区。

图 3.7.4　"羽化效果"值对其边缘效果的影响

图 3.7.5　"羽化效果"值分别为 0、40 的圆形选择区

（7）单击菜单中的"选择"→"取消选择"命令，取消选择区；也可以单击鼠标右键，从弹出的菜单中选择"取消选择"命令，取消选择区。

（8）将前景色设置为深棕色，在"画笔"调板中设置好画笔工具  选项后，在图像中绘制树干。

（9）将前景色设置为红色，在"画笔"调板中设置好画笔工具  选项后，在树冠和地面上适当的位置单击鼠标，添加果子的效果。

1. "历史记录"调板

在绘制图像的过程中，很少会一次成功，经常会突然发现前面几步操作不正确或不合适，需要撤销。针对这一情况，Photoshop 软件提供了"历史记录"调板，它记录着用户前面所做的每一步操作。"历史记录"调板的最上方显示图像的初始状态，其左侧有一个"恢复笔"图标，当鼠标移动到"历史记录"调板的记录区时，光标变为手指形，单击记录条就可以看到记录位置时的图像状况。

2. 快照

由于"历史记录"调板中只能保留有限的操作步骤（默认为20步），因此，如果操作步数较多，将会导致无法撤销某些操作。为此，Photoshop 还提供了快照功能，通过创建快照可以保存图像的当前状态，要恢复该状态，只需单击"历史纪录"调板中的快照名称即可，如图 3.7.6 所示，在单击"新建"按钮后，系统将创建"快照1"并将其放在"历史纪录"调板的上方。以后无论执行多少操作，只要单击"快照1"，系统即可自动恢复"快照1"所保存的图像状态。

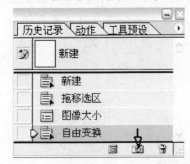

图 3.7.6　创建快照

（10）选择工具栏中的圆形选择工具，在选项栏中将"羽化效果"值设置为1。按住键盘上的 Shift 键，在图像中创建太阳选区。在选区内，用工具栏中的油漆桶工具，选择前景色填充选区，绘制太阳。单击菜单中的"选择"→"取消选择"命令，取消选区。

选区填充的方法和自定义图案的方法

可以使用菜单中的"编辑"→"填充"命令，也可以使用工具栏中的油漆桶工具进行选区填充。除了使用前景色填充外，还可以使用自定义图案进行填充。自定义图案的方法如下。

使用矩形选择工具在图像画面中做一选区，如图 3.7.7 所示，羽化值必须为零，单击菜单中的"编辑"→"定义图案"命令，将选择区的图像设置为样本。填充时，选择"图案"中的样本填充即可，如图 3.7.8 所示。

图 3.7.7　选区

图 3.7.8　复制自定义的图案

　　使用工具栏中的图案图章工具，按住 Alt 键在图像文件单击定义图案，然后在图像中拖曳鼠标，也可复制自定义的图案。

　　（11）选择画笔工具，在选项栏中选择一个比刚创建的太阳直径略大的笔型，画笔硬度为 10%，在太阳图像的中心位置单击鼠标 1 ~ 2 次，创建太阳光晕的效果。

　　（12）用前述方法绘制白云效果。

　　（13）在选项栏的"画笔"框中选择鸟画笔，在图像中天空的位置单击，创建鸟的效果。在选项栏的"画笔"框中选择鹿画笔，在图像中绿地的位置单击，创建鹿的效果。鸟和鹿的画笔可以用菜单中的"编辑"→"定义画笔"命令来完成。

定义画笔的方法

　　（1）用套索选择工具，选择鸟或鹿。

　　（2）单击菜单中的"编辑"→"定义画笔"命令，将选择区的鸟或鹿图像设置为画笔样本。

　　（3）然后，单击"画笔"框右侧的按钮，弹出"画笔"调板，在"画笔"调板上即可选择。

　　（14）将前景色设置为白色，在选项栏的"画笔"框中选择星光画笔，在图像中树的果子上单击鼠标，创建光芒的效果。

　　（15）单击菜单中的"文件"→"保存"命令，文件格式分别为 PSD、TIFF。

图层、选区的调整技巧

1. 建立新图层

为了给编辑带来方便，可以先建立新图层，然后在新图层中创作，最后将图层合并。

2. 选区的调整

　　（1）要对图像执行"全选"、"取消选择"、"重新选择"及"反选"等操作，可选择菜单中的"选择"命令或者相应的快捷键。

（2）要对选区进行自由变换、扭曲、透视和旋转等操作，可以在制作好选区之后，选择菜单中的"选择"→"变换选区"命令，此时只会变形选区，而不会变形选区内的图像。

（3）要想制作边界选区，可首先制作好选区，如图 3.7.9 所示，然后单击菜单中的"选择"→"修改"→"扩边"命令，在打开的"边界选区"对话框中设置选区边界的宽度，便可得到边界选区，如图 3.7.10 所示。

图 3.7.9　制作选区　　　　　　　图 3.7.10　制作边界选区

（4）要想平滑选区，可以选择"选择"→"修改"→"平滑"命令。平滑选区主要用来平滑选区边界，从而去掉选区边界上的一些尖角。此外，也可以通过平滑选区消除用"魔棒工具" 定义选区时所产生的一些不必要的零星区域。

（5）扩展选区就是对用户所制作的选区进行全方位的扩展。要扩展选区，可单击菜单中的"选择"→"修改"→"扩展"命令。

（6）选区的收缩与扩展正好相反，它可以将制作的选区按指定的宽度进行收缩。要收缩选区，可以单击菜单中的"选择"→"修改"→"收缩"命令。

第八节　渐变工具、矩形选框工具——制作立体按钮

一、实例创作说明

在制作网页、多媒体课件等过程中，经常会需要制作按钮效果。本节利用渐变工具、矩形选框工具、添加添加图层样式等制作漂亮的立体按钮，如图 3.8.1 所示。

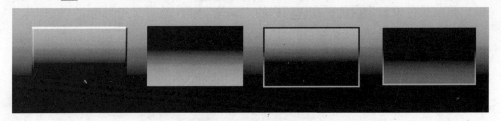

图 3.8.1　按钮效果图

二、制作步骤

（1）创建一个新文件，文件名称为"按钮"，宽度为"700 像素"，高度为"150 像素"，分辨率为"300 像素/英寸"，模式为"RGB"，内容为"白色"。

（2）在工具栏中将前景色设置为淡紫色（R:189，G:140，B:191），背景色设置为深紫

色（R:75，G:0，B:73）。

（3）在工具栏中选择渐变工具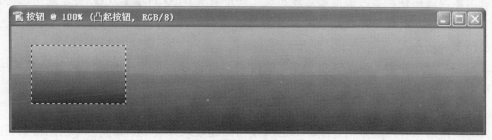。在选项栏"渐变项"框中选择"前景到背景"渐变、"线性渐变"选项。按住键盘上的 Shift 键，在图像中自上而下拖曳鼠标，对背景层做一渐变。

（4）单击图层调板中的"创建新的图层"按钮，建立一个新图层，命名为"凸起按钮"。

（5）选择工具栏中的矩形选择工具，在背景图像上创建一个矩形选区，选择渐变工具，按住键盘上的 Shift 键，在选择区中自上而下拖曳鼠标，渐变效果如图 3.8.2 所示。

图 3.8.2　矩形选区的渐变效果

（6）单击图层调板中的"添加图层样式"按钮，对话框设置如图 3.8.3 所示。第一种按钮的凸起效果如图 3.8.4 所示。制作这种按钮时，使用在图层中"添加图层样式"方法。观察图层调板，会发现"凸起按钮"层成为一个效果层。

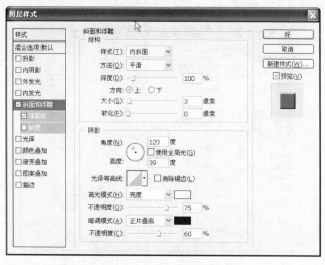

图 3.8.3　添加图层样式对话框

图 3.8.4　第一种凸起按钮

"添加图层样式"工具 🅕.

使用"添加图层样式"工具 🅕.也可以对图像中的图层内容进行效果处理。在 Photoshop 中，可以为除背景层外的所有图层设置阴影、发光和浮雕等样式特效，而且可以给一个图层添加阴影、发光和描边等多种样式特效，所设置的样式会显示在该层的下方。

应用添加图层样式后的图层的右方出现了两个符号：🅕.和 ▼。🅕.符号表明已对该层执行了效果处理，以后要修改效果时，只需双击该符号即可；而单击 ▼ 符号可打开或关闭该图层的下拉列表。

添加图层样式非常有用，利用它可以瞬间制作出多种效果。同时，在"添加图层样式"对话框中可以设置很多参数，从而迅速改变其效果。

（7）单击菜单"图层"→"拼合图层"命令，将图层合并。

（8）制作第二种凹陷按钮。制作方法与按钮凸起效果方法基本相同。单击图层调板的按钮 🗍，建立一个新图层，名称为"凹陷按钮"。

（9）选择工具栏中的矩形选框工具 ▢ 做一选区，选择工具栏中的渐变工具 ▤，按住键盘上的 Shift 键，在矩形选区中自下而上拖曳鼠标。

（10）单击图层调板中的"添加图层样式"按钮 🅕.，对话框设置如图 3.8.5 所示。第二种凹陷按钮的效果如图 3.8.6 所示。

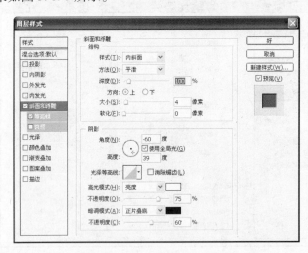

图 3.8.5　添加图层样式对话框

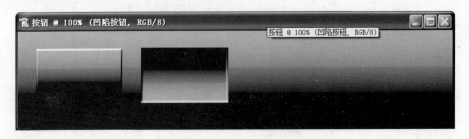

图 3.8.6　第二种凹陷按钮

（11）单击菜单"图层"→"拼合图层"命令，将图层合并。

（12）制作第三种凸起按钮。单击图层调板中的按钮 ，建立一个新图层，其名称为"第三种凸起按钮"。

（13）选择工具栏中的 工具，再创建一个矩形选择区。选择工具栏中的 工具。按住键盘上的 Shift 键，在选择区中自下而上拖曳鼠标。

（14）单击菜单中的"选择"→"修改"→"收缩"命令，在弹出的"收缩选择"对话框中设置收缩量为 2 个像素。

（15）单击图层调板中的 按钮，建立一个新图层，其名称为"第三种凸起按钮"。选择工具栏中的渐变工具 。按住键盘上的 Shift 键，在选择区中自上而下托拽鼠标。取消选择区，第三种按钮的凸起效果如图 3.8.7 所示。第三种制作按钮的方法是利用设置按钮的明暗来表现其立体效果。

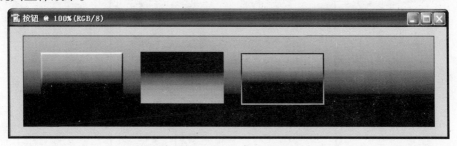

图 3.8.7 第三种按钮的凸起效果

（16）第四种凹陷按钮的制作方法与第三种凸起按钮制作方法基本相同。只是在设置最上层的渐变时，将前景色和背景色都修改为比原来暗的颜色，然后自下而上拖曳鼠标。利用本例所讲的技巧，还可以制作出圆形、椭圆形等许多种按钮效果。

渐变工具 的其他选项使用效果

渐变工具包括直线渐变工具 、放射渐变工具 、角度渐变工具 、对称渐变工具 、菱形渐变工具 五种，如图 3.8.8 所示。

（1）直线渐变工具 ：能形成从起点到终点的直线渐变效果。

（2）放射渐变工具 ：能产生从中心向四周辐射状的渐变效果。

（3）角度渐变工具 ：能形成围绕起点旋转的螺旋形渐变效果。

（4）对称渐变工具 ：能产生两侧对称的渐变效果。

（5）菱形渐变工具 ：能产生菱形渐变效果。

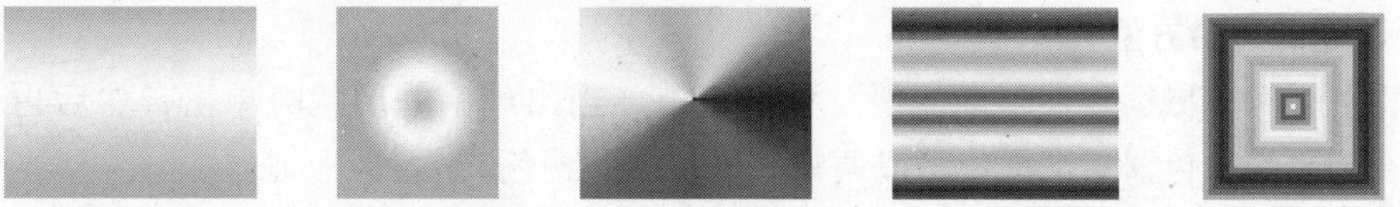

直线渐变工具 　　放射渐变工具 　　角度渐变工具 　　对称渐变工具 　　菱形渐变工具

图 3.8.8 渐变工具

渐变编辑器

1. 打开渐变编辑器方法

在工具箱里选择渐变工具 ，单击选项栏中的"渐变项"框，弹出的渐变编辑器对话框如图 3.8.9 所示。

图 3.8.9　渐变编辑器对话框

说明：A. 面板菜单；B. 不透明性色标；C. 色标；D. 更改所选色标的颜色；E. 中点

（1）"渐变项"色带：显示渐变项的效果。

（2）颜色色标：在渐变项色带下方有一些形态像小桶一样的标志，这是一些颜色标志。颜色色标所在的位置，就是色带上使用原色的位置。渐变项色带自一个"颜色"色标设置的颜色过渡至其相邻的另一个"颜色"色标设置的颜色。

- 下方的颜色框显示当前色标使用的颜色。
- 用鼠标拖曳颜色色标可以移动色带上原色的位置。
- 单击紧贴渐变项色带下方，可以在渐变项色带上添加颜色色标。
- 颜色色标共有三种：前景色色标、背景色色标、用户色标。

（3）不透明性色标：它的颜色根据色带的透明效果显示相应的灰度。

（4）中点标志：它所指的位置是渐变项两种相邻原色的分界线，即两种原色各占 50% 处。可以拖曳这些中点标志来移动渐变分界线的位置。

2. 渐变的编辑方法

编辑渐变时，鼠标放在"渐变项"色带下方，当出现手的形状时单击，然后再单击颜色框，在弹出的拾色器对话框中可以调整该处色标的颜色。

另外，单击预设窗口右上方的黑色小三角，在弹出的下拉菜单中，有多项的预设渐变可供选择。

第九节　渐变工具、画笔工具——制作百叶窗

一、实例创作说明

本例利用渐变工具 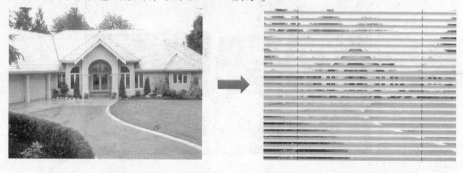、画笔工具 及图层的合成等，利用图 3.9.1 为百叶窗底图，制作透过百叶窗看窗外景色的效果，如图 3.9.2 所示。

图 3.9.1　百叶窗底图　　　　　　　　　　图 3.9.2　效果图

二、操作步骤

（1）打开图片素材第三章第九节文件夹中的图片"百叶窗底图"。

（2）单击图层调板中"创建新的图层按钮" ，创建"图层1"，并选中。

（3）在图像中建立一个矩形选区，注意选区的宽度应与图像宽度相同。

（4）制作第一个百叶窗叶片。设置前景色为深灰色（R:129，G:129，B:129），背景色为白色（R:255，G:255，B:255）。单击工具箱中的渐变工具 ，然后在工具选项栏中选择"前景色到背景色"渐变、"线性渐变"，在选区内由上至下拖曳鼠标指针绘制渐变色，效果如图 3.9.3 所示。然后取消选区。

图 3.9.3　第一个百叶窗叶片

（5）单击菜单中的"视图"→"显示标尺"命令，单击移动工具 ，将光标移至图像上方的标尺上，向下拖曳光标拉出一条黑色的辅助线。用上述的方法拉出如图 3.9.4 所示的辅助线，注意辅助线与标尺刻度的相对位置。

图 3.9.4　辅助线

标尺的使用技巧

从标尺开始拖曳鼠标，可以拖曳出参考线，选择工具箱中的移动工具，将鼠标移动至参考线上当鼠标图案显示为双箭头，可以拖曳鼠标移动参考线，利用工具箱中的移动工具，按住键盘上的 Ctrl 键，可以对参考线的位置进行精确调整。

合理利用网格

单击菜单中的"视图"→"显示"→"网格"命令，会为设计对象建立一个合适的网格。网格是由垂直线和水平线构成，可以用来帮助内容结构化，它能够让对象产生秩序感。可以把网格作为设计师组织文字、图片的支架，解决设计师关于页面中各元素定位的问题，使设计师思路得到理性地梳理。

（6）在工具箱中选择画笔工具 ，然后单击工具选项栏中"画笔"选项，在弹出的画笔调板中选择常规的圆形画笔，并将笔尖直径设置为 3 个像素。

（7）绘制的百叶窗线。将前景色设置为蓝色（R:0，G:0，B:255），单击菜单中的"视图"→"隐藏辅助线"命令，隐藏辅助线，绘制的百叶窗线如图 3.9.5 所示。

（8）单击菜单中的"编辑"→"自由变换"命令，将百叶窗叶片变形比例大小，并用移动工具移动到如图 3.9.6 所示位置。第一个百叶窗叶片制作完毕。

图 3.9.5　绘制百叶窗线

图 3.9.6　第一个百叶窗叶片

（9）按住键盘上的 Alt 键，在百叶窗的第一个叶片的位置按住移动工具[图]向下拖曳，百叶窗叶片被复制。以此方法快速复制 6 片百叶窗的叶片，如图 3.9.7 所示。注意每一百叶窗叶片间距离要相同。

图 3.9.7　复制 6 片百叶窗的叶片

（10）在图层调板中，单击背景层前的眼睛图标，将其隐藏。单击菜单中的"图层"→"合并可见图层"，将全部的百叶窗叶片合成一个图层，图层调板如图 3.9.8 所示、百叶窗叶片效果图如图 3.9.9 所示。

图 3.9.8　百叶窗叶片合成图层调板

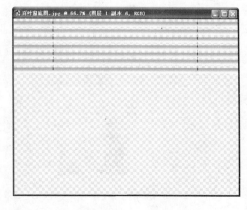

图 3.9.9　百叶窗叶片效果图

（11）按住键盘上的 Alt 键，依次在合成的百叶窗叶片上按住移动工具 向下拖曳，复制百叶窗叶片。

（12）在图层调板上使背景层处于可见状态，即可得到如图 3.9.2 所示的百叶窗最终效果图。

第十节　文字工具、渐变工具——为图像加上背景与文字

一、实例创作说明

通过将图 3.10.1 "语文 1" 和图 3.10.2 "语文 2" 两张图片合成得到图 3.10.3 的画面效果，学会使用 Photoshop 中的多边形套索工具 、磁性套索工具 、渐变工具 、文字工具 等。

图 3.10.1　语文 1　　　　图 3.10.2　语文 2　　　　　　图 3.10.3　合成的画面

二、制作步骤

（1）创建一个新文件，文件名称为 "螳螂捕蝉"、宽度为 "640 像素"，高度为 "480 像素"，分辨率为 "72 像素/英寸"，模式为 "RGB"，内容为 "白色"。

（2）打开图片素材第三章第十节文件夹中的图片 "语文 1" 和 "语文 2"，如图 3.10.4、图 3.10.5 所示。

图 3.10.4　语文 1　　　　　　图 3.10.5　语文 2

（3）激活图片"语文1"和"语文2"，单击菜单"图像"→"调整"→"亮度/对比度"命令进行调整，消除背景污迹，直到图像令人满意为止。选择工具栏中的矩形选择工具，在选项栏中设置羽化值为0，选中如图3.10.6所示的人物图像，单击菜单中的"编辑"→"复制"命令。

（4）激活图片"螳螂捕蝉"的窗口，单击菜单中的"编辑"→"粘贴"命令，把人物复制到新画面中，如图3.10.7所示。

图3.10.6　选择人物图像

图3.10.7　把人物复制到新画面中

（5）选择工具栏中的移动工具，把人物拖动到合适的位置。单击菜单中的"编辑"→"自由变换"命令，可以进行图像大小的调整。

（6）激活图片"语文2"，选择工具栏中的多边形套索工具，选中如图3.10.8所示的图像。用移动工具将树和小鸟移到图片"螳螂捕蝉"中，如图3.10.9所示。

图3.10.8　选中树和小鸟

图3.10.9　将图片合成

（7）单击菜单中的"图层"→"拼合图层"命令，将图层合并。

（8）使用工具栏中的魔棒工具，魔棒工具选项栏设置如图3.10.10所示，多次单击图片"螳螂捕蝉"的白色背景，创建如图3.10.11所示的选区。

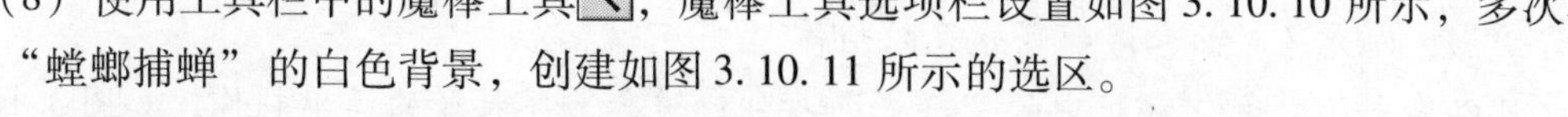

图3.10.10　魔棒工具选项栏

图 3.10.11　选择白色背景

（9）将前景色设置为土黄色，背景色设置为白色。

（10）选取工具栏中的渐变工具，它隐藏在油漆桶工具下。渐变工具选项栏的设置如图 3.10.12 所示。在"螳螂捕蝉"画面中由下至上拖动鼠标画一条线段，则白色的背景部分变为由下至上的黄到白渐变效果。

图 3.10.12　渐变工具选项栏

 友情提示

文字工具 T 的使用技巧

（1）文字分为点文字和段落文字。

① 点文字

在 Photoshop 中直接单击并输入的文字称为点文字，点文字不会自动换行，通常用于字数较少的标题、名称等。

② 段落文字

先绘制一个外框，再输入的文字称为段落文字，段落文字适用于较多的文字，其特点是可根据外框的尺寸在段落中自动换行。

（2）使用文字工具 T 时，用鼠标右键单击画面中的文字，在弹出的快捷菜单中选择"变形文字"命令即可进行简单的特效文字制作。

（3）单击"图层"调板的"添加添加图层样式"按钮，在弹出的菜单中可以对文字进行阴影、发光、斜面和浮雕等效果的制作。

也可以单击"颜色"调板中的"样式"按钮，进行文字特效的简单制作，如图 3.10.13 所示。

图 3.10.13　文字特效（双环发光、彩色目标、铬金光泽）

（11）选择工具栏中的移动工具 ，将文字移动到合适的位置。

（12）将前景色设置为深蓝色，依照上面的方法输入文字"九年义务教育六年制小学语文第十一册"，如前图 3.10.3 所示。

（13）单击菜单中的"文件"→"保存"命令，保存图像。

友情提示

"文字图层"的栅格化

文字图层不同于普通图层，在将文字图层转化为普通图层之前，用户不能对文字图层执行大多数的操作，例如，在文字图层上绘画、调整文字图层的颜色与色调等。

要将文字图层转化为普通图层，可选择菜单中的"图层"→"栅格化"→"文字"命令。注意：文字图层被栅格化后，对文字就不能再进行编辑。

第十一节　选框工具、文字工具——制作公益广告

一、实例创作说明

本节我们将巧妙地利用"创建剪贴蒙版"命令，制作出一幅公益广告图。利用图 3.11.1 为底图，结合图 3.11.2"水纹材质"制作出水纹质地的文字，文字与干裂土地背景形成强烈的对比，提醒人们珍惜水资源，爱护大自然。最终效果图如图 3.11.3 所示。

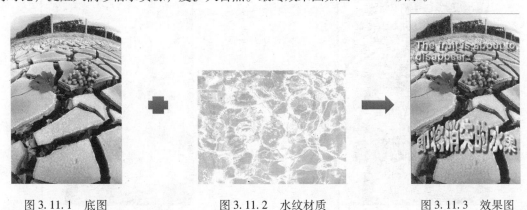

图 3.11.1　底图　　　　　　　图 3.11.2　水纹材质　　　　　　图 3.11.3　效果图

二、制作步骤

（1）打开图片素材第三章第十一节文件夹中的图片"干裂土地"，如图 3.11.1 所示。

（2）选择文字工具 T，在图像中输入文字"即将消失的水果"，调整文字的位置，并在参数对话框中选择变形文字 按钮，在弹出的对话框中选择"样式"为"上弧"，如图 3.11.4 所示。调整好的文字效果如图 3.11.5 所示。

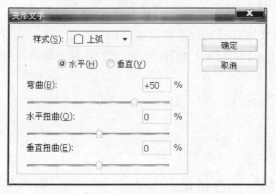

图 3.11.4　"变形文字"对话框　　　　　　图 3.11.5　变形后的文字效果

（3）同样再选择文字工具 T，在图像中输入"The fruit is about to disappear"，调整文字的位置，具体参数设置如图 3.11.6 所示。调整好的文字效果如图 3.11.7 所示。

图 3.11.6　"The fruit is about to disappear"文字的参数设置

（4）打开图片素材第三章第十一节文件夹中的图片"水面材质"，用矩形选择工具 和移动工具 将图片移动到当前图像中（系统自动将其作为"图层 1"层），调整其大小和位置，使其覆盖住输入的文字，如图 3.11.8 所示。复制"图层 1"为"图层 1 副本"，调整"图层 1 副本"的位置，使其位于两个文字图层的中间，先不让其显示，如图 3.11.9 所示。

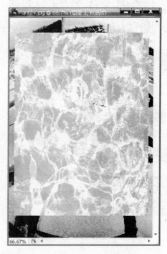

图 3.11.7　中英文输入完毕后的效果　　　　　图 3.11.8　移动水面材质图片

（5）单击"图层 1"，选择"图层"→"创建剪贴蒙版"，此时"图层 1"与下面的文字图层形成了一个剪贴组，"图层"调板如图 3.11.10 所示。单击"图层 1 副本"，对其做相同的处理，"图层"调板如图 3.11.11 所示，形成的效果如图 3.11.12 所示。

图 3.11.9　调整"图层 1 副本"的位置　　　　图 3.11.10　"图层"调板的变化 1　　　　图 3.11.11　"图层"调板的变化 2

（6）双击文字图层打开"添加图层样式"对话框，在对话框中为文字层设置"投影"和"斜面和浮雕"效果，实例效果如图 3.11.3 所示。

（7）保存文件，文件名为"公益广告"。

点石成金

图层剪贴组的建立

两个图层组成的一个剪贴组可以实现特殊效果，由上面一层决定显示的图像内容，下面一层决定显示的形状。

移动鼠标，指向两个图层的交界处，按住 Alt 键，光标变成■时单击鼠标即可建立图层剪贴组。要解除图层剪贴组，需移动鼠标，指向两个图层的交界处，按住 Alt 键，光标变成■时单击鼠标即可解除。

本实例正是通过使用"创建剪贴蒙版"命令，将文字作为基底层，剪贴位于其上面的水面材质，使水面材质只能透过基底层中的文字区域显示出来，从而得到水纹质地的文字。

第十二节　滤镜——制作碎金纸字

一、实例创作说明

在 Photoshop 中，滤镜会为我们提供很多的方便，可能一步操作就可以实现特技效果。本节中介绍"碎金纸字"的制作方法，利用滤镜做选区，方便有效地实现颜色的选取，"碎金纸字"效果图如图 3.12.1 所示。

图 3.12.1　"碎金纸字"效果图

二、制作步骤

（1）创建一个新文件，文件名称为"碎金纸字"，宽度为"400 像素"，高度为"300 像素"，分辨率为"150 像素/英寸"，模式为"RGB"，内容为"白色"。

（2）选择"滤镜"→"像素化"→"点状化"，在弹出的"点状化"对话框中，将单元格大小设为 8，如图 3.12.2 所示。经过点状化处理后的图像如图 3.12.3 所示。

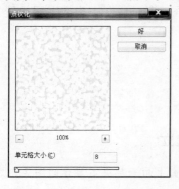
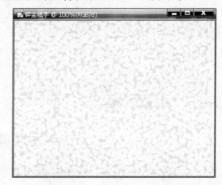

图 3.12.2　"点状化"对话框参数设置　　　　图 3.12.3　点状化处理后的图像

（3）单击"魔棒"工具，在参数设置中去掉"连续的"勾选框，如图 3.12.4 所示。

图 3.12.4　"魔棒"工具参数设置

（4）用"魔棒"工具在一种颜色上单击，如图 3.12.5 所示，设定前景色为（R：246，G：232，B：12），如图 3.12.6 所示。按"Alt + Delete"组合键，将前景色填充到选区中，如图 3.12.7 所示。

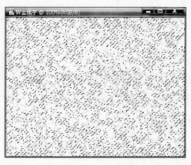

图 3.12.5　"魔棒"工具单击一种颜色

图 3.12.6　前景色颜色设置参数

图 3.12.7　填充颜色后的效果

（5）将图像反选，设定前景色为（R:246，G:23，B:12）并按"Alt + Delete"组合键填充，如图 3.12.8 所示。

（6）单击矩形选框工具，按住 Shift 键在图像中绘制一个正方形选框，如图 3.12.9 所示。

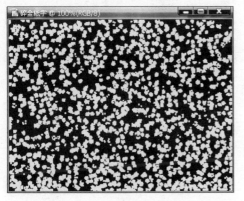

图 3.12.8　反选图像填充颜色后的效果

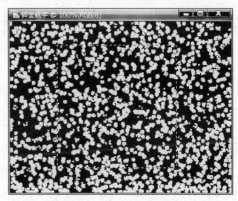

图 3.12.9　绘制矩形选框

（7）再新建一个同样大小的文件，使用"移动"工具将第一个文件的正方形选框移动到新建的文件中。

（8）选择"编辑"→"自由变换"工具，图像旋转45°，如图 3.12.10 所示，旋转完的图像如图 3.12.11 所示。

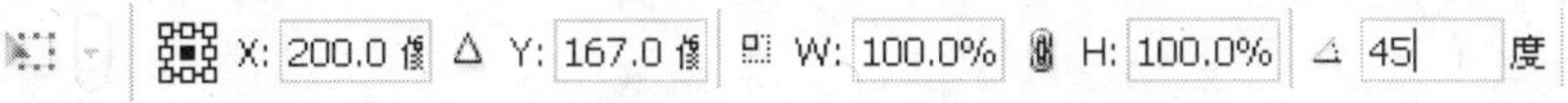

X: 200.0 像　△　Y: 167.0 像　W: 100.0%　H: 100.0%　△ 45　度

图 3.12.10　"自由变换"工具的参数设置

（9）单击文字工具，将前景色设为黑色。在文字参数设置中，字体设为"华文行楷"，字号为 100pt，在图像中单击并输入文字"福"。调整文字的位置，如图 3.12.12 所示。

（10）单击"添加图层样式"按钮，为图层添加"斜面和浮雕"样式，调整"大小"的数值为7，如图 3.12.13 所示。

（11）再单击"添加图层样式"按钮，为图层添加"描边"样式，调整"大小"的数值为3，如图 3.12.14 所示。"描边"后的效果如实例效果图 3.12.1 所示。

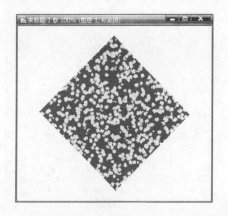
图 3.12.11　旋转 45°后的效果

图 3.12.12　输入文字

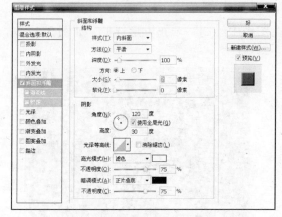
图 3.12.13　"斜面和浮雕"样式的参数设置　　　　图 3.12.14　"描边"样式参数设置

（12）保存文件，文件命名为"碎金纸字"。

 友情提示

1. 利用"液化"滤镜随心所欲变形图像

利用菜单中的"滤镜"→"液化"命令，可以方便地制作弯曲、旋涡、扩展、收缩、位移以及反射等效果。选择"液化"命令后，在如图 3.12.15 所示的对话框的左边排放着下列多种变形工具。

（1）涂抹工具：在图像中拖曳鼠标，会使图像沿光标方向发生变形。

（2）旋转扭曲：只要在要扭曲的部位单击鼠标且停留片刻，图像就会发生扭曲转动。

（3）褶皱器工具：可以使图像产生从外到内的压缩效果。

（4）膨胀工具：与"褶皱器工具"正好相反，可以使图像产生从内到外的扩展效果。

（5）转换像素工具：会产生图像堆积的效果。

（6）对称工具：会使整个图像产生对称效果。

（7）重建工具：使图像还原。

（8）冻结工具：将不变形的地方保护起来。

（9）解冻工具：解除冻结。

以上这些效果可以在"液化"对话框中选中"显示网格"选项时全部显示出来，如

图 3.12.16 所示。

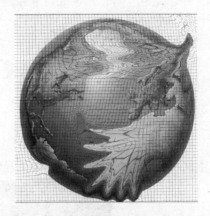

图 3.12.15 "液化"对话框　　　图 3.12.16 显示网格以观察各种变形方式

2. 滤镜的其他命令

（1）抽出滤镜。此组滤镜可将对象与背景分离，无论对象的边缘是多么细微和复杂。如果要抠取毛发或背景复杂的图片使用这个滤镜最合适。首先在抽出滤镜对话框中使用"边缘高光器工具"描出要选择图像的边缘，再选择填充工具在图像内部单击进行填充，使用后会直接删除图像上被抠取部分以外的像素。

（2）液化滤镜。该滤镜主要用来将图像扭曲变形。左边是扭曲变形工具箱，右边是参数设置区。

（3）杂色滤镜。该滤镜将图像按一定方式混合入杂点，制作着色像素图案的纹理。

（4）模糊滤镜。该滤镜将图像边缘过于清晰或对比度过于强烈的区域进行模糊。

（5）渲染滤镜。该滤镜主要用于改变图像的光感效果。

滤镜的使用规则

尽管 Photoshop 提供的滤镜种类繁多，但是使用方法都很简单。然而，要使用好却不容易，只有多练习、认真体会才能掌握其精髓。

Photoshop 的所有滤镜都按类别放置在"滤镜"菜单中，所有滤镜的使用都有下列相同的特点，用户必须遵守这些使用规则，才能准确和有效地使用滤镜功能。

（1）如果已定义选区，则 Photoshop 会对当前选区或通道的选区进行滤镜效果处理。如果没有定义选区，则对当前层或通道进行处理。

（2）执行完一个滤镜命令后，单击菜单中的"编辑"→"消褪滤镜名称"命令，系统将打开"消褪"对话框。利用该对话框可将使用滤镜后的图像与原图像进行混合，也可以在该对话框中调整"不透明度"和"模式"选项。

（3）单击菜单中的"编辑"→"返回"和"重做"命令，可以对比使用滤镜前后的效果。

（4）可以将多个滤镜组合使用，从而制作出漂亮的文字、图形或底纹。

（5）Photoshop 允许使用"外挂滤镜"，例如 KPT（Kai's Power Tools）和 Eye Candy。安

装了"外挂滤镜"后，所安装的滤镜就会显示在"滤镜"菜单中，可以像使用 Photoshop 内置滤镜一样使用它们。

第十三节　滤镜——变形文字"悠乐吧"

一、效果描述

本例使用滤镜、文字工具制作"悠乐吧"徽标图案，如图 3.13.1 所示。

图 3.13.1　效果图

二、操作步骤

（1）创建一个新文件，文件名称为"未标题1"，宽度为"1024 像素"，高度为"768 像素"，分辨率为"300 像素/英寸"，模式为"RGB"，内容为"白色"。

（2）在工具箱中单击文字工具 [T]，并在工具选项栏中设置好文字的字体为行楷繁体、字号为 36 点、字色为黑色。

（3）在图像窗口中单击鼠标，然后输入所需要的文字"悠乐吧"，如图 3.13.2 所示。

（4）在文字工具选项栏中单击文字变形按钮 [工]，打开如图 3.13.3 所示的"变形文字"对话框。

图 3.13.2　输入第一层文字

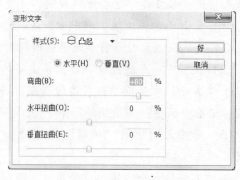

图 3.13.3　"变形文字"对话框

（5）在对话框的"样式"列表中选择"凸起"项，并选中"水平"单选框选择在水平方向上进行变形，拖动"弯曲"滑块调整至需要的变形程度后，单击"好"按钮。文字根据指定的设置进行变形，如图 3.13.4 所示。

（6）将第一层文字暂时隐藏，然后在工具箱中选择文字工具 T ，并输入第二层文字"Youle Bar Youle Bar Youle Bar"。

（7）按快捷键"Ctrl + A"建立与画布大小相同的选区，然后依次单击菜单命令"图层→与选区对齐→垂直中齐"和"图层→与选区对齐→水平中齐"，使文字居于画布的中央位置，然后按快捷键"Ctrl + D"取消选区，如图 3.13.5 所示。

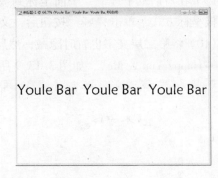

图 3.13.4　第一层文字的变形效果　　　　　　　图 3.13.5　输入第二层文字

（8）单击菜单命令"滤镜"→"扭曲"→"极坐标"，系统弹出如图 3.13.6 所示的提示框，在提示框中单击"好"按钮后，即可打开如图 3.13.7 所示的"极坐标"对话框。

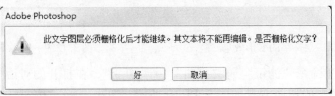

图 3.13.6　提示是否转换为位图

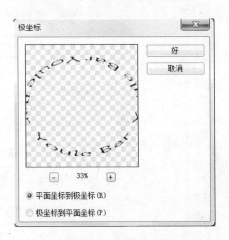

图 3.13.7　"极坐标"对话框

 友情提示

文字图层的栅格化

由于"极坐标"滤镜只能处理由像素组成的位图，而文字层是矢量的，因此在对文字层使用该滤镜时，系统会显示如图 3.13.6 所示的提示框，询问用户是否将文字层栅格化为位图。

（9）在对话框中选中"平面坐标到极坐标"单选框，选择将当前层由平面坐标方式转换为极坐标方式，单击"好"按钮后，文字的扭曲效果如图 3.13.8 所示。

（10）将第二层文字也暂时隐藏，然后在工具箱中选择竖排文字工具 T，并输入第三层文字"Happy You & Me"，如图 3.13.9 所示。

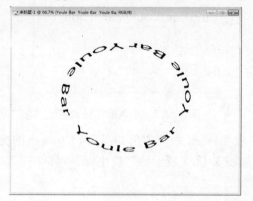
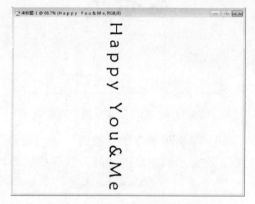

图 3.13.8　第二层文字的变形效果　　　　　　　图 3.13.9　输入第三层文字

（11）单击菜单命令"滤镜"→"扭曲"→"切变"，在打开的对话框中，拖动左上方的直线为曲线，调整的扭曲方式如图 3.13.10 所示。单击"好"按钮，文字层的扭曲效果如图 3.13.11 所示。

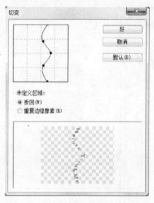

图 3.13.10　"切变"对话框　　　　　　　图 3.13.11　第三层文字的变形效果

（12）单击菜单命令"编辑"→"变换"→"旋转 90°（逆时针）"将当前层旋转至水平。

（13）重新显示各层。

（14）在第二层的中间绘制一个空心的圆环，里面套一个实心圆。提示：先绘制一个大

一些的圆形选区，对其描边，然后再绘制一个小一些的圆形选区，对其填充，绘制过程中可使用参考线帮助对齐。

（15）将第一层文字的颜色改为白色。

 友情提示

文字属性

到目前为止，第一层文字仍然还是矢量的文字属性，我们可以随时对文字的内容和格式进行编辑，而另两层文字则已在应用滤镜时转换为位图，我们只能按位图的方式对其进行编辑。

（16）在第三层文字的下方绘制一条黑线。

（17）对三层文字分别添加"斜面和浮雕"图层效果，并在背景层上绘制一个渐变的背景后，图像的最终效果如实例效果图 3.13.1 所示。

第十四节　图形工具——设计网站的 Logo

一、实例创作说明

Logo 是互联网上各个网站用来与其他网站进行链接的图形标志，是一个网站的形象代表，如新浪网的 Logo sina.com.cn 新浪网；雅虎网的 Logo YAHOO! 雅虎 等。一个好的 Logo 能让人轻松记住网站的名字。下面通过制作如图 3.14.1 所示的"数码 e 家"网站的 Logo，掌握 Photoshop 中的自定形状工具的作用。

图 3.14.1　效果图

二、制作步骤

（1）创建一个新文件，文件名称为"数码 e 家 Logo"，宽度为"180 像素"，高度为"60 像素"，分辨率为"150 像素/英寸"，模式为"RGB"，内容为"白色"。

（2）选择工具箱中的自定义形状工具，如图 3.14.2 所示，单击选项栏中"形状"框右侧的按钮，在"自定义形状"调板中选择水渍形 1，添加图层样式选择"投影"，颜色为"黄色"，在图层上拖曳鼠标左键画出图形，效果如图 3.14.3 所示。

图 3.14.2　自定义形状工具　　　　　　　图 3.14.3　水渍形

 友情提示

形状工具的使用技巧

形状工具主要用于商标设计、海报和贺卡等的制作。形状工具的选项栏如图 3.14.4 所示。

图 3.14.4　形状工具的选项栏

（1）在选项栏中选择"形状图层"按钮 □，在图层中拖曳鼠标，创建一个新的形状图层，这是一个带有图层剪贴路径的填充图层，如图 3.14.5 所示。

（2）形状工具的选项栏中的 ▨ 与钢笔工具 ♦ 相似。

（3）单击选项栏中"形状"框 形状：▲ ▼ 右侧的 ▼ 按钮，会弹出"自定义形状"调板，如图 3.14.6 所示。

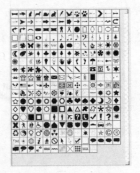

图 3.14.5　填充图层　　　　　　　图 3.14.6　"自定义形状"调板

（4）在选项栏中选择 ▨ 按钮，可以通过单击选项栏右侧的"颜色"修改当前形状的颜色，如图 3.14.7 所示。若不选择 ▨ 按钮，则"颜色"框只影响前景色，而不修改当前形状的颜色。

（5）在"图层"样式框中可以选择已经设定好的添加图层样式，使图形显示各种立体效果。单击"图层"调板的"添加添加图层样式" ☑ 按钮，在弹出的菜单中可以对文字进行投影（如图 3.14.8 所示）、阴影、发光、斜面和浮雕等效果的制作。

（3）选择文字工具 ⊤，输入 "digi.com"，设字体为 Arial，字号为 18，颜色为黑色，并利用"移动"工具移到合适的位置。

图 3.14.7　修改当前形状的颜色

图 3.14.8　制作投影

（4）单击"图层"调板的"添加图层样式"按钮 ，在弹出的菜单中对文字进行"斜面和浮雕"效果的制作，设置如图 3.14.9 所示的相关参数，效果如图 3.14.10 所示。

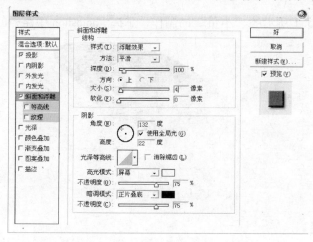

图 3.14.9　"斜面和浮雕"对话框

（5）选择文字工具 T，利用同样的方法输入"数码 e 家"，设字号为 18 磅，字体为宋体，颜色为黑色，并给文字加上"斜面与浮雕"效果。其中"e"与前后两个字之间留出两个空格，效果如图 3.14.11 所示。

图 3.14.10　"斜面和浮雕"的效果

图 3.14.11　添加文字后的效果

（6）选择椭圆工具 ○，设前景色为淡蓝色，在"e"的位置按住并拖动鼠标左键画出图形。把"数码 e 家"的文字层放到该层上，使"e"显现出来，效果如图 3.14.12 所示。

（7）再次选择图形工具 ，设前景色为淡蓝色，按住鼠标左键在"e"上画图，效果如图 3.14.13 所示。

（8）单击菜单中的"文件"→"保存"命令，保存图像。

图 3.14.12　效果图（a）

图 3.14.13　效果图（b）

第十五节　路径工具——创建一幅"鱼"图像

一、实例创作说明

通过对如图 3.15.1 所示的"小鱼"的制作，掌握 Photoshop 中路径的概念和功能。

图 3.15.1　"小鱼"的效果图

二、制作步骤

（1）创建一个新文件，文件名称为"小鱼"，宽度为"800 像素"，高度为"600 像素"，分辨率为"300 像素/英寸"，模式为"RGB"，内容为"白色"。

（2）单击菜单中的"视图"→"显示标尺"命令，单击移动工具，将光标移至图像上方的标尺上，向下拖曳鼠标拉出一条蓝色的辅助线。

（3）用步骤（2）的方法拉出如图 3.15.2 所示的辅助线，注意辅助线与标尺刻度的相对位置。

（4）选择钢笔工具，在如图 3.15.3 所示的位置上连续单击，每单击一次建立一个锚点，数个锚点连接起来创建一个近似于"小鱼"的路径。

图 3.15.2　辅助线效果图

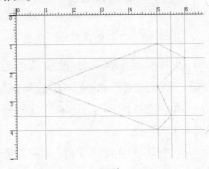

图 3.15.3　近似"小鱼"的路径

路 径

路径是指图像中由一系列点连接起来的线段或曲线。路径的用途主要是精确地确定选择区域轮廓，它可以进行复杂图形的选取、绘制线条平滑的图形，同时路径可以转化为选区。

钢笔工具的使用

选择钢笔工具后，在图像中单击鼠标右键会弹出相应的功能菜单，在弹出的菜单中有"添加锚点"、"删除路径"、"建立选区"、"填充路径"、"描边路径"、"自由变换路径"等项，可根据需要进行选择和操作。

（5）按住工具栏中的钢笔工具 不放，在弹出的选项中选择转换点工具 ，利用转换点工具 拖曳路径中的节点，节点的两端出现两条红色的调节杆。用鼠标拖曳调节杆，调整其长度，从而设定节点的弧度，使路径构成一个漂亮的"鱼"形，如图 3.15.4 所示。

（6）新建"图层 1"，单击"路径"调板右上角的 ，在弹出的"路径"菜单中，单击建立选区，如图 3.15.5 所示。

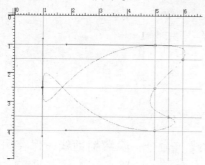

图 3.15.4　调整后的"鱼"路径的状态

图 3.15.5　"路径"调板及菜单

（7）将前景色设置为黑色，背景色设置为白色，选取工具栏中的渐变工具 ，在选区中由右上至左下拖动鼠标画一条线段，选区被由黑到白的渐变填充，如图 3.15.6 所示。

在 Photoshop 中填充路径的两种方法

（1）先将路径变成选区，然后填充。

（2）在画面中单击鼠标右键，在弹出的菜单中选择"填充路径"，进行填充。

（8）取消选区，选择圆形选择工具 ，建立圆形选区，设置前景色为白色，单击菜单中的"编辑"→"填充"命令，用前景色填充圆形选区，如图 3.15.7 所示。

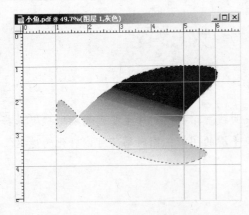

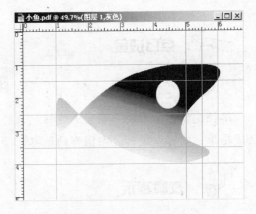

图 3.15.6　"鱼"的填充效果　　　　　　图 3.15.7　白色填充圆形选区

（9）选择圆形选择工具 ▣，建立椭圆形选区，将前景色设置为白色，背景色为黑色，选取工具栏中的渐变工具 ▭，选择放射渐变工具 ▣，在选区中由中心向下拖动鼠标画一条线段，选区被由白到黑的渐变填充，如图 3.15.8 所示。

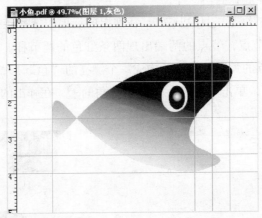

图 3.15.8　白到黑的渐变填充

（10）单击菜单中的"视图"→"隐藏辅助线"命令，隐藏辅助线，保存图像文件，图像如图 3.15.1 所示。

第十六节　路径工具、形状工具、通道——制作纸蝴蝶

一、实例创作说明

通过对如图 3.16.1 所示的"蝴蝶"的制作，进一步掌握 Photoshop 中通道、路径的使用技巧及精髓。

图 3.16.1　纸蝴蝶的效果图

二、制作步骤

（1）创建一个新文件，文件名称为"纸蝴蝶"，宽度为"5.2 厘米"，高度为"3.9 厘米像素"，分辨率为"500 像素/英寸"，模式为"RGB"，内容为"白色"。再单击菜单中的"文件"→"存储"命令，将创建的文件存储为"纸蝴蝶 . PSD"文件。

（2）给图像设置一个绿色的背景。单击工具箱中的"前景色"色块，将前景色设为绿色（R:198，G:241，B:198）。用油漆桶工具填充或按键盘上的"Alt + Delete"组合键，用前景色填充图像。

（3）为了制作一种皱纹纸剪出的蝴蝶图案，首先利用通道及菜单中的"滤镜"命令来制作一种皱纹纸的效果。单击菜单中的"窗口"→"通道"命令，显示"通道"调板。在"通道"调板中单击新建通道按钮 ，创建一个新通道名称为"Alpha 1"。在"通道"调板"Alpha 1"通道的名称上双击，修改当前通道的名称为"纹理"，如图 3.16.2 所示。

（4）在"纹理"通道上添加白点的效果。单击菜单中的"滤镜"→"杂色"→"添加杂色"命令，在弹出的"添加杂色"对话框中设置参数如图 3.16.3 所示，单击"添加杂色"对话框中的"好"按钮。

图 3.16.2　通道调板

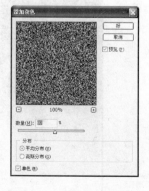

图 3.16.3　添加杂色对话框

（5）单击菜单中的"滤镜"→"模糊"→"动感模糊"命令，在弹出的"动感模糊"对话框中设置参数如图 3.16.4 所示。单击"动感模糊"对话框中的"好"按钮，使"纹理"通道显示出横向的条纹效果。

（6）单击菜单中的"图像"→"调整"→"亮度对比度"命令，在弹出的"亮度对比度"

对话框中设置参数，亮度为"0"，对比度为"80"。"纹理"通道的效果如图 3.16.5 所示。

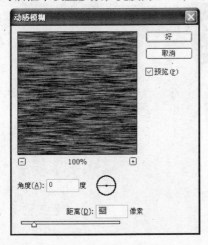

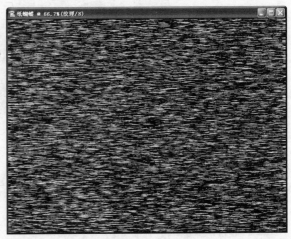

图 3.16.4　动感模糊对话框　　　　　　　图 3.16.5　纹理通道效果

（7）回到图层调板，单击背景层，此时图像窗口中显示背景层的效果。在图层调板中单击创建新的图层按钮，创建一个新图层，并修改其名称为"蝴蝶"，确认"蝴蝶"层为当前图层。

（8）在工具箱中选择渐变工具，并设置选项栏选项如图 3.16.6 所示。其中渐变项选择"蓝色、红色、黄色"项。

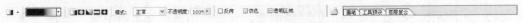

图 3.16.6　渐变工具选项

（9）按住键盘上的 Shift 键，在图像窗口中自上而下拖曳鼠标，填充渐变效果如图 3.16.7 所示。

图 3.16.7　填充渐变的效果

（10）单击菜单中的"滤镜"→"渲染"→"光照效果"命令。在弹出的"光照效果"对话框中设置参数如图 3.16.8 所示。其中两个色块设置为淡黄色。单击"光照效果"对话框中的"好"按钮，图像的效果如图 3.16.9 所示。

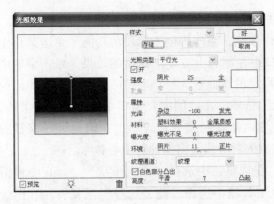

图 3.16.8 光照效果对话框

图 3.16.9 当前的图像效果

（11）单击菜单中的"编辑"→"消褪光照效果"命令，在弹出的"消褪"对话框中设置选项如图 3.16.10 所示。单击"消褪"对话框中的"好"按钮，消褪后的效果如图 3.16.11 所示。

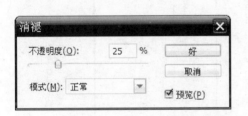

图 3.16.10 "消褪"对话框

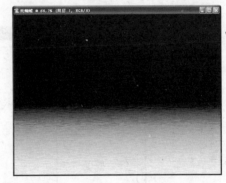

图 3.16.11 消褪后的效果

（12）在工具箱中选择自定形状工具，在选项栏中选择"蝴蝶形状"，创建蝴蝶的形状的路径，如图 3.16.12 所示。

（13）单击路径调板右上角的按钮，在弹出的菜单中单击"建立选区"命令，在图像中创建一个蝴蝶形状的选区。单击菜单中的"选择"→"反选"命令，或按键盘上的"Ctrl + Shift + I"组合键，将选区反选。按键盘上的 Delete 键，将多余的图像删除，图像效果如图 3.16.13 所示。

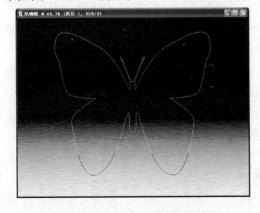

图 3.16.12 创建蝴蝶路径的效果

图 3.16.13 图像效果

（14）在图层调板中单击"蝴蝶"层左侧的👁按钮，将"蝴蝶"层隐藏。

（15）因为蝴蝶的图形是对称的，为了操作准确，需要借助于标尺的功能。单击菜单中的"视图"→"标尺"命令，在"图像"窗口中左侧和上方显示标尺的效果。单击菜单中"编辑"→"预设"→"单位与标尺"（显示标尺的快捷键为"Ctrl + R"）命令，在弹出的"预置"对话框中的"标尺"框内选择"厘米"选项。在"图像"窗口中创建4条参考线，并移动它们至图3.16.14所示的位置。其中左侧两条参考线分别表示出"雨点"子路径的最左点和最右点的位置。右侧两条参考线与左侧的参考线沿图像处置中心对称。

（16）在工具箱中选择自定形状工具 🔷，在选项栏中选择"雨点形状" 💧。在图像窗口中拖曳鼠标创建一个"雨点"的子路径。在工具箱中选择"路径选择"工具 ▶。在图像窗口中单击新建的"雨点"子路径，将其选择。按住键盘上的Alt键，拖曳被选择的子路径，将其复制2个子路径。

（17）单击菜单中的"编辑"→"自由变换路径"命令，或敲击键盘上的"Ctrl + T"组合键，分别调整新创建的三个"雨点"子路径大小和位置，并旋转和移动其至蝴蝶图形的左下方，如图3.16.14所示效果。

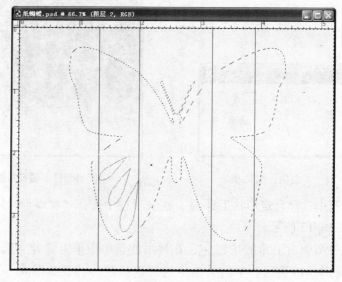

图3.16.14　创建三个"雨点"子路径

（18）在工具箱中选择"路径选择"工具 ▶。按住键盘上的Shift键，在图像窗口中依次单击3个"雨点"子路径，将它们全部选择。单击选项栏中的"组合"按钮，合成一个"三雨点"子路径。

（19）在工具箱中选择"路径选择"工具 ▶，在"图像"窗口中选择"三雨点"子路径。按住键盘上的Alt键，稍微一动被选择的子路径，将其复制为"三雨点1"子路径。移动新复制的子路径，将其与原路径重合。实际上这一步操作是为了保持两个子路径在水平方向上对称。如果不想进行这一步操作，可以直接利用选项栏中的对齐按钮，将其对齐。

（20）单击菜单中的"编辑"→"变换路径"→"水平翻转"命令，然后用"路径选择"工具 ▶，将"三雨点1"子路径移动到蝴蝶图形的右下方。

（21）同样方法，在工具箱中选择自定形状工具 🔷，并在选项栏"形状"框中选择形状"低音谱号"形状 𝄢，创建如图3.16.15所示的蝴蝶身体纹路子路径。

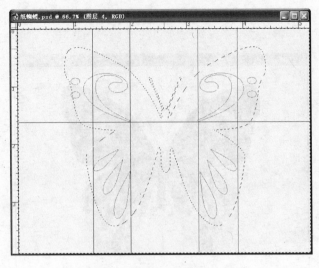

图 3.16.15　蝴蝶身体纹路子路径

（22）在图层调板中单击"蝴蝶"层，使其处于当前层可见状态。在"图像"窗口中选择蝴蝶型下方的两个水滴形子路径。在工具箱中选择画笔工具 ⃰，并修改选项栏选项，如图 3.16.16 所示。

图 3.16.16　画笔工具选项栏

（23）在工具箱中单击"前景色"色块，在弹出的"拾色器"对话框汇总设置参数如图 3.16.17 所示。单击"拾色器"对话框中的"好"按钮，将前景色设置为黄色。单击"路径"调板中的"用画笔描边路径"按钮 ⃝，沿子路径描出一圈黄色。

图 3.16.17　拾色器对话框

（24）将前景色设置为黑色。单击"路径"调板中的"用前景色填充路径"按钮 ⃝，在子路径内填充黑色。

（25）在路径调板中单击路径层将其重新选择。在"图像"窗口中选择蝴蝶图形上方的两个"低音谱号形状 ♪"子路径。在工具箱中选择渐变工具 ▢，并设置选项栏选项为"蓝、红、黄"，渐变类型为"线性渐变"。

（26）单击路径调板中的"将路径作为选区载入"按钮 ⃝，将两个"低音谱号形状 ♪"

子路径创建为选区。按住键盘上的 Shift 键，在选区中自上而下拖曳鼠标，填充渐变效果如图 3.16.18 所示。

图 3.16.18　填充渐变效果图

（27）直接在路径调板未存储的路径上双击，即可弹出如图 3.16.19 所示的"存储路径"对话框，在"名称"框中输入蝴蝶路径作为保存路径的名称。单击"存储路径"对话框中的"好"，将路径保存。

图 3.16.19　存储路径对话框

（28）在路径调板中单击"创建新路径"按钮，创建一个新路径。

（29）利用工具箱中的钢笔工具，在"图像"窗口中创建如图 3.16.20 所示的蝴蝶身体形状的路径。存储新创建的路径并修改其名称，"路径"调板效果如图 3.16.21 所示。

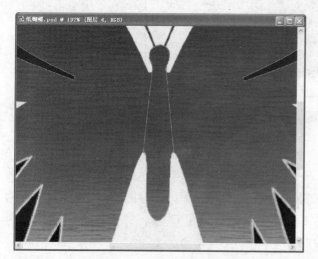

图 3.16.20　绘制蝴蝶身体形状路径

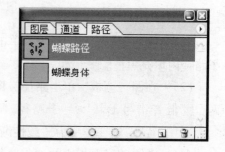

图 3.16.21　蝴蝶路径调板效果

（30）在工具箱中选择画笔工具 ✐，并修改选项栏选项如图 3.16.22 所示。

✐ ・ 画笔： ₂ ・ 模式：正常 ▾ 不透明度：100% ▸ 流量：100% ▸ ✎ 　　　　　 □ 文件浏览器 画笔 ＼

图 3.16.22　画笔工具选项栏

（31）将前景色设置为黑色。单击"路径"调板中的"用画笔描边路径"按钮 ○ ，沿
蝴蝶身体形状子路径描出一圈黑色，如图 3.16.23 所示，然后将路径隐藏。

图 3.16.23　描边蝴蝶身体为黑色

（32）在图层调板中单击"创建新图层"按钮 ⅃ ，创建一个新图层，并修改名称。利
用工具箱中的画笔工具 ✐，在图像窗口中描绘如图 3.16.24 的蝴蝶身体曲线效果。

图 3.16.24　描绘蝴蝶身体曲线

（33）在图层调板中双击"蝴蝶"层的缩略图，在弹出的"图形样式"对话框左侧选
择"投影"，这样可以给图像添加一个阴影的效果。在"添加图层样式"对话框中修改"投
影"参数如图 3.16.25 所示。

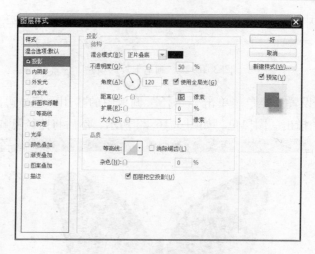

图 3.16.25　添加图层样式对话框中参数

（34）制作完毕，保存文件。

第十七节　图层蒙版工具——制作沙漠城市

一、实例创作说明

本例通过图 3.17.1 "沙漠" 图片和图 3.17.2 "城市" 图片的合成，制作一副融合的沙漠城市图片，如图 3.17.3 所示。掌握图层快速蒙版 ⬚ 的使用。图层图像通过添加图层蒙版显示出不同的区域，而其他区域则透明地显示出下面图层的内容，很自然地将图像合成在一起。

图 3.17.1　沙漠　　　　　　图 3.17.2　城市　　　　　　图 3.17.3　沙漠城市效果图

二、制作步骤

（1）打开图片素材第三章第十七节文件夹中的图片 "城市"、"沙漠" 文件。

（2）激活 "城市" 图片，选择工具栏中的矩形选择工具 ⬚，在选项栏中设置羽化值为 0，选中如图 3.17.4 所示的楼房部分图像。然后利用移动工具 ⬉ 将选中的楼房图像移动到 "沙漠" 图片中，如图 3.17.5 所示。

图 3.17.4　选中的城市图像　　　　　　　图 3.17.5　合成的图像

（3）在图层调板中选中"城市"图片所在的"图层1"，单击图层调板底部的添加图层蒙版按钮，添加图层蒙版，如图 3.17.6 所示。

图 3.17.6　添加图层蒙版

（4）将前景色与背景色分别设置为黑色和白色，单击工具箱中渐变工具，渐变类型选择"线性渐变"，从底边向上做一渐变，效果如前图 3.17.3 所示。可以看出城市已自然地与沙漠融合到一起。

 **点石成金**

图层蒙版

图层蒙版是 Photoshop 的一种非常重要而又很实用的工具，它是建立在当前图层上的一个遮罩，用于遮盖图层中不需要的部分或者制作图像融合效果。蒙版图像实际上是一幅256色灰度图像，其中白色区域为透明，黑色区域为不透明，灰度区域为半透明。

（1）在添加了图层蒙版的图层中，实际上是两幅图像，一幅是图层图像，另一幅是图层蒙版图像。要编辑蒙版图像，应首先单击"图层"调板中的图层蒙版缩览图，尽管此时图像窗口看不出变化，但已经进入蒙版编辑状态。要退出蒙版编辑状态，可以单击"图层"

调板中的图层缩览图。

（2）如果希望在图像编辑窗口显示并编辑蒙版，可以按住 Alt 键，然后单击"图层"调板中的蒙版缩览图。

（3）图层蒙版可以控制当前图层中的不同区域如何被隐藏或显示。通过修改图层蒙版可以制作各种特殊效果，而实际上并不会影响该图层上的像素。对图层蒙版也可以像对图像一样利用工具栏各种工具以及菜单命令进行编辑，不同的是编辑的效果只以灰度显示。

例如：

新建一"像框"文件，背景为白色，长为 480 像素，宽为 360 像素，分辨率为 300 像素/英寸。

新建"图层 1"，选择画笔工具，设置笔刷直径为 380 像素，前景色为紫色，画一个如图 3.17.7 所示的星形。

打开一图片，用移动工具将图片拖曳到"像框"文件中，适当调整图片大小，如图 3.17.8 所示，此时系统自动生成"图层 2"。

图 3.17.7　星形　　　　　　　　　　　图 3.17.8　移入图片

将"图层 1"作为当前操作层，使用魔棒工具选择星形中央的空白区，如图 3.17.9 所示。

将"图层 2"作为当前操作层，单击图层调板底部的"添加图层蒙版"按钮　，此时选区以外的人物图像被隐蔽了，如图 3.17.10 所示。

图 3.17.9　魔棒工具选择星形中央的空白区　　　　图 3.17.10　添加图层蒙版

第十八节　快速蒙版工具——制作海市蜃楼

一、实例创作说明

通过图 3.18.1 "女孩"和图 3.18.2 "大海"图片的合成，制作如图 3.18.3 所示的图片"海市蜃楼"，学会使用快速蒙版工具　。

图 3.18.1　"女孩"　　　图 3.18.2　"大海"　　　图 3.18.3　"海市蜃楼"效果图

二、制作步骤

（1）打开图片素材第三章第十八节文件夹中的图片"女孩"和"大海"文件，如图 3.18.1、图 3.18.2 所示。

（2）在"女孩"图像文件中用矩形选择工具选择墨绿色的选区，如图 3.18.4 所示。

（3）单击菜单中的"选择"→"扩大选取"命令，选择区扩展至如图 3.18.5 所示的效果，从而将除了女孩之外的区域都被选上。

图 3.18.4　选择区的位置　　　　　图 3.18.5　选择区的形态和范围

（4）单击菜单中的"选择"→"反选"命令，选中女孩；或按键盘上的"Ctrl + Shift + I"组合键，将选择区反转，也可以选择女孩。单击菜单中的"选择"→"保存选区"命令，设置如图 3.18.6 所示的相关参数。

（5）在工具箱中单击"以快速蒙版模式编辑"按钮 ，进入快速蒙版编辑模式。

（6）选择工具栏的渐变工具 ，设置选项栏中的相关参数为"前景至背景"渐变，"模式"为"一般"，在"不透明"框中设置为 100%，前景色和背景色设为纯黑和纯白。

（7）在图片上由下至上拖曳鼠标，创建渐变快速蒙版效果，单击工具栏中的"快速蒙版"按钮 ，恢复标准编辑模式，新选择区的形态如图 3.18.7 所示。

（8）单击菜单中的"选择"→"载入选区"命令，设置如图 3.18.8 所示的相关参数。

（9）使用工具栏中的移动工具 ，将选择的女孩拖至"sea.jpg"图像中，命名为"图层 1"。

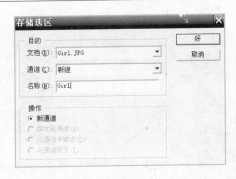

图 3.18.6   "存储选区"对话框

图 3.18.7   生成的新选择区

（10）单击菜单中的"编辑"→"自由变换"命令或按键盘上的"Ctrl + T"组合键，调整女孩大小和位置，如图 3.18.9 所示。

（11）双击"图层 1"调板，设置混合模式为"正片叠底"，保存文件，最终的效果如前图 3.18.3 所示。

图 3.18.8   "载入选区"对话框

图 3.18.9   女孩图像调整后的大小和位置

工具链接

快速蒙版工具

蒙版或遮罩可实现图像的"分区处理"，其作用是隔离和保护图像的非编辑区域，即用蒙版来处理需要处理的图像区域，但这种处理不会影响其他区域。

当要给图像的某些区域运用颜色变化、滤镜和其他效果时，蒙版可以隔离和保护图像的其他区域；而当选择了图像的一部分时，没有被选择的区域被蒙版或被保护而不被编辑。此外，也可以将蒙版用于复杂图形编辑，比如将颜色或滤镜效果逐渐运用到图像上。

要将图 3.18.10 中的人物抠取出来，该图像中人物的头发是抠取的难点，先用"色彩范围"命令做整体选取，再用快速蒙版做细节调整。

（1）单击菜单中的"选择"→"色彩范围"命令，弹出"色彩范围"对话框，如图 3.18.11 所示。

（2）在"色彩范围"对话框中将"颜色容差"设为"40"，然后用吸管工具 在人物背景处单击。此时可以看到，人物背景只有少部分变成了白色（白色部分为被选择区域）。在"色彩范围"对话框中

图 3.18.10   原图

单击添加到取样工具 ，在背景没变成白色的部分多次单击鼠标左键，直至所有的背景都变成白色，如图 3.18.12 所示。

用于选择选区定义方式，默认为"取样颜色"选项

用于高速颜色选区范围

指定窗口中的图像显示方式

反转选区

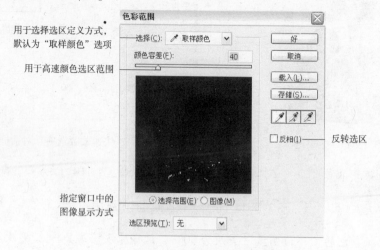

图 3.18.11 "色彩范围"对话框

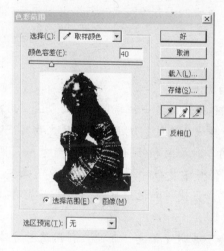

图 3.18.12 使用添加到取样工具

（3）完成设置后，在"色彩范围"对话框中勾选"反相"选项，将选区反转，此时人物变成了白色，背景变成了黑色，单击"好"按钮，效果如图 3.18.13 所示。

（4）此时人物虽然被选中了，但选区并不精确，所以可以利用快速蒙版再做进一步加工。在工具箱中单击"以快速蒙版模式编辑"按钮，进入快速蒙版编辑模式。

（5）双击工具箱中的"快速蒙版模式编辑"按钮 ，打开"快速蒙版选项"对话框。在该对话框中选中"被蒙版区域"单选钮，表示将在蒙版区（非选择区）显示颜色；若选中"所选区域"单选钮，则表示将在选区显示颜色。此外，通过"颜色"和"不透明度"项还可设置快速蒙版的颜色和不透明度。为了便于观察，在这里将蒙版颜色的"不透明度"更改为 100%，如图 3.18.14 所示，单击"好"按钮。

（6）选择橡皮擦工具 ，在工具属性栏中设置如图 3.18.15 所示的参数，将人物身上有红色蒙版的区域擦除。

　　　　　　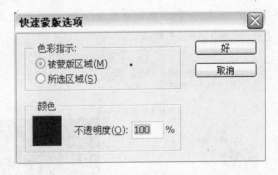

　　图 3.18.13　效果图　　　　　　　图 3.18.14　"快速蒙版选项"对话框

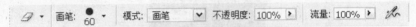

图 3.18.15　设置"橡皮擦工具"属性

　　（7）将蒙版颜色的"不透明度"更改为 50%，选择橡皮擦工具，更改其大小为 2 像素或 1 像素，在人物头发部位将有红色蒙版的区域擦除，以便将其头发选中。

　　（8）蒙版编辑好之后，单击"以标准模式编辑"按钮，得到人物的选区。

 点石成金

1. 快速蒙版编辑模式的优点

　　快速蒙版编辑模式是制作选区的另一种非常有效的方法。用户可使用画笔、橡皮擦等工具编辑蒙版，然后可将蒙版转换为选区。使用这种方法主要有下述优点。

　　（1）由于用户可以使用各种绘画和修饰工具来编辑蒙版，因此，用户可利用它制作任意形状的选区。特别是在图像非常复杂时，这种方法非常有效。

　　（2）可制作精确的选区。当使用其他选区制作工具不能有效地进行选取时，可使用快速蒙版模式进行弥补。

　　（3）由于蒙版本身包含了透明度信息，因此，利用这种方法可获取各种形式的羽化效果，从而制作出一些令人意想不到的效果。

2. 使用快速蒙版制作选区时应注意的问题

　　（1）蒙版是一种普通的 256 色灰度图像，默认颜色为红色。其中，纯红色区域表示不选择该区域，无色区域表示选择该区域，位于纯红色和无色之间的浅红色区域表示该选区带有半透明效果。

　　（2）尽管用户可使用所有图像编辑手段来编辑蒙版图像，但普通情况下，用户应使用画笔工具和铅笔工具绘制蒙版图像，并且使用橡皮擦工具擦出蒙版图像。当然，在某些情况下，用户也可借用渐变色工具、涂抹工具等制作特殊蒙版图像。

　　（3）如果希望制作不带羽化效果的精确选区，应使用铅笔工具或者使用画笔工具（要选择没有发散效果的尖角笔刷）。反之，如果希望选区带有羽化效果，可使用画笔工具（要选择带有发散效果的柔角笔刷）。

第十九节　图层蒙版、通道——创建一幅融合的图像

一、实例创作说明

通过图 3.19.1 "天空"、图 3.19.2 "向日葵"、图 3.19.3 "键盘"等图片的合成，利用 Photoshop 制作出如图 3.19.4 所示的效果，掌握 Photoshop 中图层蒙版 ⚪ 的应用、以及通道的概念和作用，以便进一步制作出特殊效果的图像。

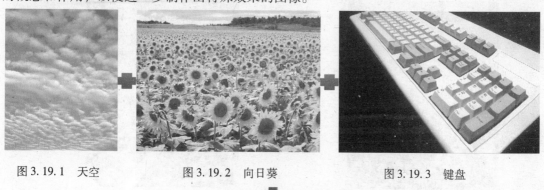

图 3.19.1　天空　　　　　　图 3.19.2　向日葵　　　　　　图 3.19.3　键盘

图 3.19.4　效果

二、制作步骤

（1）打开图片素材第三章第十九节文件夹中的图片"天空"、"向日葵"、"键盘"等文件，如图 3.19.1、图 3.19.2、图 3.19.3 所示。

（2）用移动工具 ⊕，将"向日葵"拖动到"天空"图像上。

（3）双击圆形选择工具 ⚪，在选项栏中设置羽化值为"10"。在"向日葵"图像上拖动鼠标画出一个椭圆框。单击菜单中的"选择"→"反选"命令，选取椭圆框以外的区域。按下 Delete 键，清除选区中的内容，完成底图的制作，效果如图 3.19.5 所示。

（4）选择魔棒工具 ✎，单击"键盘"图像中的黑色区域，将黑色区域全部选取。

（5）单击菜单中的"选择"→"反选"命令，将"键盘"选取。用移动工具 ⊕ 将"键盘"拖到底图上。

（6）单击菜单中的"编辑"→"自由变换"命令，将"键盘"缩放并移动到适当的

位置。

（7）单击菜单中的"图层"→"添加图层蒙版"→"显示全部"命令，为"键盘"图层添加一个图层蒙版。

提示：也可单击"图层"调板底部的"填加图层蒙版"按钮来填加图层蒙版。

（8）选择渐变工具，在渐变工具选项栏中设置前景色到背景色渐变项，渐变方式为"线性渐变"。

（9）在向日葵与键盘交界的地方，从左上方向右下方画一条直线，制作出键盘渐渐隐入向日葵丛中的效果，如图 3.19.6 所示。

图 3.19.5　底图　　　　　　　　图 3.19.6　键盘渐渐隐入向日葵丛中

（10）单击"图层"调板的"通道"选项卡，切换到"通道"调板，单击"新建通道"按钮，得到新通道 Alpha 1。

 **点石成金**

通道与 Alpha 通道

（1）通道。通道是保存图像中各种原色的平面，也可以说是颜色或效果所走的特殊"道路"。一个通道代表组成图像的一种颜色，包含该颜色的颜色信息。

（2）颜色通道。保存颜色信息的通道为颜色通道。颜色通道与颜色模式有关。位图模式、灰度、双色调和索引颜色只有一个通道。RGB 颜色模式和 Lab 颜色模式有 3 个通道。CMYK 颜色模式有 4 个通道。一幅图像最多只能有 24 个通道。

（3）Alpha 通道。单独创建的新通道都称为 Alpha 通道。在 Alpha 通道中，存储的并不是图像的色彩，而是用于存储和修改选定区域。

（11）单击工具栏中的文字工具 T，输入"向日葵键盘"。再用移动工具将文字拖动到合适的位置，如图 3.19.7 所示。

（12）单击"通道"调板中的 RGB 通道，这时可以看到文字部分转换为选区。

（13）选择工具栏中的渐变工具，在渐变工具选项栏中使用"彩虹"渐变项，渐变方式为"线性渐变"。在文字选区内做一渐变，将选区取消，效果如图 3.19.8 所示。

（14）单击菜单中的"文件"→"保存"命令，文件名为"使用蒙版、通道等创建一幅融合的图像"，保存的图片文件格式为 PSD 和 BMP。

图 3.19.7 输入文字

图 3.19.8 彩虹文字渐变

第二十节 通道——制作金属字

一、实例创作说明

利用 Photoshop 中"通道"与"滤镜"的配合，可以设计出各种各样的文字效果来增加画面的表现力。本节利用通道制作金属字，来展现"通道"的又一种用法。金属字的效果如图 3.20.1 所示。

图 3.20.1 金属字效果

二、制作步骤

（1）双击工具栏中■按钮右下方的白色区域（背景色），为将要建立的图像文件设置一个背景色，其参数设置如图 3.20.2 所示。

图 3.20.2 背景颜色的设置

（2）创建一个新文件，文件名为"金属字"，"背景内容"选择"背景色"，其他参数设置如图 3.20.3 所示。

（3）文件建好后，打开其"通道"调板。单击"通道"调板下方的创建新通道按钮，建立一个新的"Alpha 1"通道，如图 3.20.4 所示。

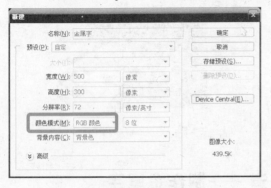 

　　图 3.20.3　"新建"对话框的参数设置　　　　　图 3.20.4　"Alpha 1"通道

（4）在新建的通道中，单击工具栏中的文字工具 T ，在"Alpha 1"通道画面上输入"金属"两个字，在工具属性栏中设置如图 3.20.5 所示的参数。调整文字的位置，如图 3.20.6 所示。

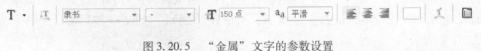

图 3.20.5　"金属"文字的参数设置

（5）在"通道"调板中，选中新建立的通道"Alpha 1"，将其拖曳至调板下方的 按钮上，复制一个相同的通道"Alpha 1 副本"。

（6）选中"Alpha 1 副本"，单击菜单中的"滤镜"→"模糊"→"高斯模糊"项，为通道中的文字做模糊效果。其参数设置如图 3.20.7 所示。

　　图 3.20.6　"金属"文字　　　　　　　图 3.20.7　模糊效果的参数设置

（7）模糊效果设置好后，在"通道"调板中选择"RGB"通道，将其打开，如图 3.20.8 所示。

（8）转换到"图层"调板中，单击菜单中的"滤镜"→"渲染"→"光照效果"项，给通道中的文字设置一个光照效果，使其在图像文件中凸现。"光照效果"参数设置如图 3.20.9 所示。

（9）光照滤镜设置好后，图像会出现立体的"金属"两个字，如图 3.20.10 所示。

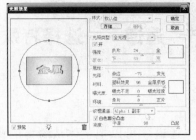

图 3.20.8　选择通道　　　　　图 3.20.9　参数设置　　　　图 3.20.10　"金属"立体文字

（10）单击菜单中的"选择"→"载入选区"项，在打开的对话框中将通道"Alpha 1"中的选区调出，如图 3.20.11 所示。

（11）单击菜单中的"选择"→"修改"→"扩展"项，将选区向外扩展，"扩展选区"对话框参数设置如图 3.20.12 所示。

（12）单击菜单中的"选择"→"反选"项，将设置好的选区反向选择。

（13）选择"滤镜"→"杂色"→"添加杂色"项，给选区添加杂色效果，参数设置如图 3.20.13 所示。

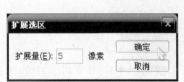

图 3.20.11　"载入选区"　　　　图 3.20.12　"扩展选区"　　　图 3.20.13　"添加杂色"

（14）添加杂色后，再打开"滤镜"→"渲染"→"光照效果"项，在"光照效果"设置调板中，给选区设置凹凸效果，其参数设置如图 3.20.14 所示。

（15）使用剪切工具将图片裁剪成合适的大小，如图 3.20.15 所示。

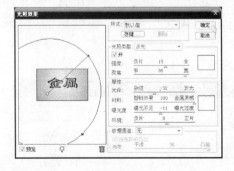

图 3.20.14　"光照效果"的参数设置　　　　图 3.20.15　裁剪后的效果

（16）保存文件。

第二十一节　通道——选择特殊图形

一、实例创作说明

使用 Photoshop 软件中提供的"通道"可以把主体从纷繁的背景中分离出来。通过把图 3.21.1 中所示的花朵从绿丛中分离出来的实例，掌握 Photoshop 中"通道"的用法。分离后的效果如图 3.21.2 所示。

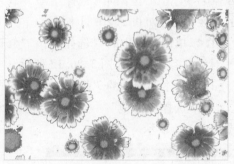

图 3.21.1　原图　　　　　　　　　　　　　图 3.21.2　分离后的效果

二、制作步骤

（1）打开图片素材第三章第二十一节文件夹中的图片"花朵"文件。

（2）在"图层"调板中双击背景层，命名为"图层 1"，让背景层转化为普通层。

（3）单击"通道"调板，容易发现"红"通道中的花与叶部分边界最为明显，利用"红"通道来选择花朵。单击"红"通道调板，右键单击"复制通道"，在弹出的对话框中设置如图 3.21.3 所示的参数。

（4）单击菜单中的"图像"→"调节"→"亮度/对比度"命令，在弹出的"亮度/对比度"对话框中设置如图 3.21.4 所示的参数，单击"确定"按钮，调整后的效果如图 3.21.5 所示。

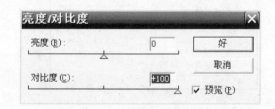

图 3.21.3　"复制通道"对话框　　　　　　　图 3.21.4　"亮度/对比度"对话框

（5）在"通道"调板中单击"RGB"混合通道，按住 Ctrl 键，单击"选择花朵"通道，便选中了花朵。

（6）单击菜单中的"选择"→"修改"→"扩展"命令，在弹出的对话框中设置如图 3.21.6 所示的参数，便选中了花朵中的细微部分。

图 3.21.5　通道调整后的效果　　　　　　图 3.21.6　"扩展选区"对话框

（7）单击菜单中的"选择"→"反选"命令，将选择区反选。

（8）按 Delete 键，将除了花朵之外的图像删除，效果如图 3.21.2 所示。

（9）保存文件。

第二十二节　动作调板——制作"苍眼"图像

一、实例创作说明

"动作"是一些命令的集合体，利用动作可以方便地将用户执行过的操作及应用过的命令记录下来，当需要再次执行同样的或类似的操作或命令时，只需要应用所录制的动作就可以了，在工作中频繁应用动作能够大大提高设计者的工作效率。本节以绘制"苍眼"图像为例，具体介绍"动作"调板应如何应用，"苍眼"效果如图 3.22.1 所示。

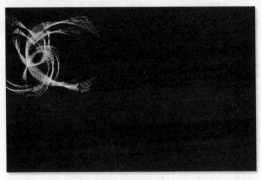

图 3.22.1　"苍眼"效果图

二、制作步骤

（1）创建一新文件，文件名称为"苍眼"，宽度为"800 像素"，高度为"506 像素"，分辨率为"300 像素/英寸"，模式为"RGB"，内容为"黑色"。背景黑色是用来衬托寂静的气氛。

（2）选择工具栏中的"钢笔"工具 ，在设置栏中设置"钢笔"工具的参数，如图 3.22.2所示。

图 3.22.2　"钢笔"工具的参数设置

（3）在画布中描绘出路径形状，如图 3.22.3 所示。在使用"钢笔"工具的过程中，可以通过拖动"路径控制柄"的方向来控制钢笔拉出的弧度。

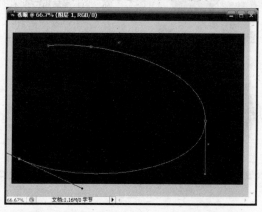

图 3.22.3　拖动"路径控制柄"控制曲线弧度

（4）设置前景色为白色。选择"画笔"工具 ，设置"画笔"大小为 1px，如图 3.22.4 所示。

图 3.22.4　"画笔"工具的设置

（5）单击图层调板底部的 按钮，新建"图层 1"。到路径调板中选择"描边路径"命令，如图 3.22.5 所示。在弹出的对话框中选择"描边"工具为""，如图 3.22.6 所示。按"Ctrl + H"组合键隐藏路径后，我们就可以看到描绘好的曲线，如图 3.22.7 所示。

图 3.22.5　选择"描边路径"命令

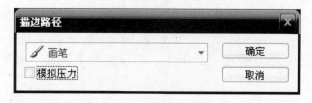

图 3.22.6　选择"描边"工具

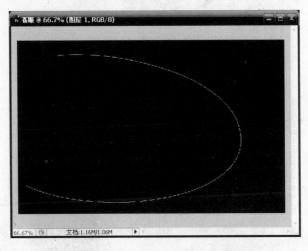

图 3.22.7　曲线绘制效果图

"动作"调板的应用

"动作"是 Photoshop 中一个提高工作效率的工具。"动作"调板中各个按钮的作用如下：

单击 ■ 按钮，停止播放/记录动作。

单击 ● 按钮，开始记录动作。

单击 ▶ 按钮，应用当前选择的动作。

单击 ▢ 按钮，可以创建一个新序列。

单击 ▣ 按钮，可以创建一个新动作。

单击 🗑 按钮，在弹出的对话框中单击"好"按钮

（6）进入"动作"控制调板，单击调板底部 ▣ 按钮，在弹出的对话框中建立"动作1"，如图 3.22.8 所示。然后单击"记录" ● 按钮开始进入记录状态（在终止记录动作前，此后的操作都将被记录到"动作"中）。

图 3.22.8　新建动作 1

（7）首先回到图层控制调板，复制"图层 1"为"图层 1 副本"，在"图层 1 副本"中按"Ctrl + T"组合键调整位置，如图 3.22.9 所示。按"回车"键确定后回到"动作"调板中，单击"暂停" ■ 按钮终止动作的记录。

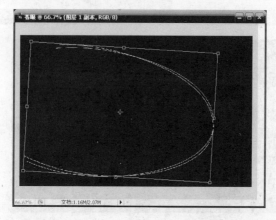

图 3.22.9 调整"图层 1 副本"曲线的位置

（8）接下来我们就可以看到"动作"的作用了。连接单击 7 次播放按钮 ▶ ，如图 3.22.10所示，可以看到图上曲线变化的节奏，如图 3.22.11 所示。

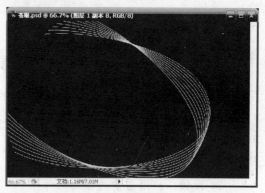

图 3.22.10 播放"动作"　　　　　　　　　图 3.22.11 播放"动作"后的效果图

（9）回到"图层"控制调板中，把曲线的图层链接起来，如图 3.22.12 所示。单击调板右侧的小三角按钮，在弹出的下拉列表框中选择"合并链接图层"命令，合并图层为"图层 1 副本 8"，如图 3.22.13 所示。

图 3.22.12 建立图层的链接　　　　　　　图 3.22.13 合并图层为"图层 1 副本 8"

（10）将"图层 1 副本 8"拖动到调板底部的新建图层按钮 □ 上，复制图层为"图层 1 副本 8 副本"，选择"编辑"→"变换"→"旋转"命令或按"Ctrl + T"组合键，分别调整这两个图层的位置，如图 3.22.14 所示。把调整好的图像合并后再复制为"图层 1 副本 8 副本 2"，再调整图像的位置，如图 3.22.15 所示。

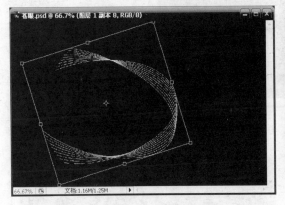

图 3.22.14　调整图像的大小位置　　　　　图 3.22.15　"图层 1 副本 8 副本 2"调整后的效果

（11）复制"图层 1 副本 8 副本 2"，调整位置后，如图 3.22.16 所示。将二者合并。

（12）合并后选择"图层属性"命令，将图层更名为"光线"。由于此时的亮度不够，我们可以复制"光线"图层为"光线副本"加强"光线"的亮度，并调整"光线副本"图层透明度为 35%，合并后的效果如图 3.22.17 所示。

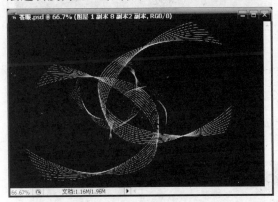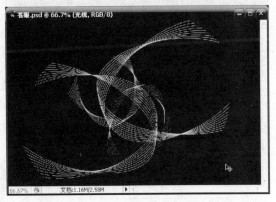

图 3.22.16　调整各图层的大小位置　　　　　图 3.22.17　光线最终效果图

（13）回到"光线"图层中，单击图层调板中的"锁定透明像素"按钮 □，单击"颜色"控制调板，定义前景色（R:190、G:0、B:0），按"Alt + Delete"组合键填充前景色到"光线"图层中，效果如图 3.22.18 所示。

（14）为了使空间感加强，使画面更有层次，要在光线上填充同一色系不同深度的颜色。复制"光线"为"光线 副本"，并填充线条的颜色（R: 210、G: 0、B: 0），按"Ctrl + T"组合键调整"光线 副本"的位置，如图 3.22.19 所示；复制"光线 副本"为"光线 副本 2"填充颜色（R: 255、G: 0、B: 0），按"Ctrl + T"组合键调整后效果如图 3.22.20 所示。

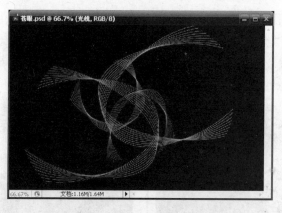

图 3.22.18　填充为红色的"光线"

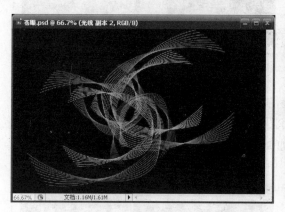

图 3.22.19　调整"光线 副本"图形的位置　　　图 3.22.20　调整"光线 副本 2"图形的位置

　　（15）接下来我们需要将此 3 个图层建立链接关系并建立组关系，以方便后面的操作。首先单击图层控制调板右侧的三角形按钮，在下拉列表框中选择"新建自链接的"命令，建立组"序列 1"，如图 3.22.21 所示。在"序列 1"组中按"Ctrl + T"组合键调整位置大小，如图 3.22.22 所示。

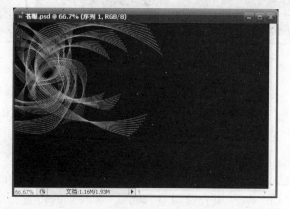

图 3.22.21　建立"序列 1"图层组　　　　　　图 3.22.22　移动"序列 1"的位置

　　（16）单击"图层"控制调板右侧的三角形按钮，在弹出的下拉列表框中选择"复制图层组"命令，复制"序列 1"为"序列 1 副本"。单击组"序列 1 副本"前面的小箭头展开图层组，并单击"图层"调板底部的删除按钮　🗑　删除"光线"图层，分别填充白色到另外两个图层，按"Ctrl + T"组合键调整"序列 1 副本"的位置，如图 3.22.23 所示。选择"序列 1 副本"图层模式为"强光"，此时效果图如 3.22.24 所示。

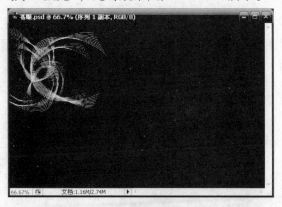

图 3.22.23　调整"序列 1 副本"的位置

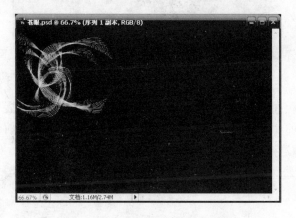

图 3.22.24　变换图层模式后的效果

（17）保存文件。

第二十三节　动作调板——制作文字特效、相框、雨雪

一、实例创作说明

利用动作调板，可以非常方便地为图像制作文字特效（如图 3.23.1 所示）、相框（如图 3.23.2 所示）、雨雪（如图 3.23.3 所示）等特效。

图 3.23.1　文字特效

图 3.23.2　相框

图 3.23.3　暴风雪的效果

二、制作步骤

（1）中等轮廓线文字效果的制作。打开图片素材第三章第二十三节文件夹中的图片"风景"，使用工具箱中的文字工具 **T.**，在图像中输入文字"清新秀丽"，如图 3.23.4 所示。再打开动作调板，如图 3.23.5 所示。

图 3.23.4　输入文字　　　　　　　　　　　图 3.23.5　动作调板

（2）单击动作调板左上角的小三角，选择"文字效果"命令。展开文字效果左侧的小三角，选择动作组中的"中等轮廓线"，如图 3.23.6 所示，选择好前景色，单击动作调板下方的 播放按钮，文字即可自动转变成中等轮廓线的效果，如图 3.23.7 所示。

图 3.23.6　选择文字效果　　　　　　　　　　图 3.23.7　中等轮廓线文字效果

（3）制作文字光晕效果。打开图片素材第三章第二十三节文件夹中的图片"郁金香"，使用工具箱中的文字工具 **T.**，在图像中输入文字"flower"，在动作调板中选择动作组中的"文字光晕"。选择好前景色，单击动作调板下方 播放按钮，即可自动添加文字光晕的效果，如图 3.23.1 所示。

（4）利用动作调板制作边框。打开图片素材第三章第二十三节文件夹中的图片"潺潺流水"，如图 3.23.8 所示，单击动作调板中右上角的小三角按钮，选择"画框"命令，如图 3.23.9 所示。

（5）在预设的画框效果中选择"笔刷形画框"，直接单击动作画板下方的 播放按钮，图形即可自动添加笔刷形的边框效果，如图 3.23.10 所示。

图 3.23.8 潺潺流水　　　图 3.23.9 "画框"命令　　　图 3.23.10 笔刷形画框效果

（6）在画框效果中选择"无光铝画框"，单击动作调板下方的 ▶ 播放按钮，图形外围即可自动添加无光铝的图像边框，如图 3.23.2 所示。

（7）利用动作调板制作雨的效果。打开图片素材第三章第二十三节文件夹中的图片"船舶"如图 3.23.11 所示，在动作调板中单击右上角的小三角按钮，选择"图像效果"命令，如图 3.23.12 所示。

图 3.23.11 船舶　　　　　　　　　　　图 3.23.12 动作调板

（8）在预设的画框效果中选择"细雨"，单击动作调板下方的 ▶ 播放按钮，即可制作出斜风细雨的图像效果，如图 3.23.13 所示。

图 3.23.13 添加细雨的效果

（9）在预设的图像效果中选择"暴风雪"，然后单击动作调板下方的  播放按钮，则会产生暴风雨的效果，如实例效果图 3.23.3 所示。

友情提示

动作的记录功能使用

除了 Photoshop 默认的动作以外，还可以自己录制动作，方便快速工作。使用动作调板可以记录、播放、编辑和删除个别动作。

（1）在动作调板中单击下方的 凵 图标，即可创建一个新动作，在新动作调板中输入动作的名称"添加文字"。单击"记录"按钮后，动作调板下方的记录按钮 ● 会自动变成红色，这时就可以开始操作，如图 3.23.14 所示。

（2）打开图片素材第三章第二十三节文件夹中的图片"老虎"，开始对图像进行添加文字"野生动物"的操作，完成操作后，单击停止按钮 ■，可结束记录，效果如图 3.23.15 所示。

图 3.23.14　创建新动作调板

图 3.23.15　添加文字动作的内容

（3）打开图片素材第三章第二十三节文件夹中的图片"狮子"，单击动作调板中的播放选区按钮 ▶，即可自动执行刚才文字"野生动物"添加的整套动作。效果如图 3.23.16 所示。

图 3.23.16　执行动作到其他图像中

（4）如果只想播放某一项动作，可以在调板中单独选择要播放的命令，然后按住 Ctrl 键单击调板中的播放选区按钮 ▶（或双击该命令）。

（5）记录动作后，可以用多种方法编辑动作。可以在动作调板中重新排列动作和命令，在动作中记录其他命令，重新记录、复制和删除命令和动作以及更改动作选项。

 点石成金

批处理

批处理，也称为批处理脚本。顾名思义，批处理就是对某对象进行批量的处理。在 Photoshop 中，如果需要对某些图片进行大量的、相同的处理，往往就要用到批处理。批处理与上面"动作的记录功能使用"有着某些类似的效果。单击动作工具窗口右上角的小箭头，在弹出的菜单里单击新动作，弹出动作对话窗口，在名称里写名称，如：改变像素大小，如图 3.23.17 所示。

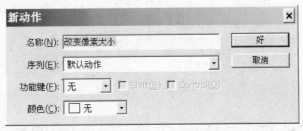

图 3.23.17　新动作

单击记录。然后我们可以看到右边的动作工具窗口下面的小圆点变为红色，说明动作记录开始。

下面我们要开始记录动作，打开你所要处理的图片的文件夹，打开一张图片，单击图像菜单，选择图像大小，把像素大小改为 400×500，单击"确定"按钮。

我们可以看到右边的动作工具窗口里，改变像素大小下面出现了三个新记录的动作，打开、图像大小、保存，如图 3.23.18 所示。

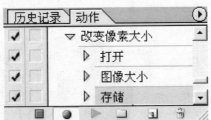

图 3.23.18　三个新记录的动作

单击红色小圆点左边的小方框，停止记录，记录完成。

然后执行批处理命令。单击 Photoshop 文件菜单，选择自动，选择批处理，弹出批处理对话窗口，动作选择改变像素大小，选择正确的源文件夹和目的文件夹的路径，在覆盖动作"打开"命令和覆盖动作"存储为"命令前打勾，如图 3.23.19 所示，再单击"确定"按钮，批处理完成。

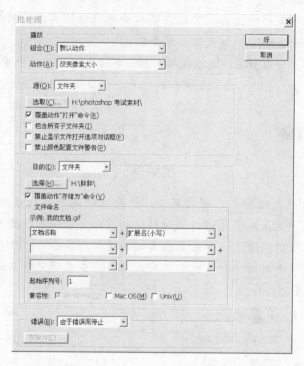

图 3.23.19　批处理对话框

第二十四节　切片工具——制作网站页面

一、创作说明

在网页上放置较大的图片更会大大降低打开网页的速度。如果将一个大图像切割成几个小图像分别下载就可以节省许多打开网页的时间。本例利用切片工具 ✄，制作科普网站的主页，如图 3.24.1 所示。

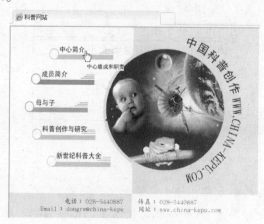

图 3.24.1　科普网站的主页

二、制作步骤

（1）打开图片素材第三章第二十四节文件夹中的图片"科普网站"。单击菜单中的"视图"→"标尺"命令，在图像窗口上方和左侧显示标尺。从图像上方的标尺开始拖曳鼠标，创建一条水平参考线。再从图像左侧的标尺开始拖曳鼠标创建一条垂直参考线。在图像窗口中调整两条参考线至如图3.24.2所示的位置。

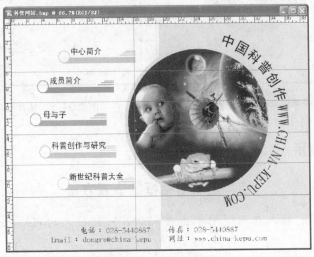

图3.24.2 参考线的位置

 友情提示

参考线的颜色更改方法

单击菜单中的"编辑"→"预置"→"参考线、网格和切片"命令。在弹出的"预置"对话框最下方的"切片"参数中，可以设置图像；在"线条颜色"框中可以选择切片边线的颜色。

（2）单击工具箱中的 工具，将其选择，此时选项栏如图3.24.3所示。单击选项中的 基于参考线的切片 按钮，图像的切片效果如图3.24.4所示。利用参考线创建切片的好处是切片的分布较有规律、排列整齐、切片大小较精确。

图3.24.3 切片工具选项

（3）在图像窗口中单击窗口上方的"01号"切片，将其选择并激活。此时"01"号切片周围的线条显示为黄棕色，表示它为当前切片。

（4）单击鼠标右键，在弹出的菜单中选择"编辑切片选项"，在弹出"编辑切片选项"选项对话框进行设置，如图3.24.5所示。

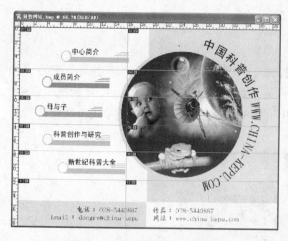

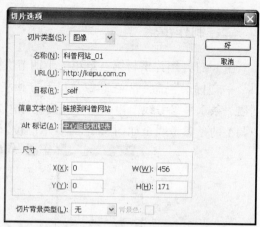

图 3.24.4　从参考线创建切片的效果　　　　图 3.24.5　切片选项对话框设置

 友情提示

切片选项对话框的设置方法

（1）"URL"框：输入在网页中单击当前切片可链接至的网络地址。注意必须输入"http://"。

（2）"目标"框：输入"_self"或"_Blank"。"_self"表示在当前窗口中打开链接网页。"_Blank"表示在新窗口打开链接网页。框中不输入内容，默认为在新窗口打开链接网页。

（3）"信息文本"框：在网络浏览器中将鼠标移动至该切片时，网络浏览器下方的信息行内显示设置的内容。

（4）"Alt 标记"框：在网络浏览器中将鼠标移动至该切片时，该切片上弹出的提示内容。当网络浏览器设置为不显示图片时，该切片图像的位置上显示"Alt 标记"框中的内容。

（5）"X"、"Y"值为当前切片的坐标。

（6）"W"、"H"值为当前切片的宽度和高度。

（7）在"切片背景"框中，可以设置切片背景的颜色。也就是如果切片图像不显示时，网页上该切片相应的位置上显示的背景颜色。

（5）将当前图像保存为网页。单击菜单中的"文件"→"存储为 Web 所用格式"命令，在"将优化结果存储为"对话框中进行设置，如图 3.24.6 所示。"保存类型"框中的"HTML 和图像"选项，是将当前图像保存为 HTML 格式，并将切片保存为单独的图像。"仅限图像"选项，只将图像中的切片保存为单独的图像。"仅限 HTML"选项，只将图像保存为网页。

（6）打开保存的网页。将鼠标移动至"01"切片的位置，其效果如图 3.24.1 所示。再试试"02"和"03"及其他切片的编辑和设置。

（7）切片图片效果如图 3.24.7 所示。可以看到整张图片被切割成多个小图片，这样浏览网站图片时，可以加快图片的显示和下载。

图 3.24.6 "将优化结果存储为"对话框

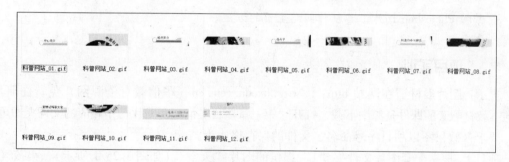

图 3.24.7 图像效果

 友情提示

一般方式创建切片的方法及堆叠顺序

一般方式创建切片的方法是,在图像需要位置拖曳鼠标,即可创建一个矩形切片的效果,如图 3.24.8 所示。这种创建切片的方式较灵活,但切片的位置和排列不够精确。

切片像图层一样,每个切片之间有一定的堆叠顺序。当前切片被激活时:

(1)单击 【置为顶层】按钮,当前切片移动至堆叠顶层。

(2)单击 【前移一层】按钮,当前切片向上移动一层。

(3)单击 【后移一层】按钮,当前切片向下移动一层。

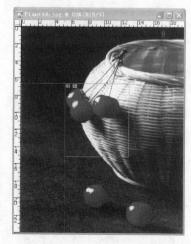

图 3.24.8 一般方式创建的切片

(4)单击 【置为底层】按钮,当前切片移动至堆叠底层。

思考题

1. 掌握图层的概念及作用，并能在计算机平面作品设计过程中，充分利用图层的特性，完成平面作品的制作。

2. 掌握 Photoshop 工具栏中各种工具的作用和使用方法。并能在平面作品设计过程中灵活应用。

3. 掌握 Photoshop 中"导航器"调板、色板、"图层"调板、"路径"调板、"动作"调板的使用方法。

4. 掌握选区的填充及自定义图案的方法。

5. 掌握路径及其作用。

6. 掌握蒙版、快速蒙版、图层蒙版的概念，并能在平面设计过程中灵活应用。

7. 掌握通道及其作用。

8. 掌握 Photoshop 切片工具制作网站主页的方法。

 项目实训

提示：图片素材请在网站 http://www.hxedu.com.cn（华信教育资源网）免费注册后，在与本教材配套的课件资源中下载，打开"第三章项目实训配套图片"中相应的文件夹即可。

要求：效果图以项目序号命名，文件的保存格式为 .psd。

项目 1. 根据配套图片文件夹"1"提供的图片"天空"（如图 3.25.1 所示）、小孩（如图 3.25.2 所示）、风景（如图 3.25.3 所示）等三幅图片的综合处理，利用图层、选择工具、移动工具等制作出如图 3.25.4 所示图像的合成效果。

图 3.25.1　天空　　　　图 3.25.2　小孩　　　　图 3.25.3　风景

图 3.25.4　效果图

项目 2. 根据配套图片文件夹"2"提供的图片"树林"（如图 3.25.5 所示）、"花园"（如图 3.25.6 所示）、"汽车"（如图 3.25.7 所示），利用多边形套索工具、移动工具、图层的复制粘贴、图层的顺序调整等，对三幅图片进行综合处理，制作出图像的合成效果，如图 3.25.8 所示。

图 3.25.5　树林　　　　　图 3.25.6　花园　　　　　图 3.25.7　汽车

图 3.25.8　效果图

项目 3. 根据配套图片文件夹"3"提供的图片"海上日出"（如图 3.25.9 所示）、"建筑"（如图 3.25.10 所示），将两幅图片合成，并利用图层调板中的"色彩混合模式"对图像进行特技处理，产生一种大海中的海市蜃楼效果，如图 3.25.11 所示。

图 3.25.9　海上日出　　　　图 3.25.10　建筑　　　　图 3.25.11　效果图

项目 4. 根据配套图片文件夹"4"提供的图片"海浪"（如图 3.25.12 所示）、"相框"（如图 3.25.13 所示）、"女孩"（如图 3.25.14 所示），制作出图片的合成效果（如图 3.25.15 所示）。

图 3.25.12　海浪　　　　　图 3.25.13　相框　　　　　图 3.25.14　女孩

图 3.25.15　效果图

项目 5. 根据配套图片文件夹 "5" 提供的图片 "人物"（如图 3.25.16 所示）、"海边风景"（如图 3.25.17 所示），制作合成图像效果（如图 3.25.18 所示）。

图 3.25.16　人物　　　　　图 3.25.17　海边风景　　　　　图 3.25.18　效果图

项目 6. 根据配套图片文件夹 "6" 提供的图片 "花"（如图 3.25.19 所示）、"背景"（如图 3.25.20 所示），在 Photoshop 中利用图层的混合模式完成如图 3.25.21 所示的效果。

图 3.25.19　花　　　　　　图 3.25.20　背景　　　　　图 3.25.21　效果图

项目 7. 根据配套图片文件夹 "7" 提供的图片 "卡通狗"（如图 3.25.22 所示）、"贝壳女孩"（如图 3.25.23 所示）、"儿童"（如图 3.25.24 所示），在 Photoshop 中完成如图 3.25.25 所示的效果。

图 3.25.22　卡通狗　　　　　图 3.25.23　贝壳女孩　　　　　图 3.25.24　儿童

图 3.25.25　效果图

项目 8. 根据配套图片文件夹 "8" 提供的图片 "小女孩" （如图 3.25.26 所示），在 Photoshop 中对图像进行处理，把人物脸部的斑迹及额头的蝴蝶去掉，制作出如图 3.25.27 所示的效果。

图 3.25.26　小女孩　　　　图 3.25.27　效果图

项目 9. 在 Photoshop 中，利用画笔等工具完成如图 3.25.28 所示的效果。

项目 10. 在 Photoshop 中，利用画笔、文字等工具完成如图 3.25.29 所示的效果。

图 3.25.28　山水画　　　　　　　图 3.25.29　生命之源

项目 11. 根据配套图片文件夹 "11" 提供的图片 "桥" （如图 3.25.30 所示），在 Photoshop 中利用文字工具及样式完成如图 3.25.31 所示的效果。

图 3.25.30　桥　　　　　　　　图 3.25.31　效果图

项目 12. 根据配套图片文件夹"12"提供的图片"相机"（如图 3.25.32 所示）、"花朵"（如图 3.25.33 所示）、"背景"（如图 3.25.34 所示），在 Photoshop 中通过调整图层的合成等完成如图 3.25.35 所示的效果。

图 3.25.32　相机　　　　　　　图 3.25.33　花朵　　　　　　　图 3.25.34　背景

图 3.25.35　效果图

项目 13. 根据配套图片文件夹"13"提供的图片"人物"（如图 3.25.36 所示），在 Photoshop 中，通过对文字图层样式的操作完成如图 3.25.37 所示的效果。

图 3.25.36　人物　　　　　　　　　　　　图 3.25.37　效果图

项目 14. 根据配套图片文件夹"14"提供的图片"篮球"（如图 3.25.38 所示）、"篮筐"（如图 3.25.39 所示），在 Photoshop 中，利用文字工具、渐变工具等完成如图 3.25.40 所示的效果。

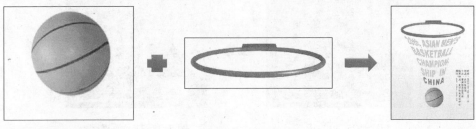

图 3.25.38　篮球　　　　　　　图 3.25.39　篮筐　　　　　　　图 3.25.40　效果图

项目 15. 在 Photoshop 中，通过文字工具、画笔工具及其他工具等完成如图 3.25.41 所示的效果。

图 3.25.41　效果图

项目 16. 根据配套图片文件夹"16"提供的图片"顺达标志"（如图 3.25.42 所示）、"城市"（如图 3.25.43 所示），在 Photoshop 中，利用图片的合成、文字工具等完成如图 3.25.44、图 3.25.45 所示的效果。

图 3.25.42　顺达标志　　　　　　　　　　图 3.25.43　城市

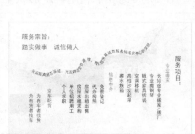

图 3.25.44　名片正面　　　　　　　　图 3.25.45　名片反面

项目 17. 在 Photoshop 中，对图层的样式进行一些适当的操作，完成如图 3.25.46 所示的效果。

提示： 投影 R:7，G:29，B:83、内阴影 R:130，G:228，B:255、内发光 R:0，G:45，B:98、斜面和浮雕 R:25，G:45，B:75、光泽 R:185，G:230，B:255、颜色叠加 R:34，G:105，B:195、渐变叠加 R:128，G:223，B:255 到 R:0，G:6，B:103、描边 R:49，G:69，B:197。

项目 18. 在 Photoshop 中利用渐变工具、文字工具制作如图 3.25.47 所示的效果。提示：径向渐变的前景色为白色、背景色为黄橙色（R:251，G:175，B:93），文字颜色为蓝色（R:0，G:174，B:239）。

图 3.25.46　效果图　　　　　　　　　　图 3.25.47　效果图

项目 19. 在 Photoshop 中利用图形工具、文字工具等制作如图 3.25.48 所示的效果图。

项目 20. 在 Photoshop 中，新建一个文件，大小 400×300cm，利用渐变工具"径向渐变"制作四个圆球，在每个圆球中分别输入文字"新"、"春"、"快"、"乐"，将文字制作成球体字的效果，如图 3.25.49 所示。提示：渐变选择前景色为白色，背景色红色（R：238，G：20，B：20）。

图 3.25.48　效果图　　　　　　　　　　图 3.25.49　效果图

项目 21. 在 Photoshop 中利用自定形状工具、文字工具等制作如图 3.25.50 所示的效果图片。

项目 22. 在 Photoshop 中利用自定形状工具、文字工具等制作如图 3.25.51 所示的效果图片。

图 3.25.50　效果图　　　　　　　　　　图 3.25.51　效果图

项目 23. 根据配套图片文件夹"23"提供的图片"风景"（如图 3.25.52 所示），在 Photoshop 中，通过钢笔工具等完成如图 3.25.53 所示的效果。

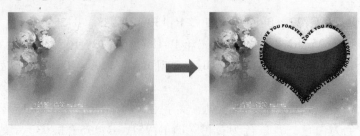

图 3.25.52　风景　　　　　　　　　　图 3.25.53　效果图

项目 24. 根据配套图片文件夹"24"提供的图片"底纹"（如图 3.25.54 所示），在 Photoshop 中，通过钢笔工具、路径和油漆桶工具、文字工具等完成如图 3.25.55 所示的效果。

图 3.25.54　底纹　　　　图 3.25.55　效果图

项目 25. 在 Photoshop 中，利用钢笔工具、加深工具和减淡工具等完成如图 3.25.56 所示的效果。

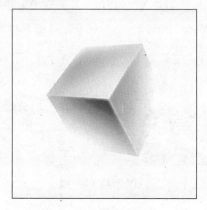

图 3.25.56　效果图

项目 26. 根据配套图片文件夹"26"提供的图片"蛋壳"（如图 3.25.57 所示）、"叶子"（如图 3.25.58 所示），在 Photoshop 中，利用图层蒙版完成如图 3.25.59 所示的效果。

图 3.25.57　蛋壳　　　　图 3.25.58　叶子　　　　图 3.25.59　效果图

项目 27. 根据配套图片文件夹"27"提供的图片"舞蹈"（如图 3.25.60 所示）、"楼房1"（如图 3.25.61 所示）、"楼房2"（如图 3.25.62 所示）、"楼房3"（如图 3.25.63 所示）、"校园"（如图 3.25.64 所示）、"河"（如图 3.25.65 所示），在 Photoshop 中，利用图层蒙版完成完成下面几幅图片合成，效果图如图 3.25.66 所示。提示利用图层蒙版、渐变工具 的类型"径向渐变"，从人物图像中心向外拖动拉出渐变色，图层上的人物自然地与下面背景层融合到一起。

　图 3.25.60　舞蹈　　　　　　图 3.25.61　楼房 1　　　　　　图 3.25.62　楼房 2

　　　图 3.25.63　楼房 3　　　　　　　图 3.25.64　校园

图 3.25.65　河

图 3.25.66　效果图

项目 28. 根据配套图片文件夹 "28" 提供的图片 "湖边"（如图 3.25.67 所示）、"人与大海"（如图 3.25.68 所示），在 Photoshop 中，利用图层蒙版完成下面两幅图片的合成，效果如图 3.25.69 所示。

　图 3.25.67　湖边　　　　　　图 3.25.68　人与大海　　　　　　图 3.25.69　效果图

项目 29. 根据配套图片文件夹"29"提供的图片"蓝天"（如图 3.25.70 所示）、"石头"（如图 3.25.71 所示），在 Photoshop 中，利用液化、水波、曲线等滤镜完成如图 3.25.72 所示的效果。

图 3.25.70　蓝天　　　　　　　　图 3.25.71　石头　　　　　　　　图 3.25.72　效果图

项目 30. 根据配套图片文件夹"30"提供的图片"底图"（如图 3.25.73 所示）、"树叶"（如图 3.25.74 所示）、"女人"（如图 3.25.75 所示），在 Photoshop 中，利用径向模糊滤镜、扭曲水波等滤镜完成如图 3.25.76 所示的效果。

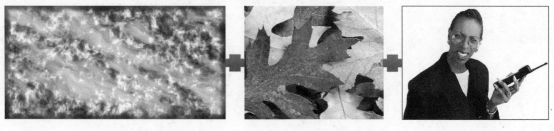

图 3.25.73　底图　　　　　　　　图 3.25.74　树叶　　　　　　　　图 3.25.75　女人

图 3.25.76　效果图

项目 31. 根据配套图片文件夹"31"提供的图片"花朵"（如图 3.25.77 所示），利用画布大小的调整、纹理化滤镜、图层样式等操作，完成如图 3.25.78 所示的相框效果。

图 3.25.77　花朵　　　　　　　　　图 3.25.78　效果图

项目实训

提高篇

第四章 ◀ Photoshop项目实训

第四章　Photoshop 项目实训

 本章导读

- 黑格尔说:"设计不是别的,就是完全浸在主题里,不到把它表现为完满的艺术形象决不肯罢休的那种情况。"
- 灵感来源于大量知识的积累。跟艺术触类旁通的东西设计师都要研究,尤其要研究外国平面设计大师的作品,从各个方面对自身进行充实。
- 设计之美永无止境,完善取决于态度。
- 构思的过程往往"叠加容易,舍弃难",构思时往往想得很多,堆砌得很多,对多余的细节爱不忍弃。张光宇先生说过:"多做减法,少做加法",对不重要的、可有可无的形象与细节,坚决忍痛割爱。
- 设计的提高必须在不断的学习和实践中进行。好的设计并不只是图形的创作,它是综和了许多智力劳动的结果。
- 设计中关键的是意念,好的意念需要学养和时间去孵化。
- 设计师的工作时间,可以说 1/3 在沟通、交流和学习;1/3 在着手表达,其余的1/3在解决问题。

 关键词聚焦

封面设计　名片设计　海报设计　广告设计　包装设计　网页设计　标志设计　VI 设计　卡通设计

 友情提示

图片素材请在网站 http://www.hxedu.com.cn(华信教育资源网)免费注册后,在与本教材配套的课件资源中下载,打开"第四章项目实训"配套图片中相应的文件夹即可。

第一节　封 面 设 计

一、知识

1. 封面的构成

书籍封面一般由封面、封底、书脊和勒口构成。

(1)封面

封面是一位不说话的推销员,书籍的名称、设计的图形、作者名及出版社名称等主要信息都集中在封面。

（2）封底

封底是封面设计的一个补充，它用来放置书籍的介绍、条形码、书号及价格。

（3）书脊

书脊是浓缩了的封面，在该位置一般设置书名、作者名、出版社名称等。

（4）勒口

勒口是用来连接内封和坚固封面的，在该位置可以放置作者的简历和书的宣传语等。

2. 封面的开本

书籍的开本是指书籍的幅面大小。确定开本是封面设计的基础，一个合格的封面设计者必须掌握书籍印刷中一些常用开本的尺寸，以便在进行设计、绘制草稿及正稿时把握精确的画面大小。常用书籍的开本规格如表 4-1 所示。

表 4-1　常用图书的开本规格

16K	18.5cm×26cm	24K	19.6cm×18.2cm	表中尺寸为常用书籍的成品规格，设计正稿时，4 个切口上还应各加 3mm 的长度（也就是出血），以便于装订时切边
大 16K	20.3cm×28cm	64K	9.20cm×12.6cm	
32K	13cm×18.4cm	大 64K	10.1cm×13.7cm	
大 32K	14cm×20.3cm	8K	26.0cm×37.6cm	

3. 封面的图形设计

封面的图形应直观、明确、视觉冲击力强、易与读者产生共鸣，是设计要素中的重要部分，它往往在画面中占很大面积，成为视觉中心。图形的内容丰富多彩，最常见的有人物、动物、植物、自然风光，以及其他许多人类活动的产物。

设计封面图形之前，一定要对书的内容进行高度概括和提炼，从而有针对性地设计图形。在设计过程中一定要抓住事物的本质，从而使它成为全书内容的高度浓缩，这样就可以使读者透过图形领悟书中的内容和精神实质。不同类别的书籍，其封面图形的表现手法也不相同，一般分为以下 4 种。

（1）写实性手法

抓住书中的某个情节或形象来设计封面图形，从而表现书籍的内容。这种手法形象直观，比较容易理解，多用于文学书籍、儿童读物等。

（2）象征性手法

通过设计者的想象，利用原形外的形象间接地表现全书的内涵，它比写实的手法更深刻、更耐人寻味，更具有艺术感染力。此手法要求设计者具有丰富的想象力。

（3）装饰性手法

用线条、色块或装饰性图案来表现书籍的内容和精神。这种表现手法应用的范围比较广泛。

（4）抽象性手法

有些图书的内容比较广泛，很难用一个具体的图形来表现其整体的内容，这时设计者可以通过夸大线条或者几何图形来表现其内容，并且为其创建丰富的色彩变化，这样可产生构图简练、图形富于变化和耐人寻味的效果。这种手法极具想象力和创造力，是一种被广泛采用的现代艺术语言。

4. 封面的色彩设计

书名的色彩运用在封面上要有一定的分量，纯度如果不够，则不能产生显著夺目的效果。色彩的运用要考虑内容的需要，用不同色彩对比的效果来表达不同的内容和思想。在对比中要求统一协调，以间色互相配置为宜，使对比色统一于协调之中。

一般来说，设计幼儿刊物的色彩，要针对幼儿娇嫩、单纯、天真、可爱的特点，色调往往处理成高调，减弱各种对比的力度，强调柔和的感觉。女性书刊的色调可以根据女性的特征，选择温柔、妩媚、典雅的色彩系列；体育杂志的色彩则强调刺激、对比、追求色彩的冲击力；而艺术类杂志的色彩就要求具有丰富的内涵，要有深度，切忌轻浮、媚俗；科普书刊的色彩可以强调神秘感；时装杂志的色彩要新潮，富有个性；专业性学术杂志的色彩要端庄、严肃、高雅，体现权威感，不宜强调高纯度的色相对比。

色彩配置除了要求协调外，还要注意色彩的对比关系，包括色相、纯度、明度对比。封面上没有色相冷暖对比，就会感到缺乏生气；封面上没有明度深浅对比，就会感到沉闷而透不过气来；封面上没有纯度鲜明对比，就会感到古旧和平俗。我们要在封面色彩设计中掌握住明度、纯度、色相的关系，用这三者关系去认识和寻找封面上产生弊端的缘由，以便提高色彩修养。

5. 封面的构图

封面设计的构图是指在符合书的内容及整体要求的前提下，设计者按照美学的原理，合理解决好色彩、图形和文字3个要素之间的综合关系，从而达到吸引读者注意力的目的。要想制作出令人满意的封面，在构图中一定要把握好以下两个方面。

（1）主次分明

在组织构成封面的各个元素时，一定要注意把握好它们之间的主次关系，从而做到主次分明，这样可以将信息准确、迅速地传递给读者。在封面设计中，书名好比书的"眼睛"，所以书名通常应该被主要突出。但是有的封面也会将图形作为主要突出的元素，例如一些期刊（杂志）和公司的宣传画册等。

（2）编排合理

在组织封面中的文字和图形时，一定要结合美学的原则对它们的位置、色调以及方向进行精心的编排，使它们在位置上对称平衡，在色调上对比协调，在方向上富有动感，从而使画面极具视觉冲击力，这样既能更有效地传递信息和表达情感，还能吸引读者的注意力。

二、实例效果

图 4.1.1 为一本书的封面。

图 4.1.1　书籍封面

三、设计思想分析

这是一幅小说的封面，画面的基调采用浅蓝色，给人一种轻盈舒适的感觉，与小说内容相吻合。封面中的卡通人物简洁可爱，表现出了人物的性格特征，极富装饰性。书名"简单的幸福"使用淡粉色的文鼎 POP-4 字体，采用斜面和浮雕效果，烘托出整个封面的形式美，使整个封面更加清新怡人。

四、操作步骤

（1）创建一个新文件，文件名称为"图书封面"，宽度为"29.6cm"，高度为"20.9cm"，分辨率为72 像素/英寸，模式为RGB，内容为"白色"。

（2）按"Ctrl + R"组合键，显示标尺，用移动工具 ⊾₊ 从水平和垂直标尺中拖出多条参考线。在图像窗口的4 个切口处分别标记出 3mm 的出血，并在中央位置标记出 10mm 的书脊（根据书的页数）。

（3）将前景色设置为淡绿色（R:171，G:210，B:183）。在"图层"调板中单击"创建新的图层"按钮 ⬗，新建"图层1"，选择工具箱中的"矩形选框工具" ⬚，在选项栏中按下"新选区"按钮 ⬛，然后在图 4.1.2 所示位置绘制矩形选区，然后按"Alt + Delete"组合键使用前景色填充选区，其效果如图 4.1.3 所示。

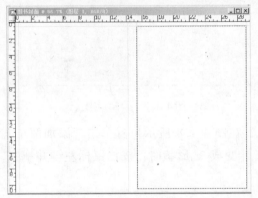

图 4.1.2 绘制选区

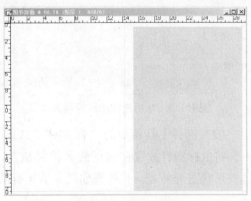

图 4.1.3 填充选区

（4）保持当前选区不变，单击菜单"滤镜"→"杂色"→"添加杂色"，打开"添加杂色"对话框，具体参数设置如图 4.1.4 所示，单击"好"按钮，得到画面效果如图 4.1.5 所示。

（5）单击菜单"滤镜"→"像素化"→"晶格化"，在打开"晶格化"对话框中设置单元格大小为"60"，单击"好"按钮。

（6）单击菜单"滤镜"→"素描"→"半调图案"，在打开"半调图案"对话框中设置大小为"1"，对比度为"12"，图案类型为"网点"，然后单击"好"按钮。

（7）单击菜单"滤镜"→"模糊"→"动感模糊"，在打开"动感模糊"对话框中设置角度为"30°"，距离为"25 像素"，然后单击"好"按钮，得到画面效果如图 4.1.6 所示。按"Ctrl + D"组合键取消选区。

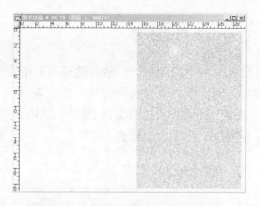

图 4.1.4　添加杂色滤镜参数设置　　　　　　图 4.1.5　添加杂色滤镜后画面效果

（8）将前景色设置为蓝色（R:104，G:177，B:193），背景色设置为白色（R:255，G:255，B:255），选择工具箱中的"矩形工具" □，按下选项栏中的"形状图层" □按钮，然后在图 4.1.7 所示位置绘制矩形，此时在"图层调板"中自动生成"形状 1"图层。

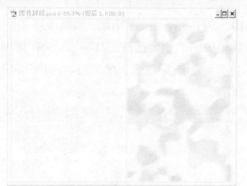

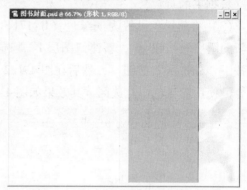

图 4.1.6　动感模糊滤镜后画面效果　　　　　　图 4.1.7　绘制矩形

（9）选择工具箱中的"添加锚点工具" ，在图 4.1.8 所示位置单击，添加两个锚点。将鼠标指针放置在锚点或者控制柄上，当指针变成 形状时，按住鼠标左键并拖曳，调整形状图形外观，其效果如图 4.1.9 所示。

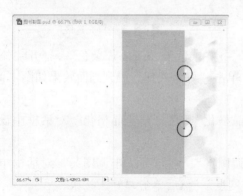

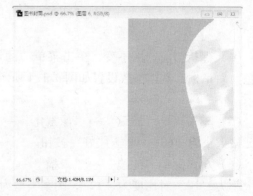

图 4.1.8　添加两个锚点　　　　　　　　图 4.1.9　调整形状图形的外观

（10）将设置的前景色和背景色互换，单击菜单"图层"→"更改图层内容"→"渐变"，打开"渐变填充"对话框，单击对话框中的"点按可打开'渐变'拾色器"按钮，在弹出的下拉列表中选择"前景到背景"渐变，其他参数设置如图 4.1.10 所示。参数设置好后单击"好"按钮，得到画面效果如图 4.1.11 所示。更改完图层内容后，在"图层"调板中的"形状 1"图层将自动转变成"渐变填充 1"图层。

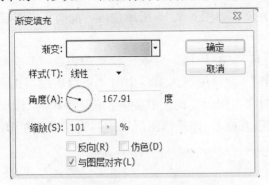

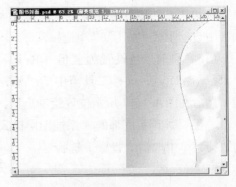

图 4.1.10　渐变填充对话框设置　　　　　　图 4.1.11　更改图层内容后画面效果

（11）单击"图层"调板底部的"添加图层样式"按钮 ，打开"图层样式"对话框，在弹出的快捷菜单中选择"投影"菜单，具体参数设置如图 4.1.12 所示。然后单击"好"按钮，得到画面效果如图 4.1.13 所示。

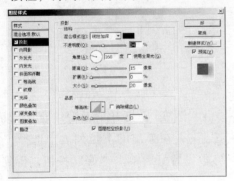

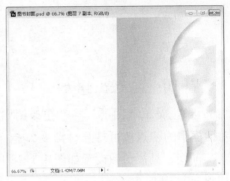

图 4.1.12　"投影"对话框　　　　　　　图 4.1.13　添加投影样式后画面效果

（12）打开图片素材第四章第一节文件夹中的"背靠背"文件，利用魔棒工具 选择白色背景后，单击菜单中的"选择"→"反选"命令，将"背靠背"文件中的男孩女孩图像选中，然后选择移动工具 将其拖曳到"图层封面"窗口中，效果如图 4.1.14 所示。此时，"图层"调板中自动生成"图层 2"图层。

（13）在"图层"调板中将"图层 2"的"色彩混合模式"设置为"柔光"，"不透明度"设置为"69%"，其画面效果如图 4.1.15 所示。

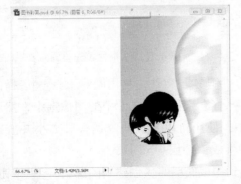

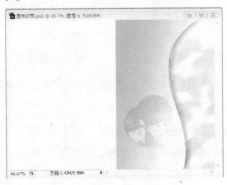

图 4.1.14　移入背靠背图片　　　　　　　图 4.1.15　改变后的画面效果

（14）打开图片素材第四章第一节文件夹中的"女孩"文件，选择工具栏中的多边形套索工具，羽化值设为10，选中小女孩图像。然后再选择移动工具将其拖曳到"图书封面"窗口中。使用自由变换命令调整其大小并放在如图4.1.16所示位置。此时，"图层"调板中自动生成"图层3"图层。

（15）将前景色设置为蓝色（R:104，G:177，B:193），背景色设置为白色（R:255，G:255，B:255），选择工具箱中的"矩形工具"，按下选项栏中的"形状图层"按钮，然后在图4.1.17所示位置绘制矩形，此时在"图层"调板中自动生成"形状1"图层。单击"图层"调板底部的"添加图层样式"按钮，打开"图层样式"对话框，在弹出的快捷菜单中取消"投影"选择。

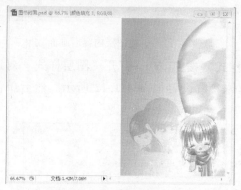
图4.1.16　添加女孩图片素材

图4.1.17　绘制矩形

（16）单击菜单"图层"→"更改图层内容"→"渐变"，打开"渐变填充"对话框，单击对话框中的"点按可打开'渐变'拾色器"按钮，在弹出的下拉列表中选择"前景到背景"渐变，具体参数设置如图4.1.18所示。参数设置好后单击"好"按钮，得到画面效果如图4.1.19所示。

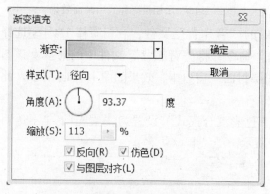
图4.1.18　更改"形状1"图层内容设置

图4.1.19　渐变填充后画面效果

（17）打开图片素第四章第一节文件夹中的"钢琴"文件，利用魔棒工具选择白色背景后，单击菜单中的"选择"→"反选"命令，将"钢琴"文件中的图像选中，然后选择移动工具将其拖曳到"图层封面"窗口中，使用自由变换命令调整其大小并放在如图4.1.20所示位置。此时，"图层"调板中自动生成"图层4"图层。

（18）在"图层"调板中将"图层4"拖曳到调板底部的"创建新的图层"按钮上，复制出"图层4副本"图层。单击菜单"编辑"→"变换"→"垂直翻转"，将图像垂直翻转。按住"Shift"键的同时按住鼠标左键垂直向下移动"图层 4 副本"中的图像，在"图层"调板中将"图层 4 副本"的"色彩混合模式"设置为"柔光"，其画面效果如图 4.1.21 所示。

图 4.1.20 添加钢琴图片素材　　　　　　图 4.1.21 垂直翻转图像并调整图像的混合模式

（19）打开图片素材第四章第一节文件夹中的"ISBN"文件，选择移动工具 将其拖曳到"图层封面"窗口中，此时，"图层"调板中自动生成"图层 5"图层，画面效果如图 4.1.22 所示。

（20）将前景色设置为蓝色（R:56，G:100，B:189），选择"矩形工具" ，按下选项栏中的"形状图层"按钮 ，在画面中绘制中间的蓝色书脊，如图 4.1.23 所示，此时在"图层"调板中自动生成"形状 1"图层。

图 4.1.22 添加钢琴图片素材　　　　　　　图 4.1.23 绘制矩形

（21）选择工具箱中的"横排文字工具" ，单击属性栏中的"切换字符和段落调板"按钮 ，打开"字符和段落"调板，文字参数设置如图 4.1.24 所示，其中文字颜色为淡粉色（R:240，G:137，B:158）。在图像窗口中输入书名"简单的幸福"，添加书名后的画面效果如图 4.1.25 所示。此时在"图层"调板中自动生成"文本"图层。

（22）单击图层调板底部的"添加图层样式"按钮 ，打开"图层样式"对话框，在弹出的快捷菜单中选择"斜面与浮雕"菜单，具体参数设置如图 4.1.26 所示。添加斜面与浮雕后的画面效果如图 4.1.27 所示。

图 4.1.24　文字属性设置

图 4.1.25　添加书名

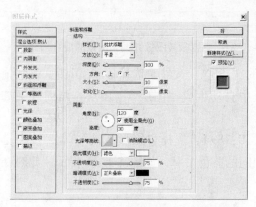

图 4.1.26　"斜面与浮雕"对话框

图 4.1.27　添加特效后的画面效果

（23）分别选择"横排文字工具" T,和"直排文字工具" T,，设置合适的字体、字号和颜色，在图像窗口中输入所需的其他文字。

（24）按"Ctrl + S"组合键将其保存即可。

第二节　名片的设计

一、知识导领

1. 名片设计的基本要求

名片作为一个人、一种职业的独立媒体，在设计上要讲究其技巧性，可以让人在最短的时间内获得所需要的全部信息。名片设计的基本要求强调四个字：简、明、准、新。

（1）简：传递的主要信息要简明、清楚，构图完整明确。

（2）明：文字简明扼要，字体层次分明。

（3）准：强调设计意识，传递的信息准确。

（4）新：艺术风格新颖独特，便于记忆，易于识别。

2. 名片设计中的构成要素及分类

（1）构成要素

名片一般是由标志、图案、方案（名片持有人的单位名称、姓名、职务、通信地址、通信方式及业务领域）等构成元素组成。

① 信息选择：文字信息包含单位名称、名片持有人名称、头衔和联系方法。部分商业名片还有经营范围，单位的座右铭或吉祥字句。

② 标志选择：公司的标志大多要印在名片上。

③ 图片选择：选择与用户相关的照片、图片、底纹、书法作品和简单地图，使名片更具个人风格。

（2）名片的分类

① 按用途分类：商业名片、公用名片、个人名片三类。

② 按名片质料和印刷方式分类：数码名片、胶印名片、特种名片三类。

③ 按印刷色彩分类：单色、双色、彩色、真彩色四类。

④ 按排版方式分类：横式名片、竖式名片、折卡名片三类。

⑤ 按印刷表面分类：单面印刷、双面印刷两类。

3. 名片的构图

一般名片的尺寸为 90mm×55mm，四周外加 3mm 出血。

（1）长方形构图。

（2）椭圆形构图。

（3）半圆形构图。

（4）左右对分形构图。

（5）斜置形构图。

这是一种强力的动感构图，主题、标志、辅助说明文案按区域斜置放置。

（6）三角形构图。

三角形构图是指主题、标志、辅助说明文案构成相对完整的三角形的外向对齐构图。

（7）轴线形构图。

轴线形分两类，中轴线形与不对称轴线形。

①中轴线形：在画面中央设一条中轴线，名片的主题、标志、辅助说明文案以中轴线为准居中排列。

②不对称轴线形：习惯上把主题、标志、辅助说明文案排在轴线的右边，一律向左看齐，也可以反过来向右看齐。

4. 名片设计与形式美法则

名片设计作为实用艺术的一部分必须遵循形式美法则。

（1）对称是完美形态。对称的视觉感受是庄严、秩序、安静、平和。对称是有机生命完美的形式体现。名片设计中所应用的对称方式大多是近似对称。

（2）均衡是形式美的重要因素。在设计中是设计要素在总体配比中的平衡统一，是利用设计要素的虚实、气势、量感等相互呼应和协调的整体效果。它的形式体现主要是在有机的布局中掌握画面的重心。

（3）对比、变化与调和、统一。设计名片时如果只注意局部的变化，而缺乏对全画面的考虑，画面就会凌乱、琐碎。反之如果只注意整体调和与统一，画面就会呆板、单调、乏味、枯燥。所以，设计名片时要有适度的变化、适度的对比；同时，又必须处理好各局部之间的关系，使之和谐统一。

5. 名片设计的对比方法

在中国的绘画理论中，有疏能跑马、密不透风的绘画原则。它形象地阐明了空间的对比关系。在名片设计作品中，画面留有一定的空间，构成要素有聚有散，才能增强其作品的深度，突出主题。在名片设计中强调大小对比会使画面层次分明、主题明确。运用曲直对比、方向对比的名片设计，会增强名片性格特征，使名片的整体感觉活泼、轻快。

色彩对比使色彩的区域对比明确，又要使画面的色调协调统一。处理好名片的色彩对比关系，就能增强画面的视觉感染力。

二、实例效果

图 4.2.1 为闲逸咖啡屋名片。

图 4.2.1　闲逸咖啡屋名片

三、设计思想分析

这是一张咖啡屋总经理的名片。心形咖啡杯排列在空心星星的中心，在淡黄色背景的衬托下显得更加柔和，让人联想到在温暖的午后，坐在幽静的咖啡屋，听着柔和的音乐，手中握着一杯咖啡，沉浸在心灵的宁静中。

利用镜头光晕将背景制作成电影镜头的效果，利用自定义图形工具制作星形图案，利用添加图层样式将文字添加投影、浮雕等效果。咖啡杯与星星融为一体，勾勒出名片的大致结构。在右侧写下名片的主要信息，并添加合适的图层样式，使整体协调美观，清晰地表达了名片的主要信息。

四、制作步骤

（1）创建一个新文件，文件名称为"艺术名片"，宽度为"9cm"，高度为"5.5cm"，分辨率为 300 像素/英寸，模式为"RGB"，内容为"白色"。

（2）将前景色设置为淡黄色（R:237，G:215，B:159），在工具箱中选择油漆桶工具，对画面进行填充。

（3）单击菜单"滤镜"→"渲染"→"镜头光晕"，选择"电影镜头"选项，"镜头光晕"对话框的相关参数设置如图 4.2.2 所示，并调整光晕中心位置，单击"好"按钮。

（4）重复上一步骤，再次对画面添加"镜头光晕"效果，得到画面效果如图 4.2.3

所示。

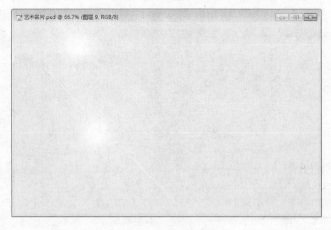

图 4.2.2　镜头光晕对话框设置　　　　　　图 4.2.3　名片背景效果

（5）制作黄色星星。将前景色设置为黄色（R:247，G:210，B:37）。选择工具箱中的自定形状工具，按下选项栏中的"形状图层"按钮，单击选项栏中"形状"框右侧的按钮，在自定义形状调板中选择 5 角星形☆，在画面左下方绘制 5 角星形，此时在"图层调板"中自动生成"形状 1"图层。

（6）在"路径调板"下方空白处单击，隐藏路径。单击图层调板中的"添加图层样式"按钮，对图层添加"投影"和"斜面和浮雕"样式，图层样式相关参数的设置如图 4.2.4、图 4.2.5 所示，单击"好"按钮。

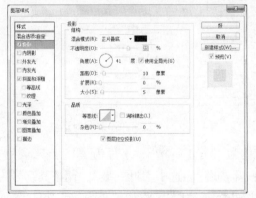

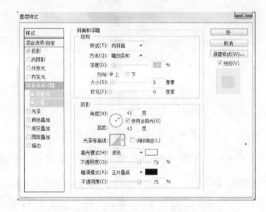

图 4.2.4　"投影"对话框　　　　　　　图 4.2.5　"斜面和浮雕"对话框

（7）依据上边黄色星星制作步骤，分别制作"绿色星星"和"紫红色星星"两个图层，绿色星星色标设置为（R:9，G:248，B:26），紫红色星星色标设置为（R:176，G:15，B:182）。注意，每次画完一个形状图层，都要在路径调板空白处单击，隐藏路径。

（8）在图层调板中，分别将三个星星的图层的"不透明度"调至"20%"，画面效果如图 4.2.6 所示。

（9）打开图片素材第四章第二节文件夹中的"咖啡杯 1"文件，选择咖啡杯 1 图像并拖曳到"艺术名片"窗口中。调整其大小及适当角度，放至紫红色星星中心位置，并将其所在的图层"不透明度"调整为"35%"。

（10）打开图片素材第四章第二节文件夹中的"咖啡杯 2"、"咖啡杯 3"文件。同步骤

9，分别将咖啡杯子 2 图像和咖啡杯子 3 图像移动到绿色星星和紫红星星的中心位置。并将其所在的图层不透明度调整为"35%"。其画面效果如图 4.2.7 所示。

图 4.2.6　调整三个星星"不透明度"　　　　图 4.2.7　添加咖啡杯效果图

（11）选择工具箱中的横排文字工具 **T**，设置字体为"方正行楷"，字号为"36 点"，颜色为"棕色（R:182，G:125，B:36）"，输入文字"闲逸咖啡屋"。单击图层调板中的"添加图层样式"按钮 **ƒ**，为文字添加"投影"和"斜面和浮雕"样式，具体样式参数设置如图 4.2.8、图 4.2.9 所示，单击"好"按钮，画面最终效果如实例效果图 4.2.1 所示。

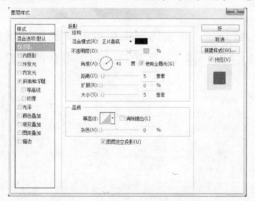

图 4.2.8　"投影"对话框　　　　　　图 4.2.9　"斜面和浮雕"对话框

（12）选择工具箱中的文字工具 **T**，设置字体为"方正行楷"、字号为"15 点"，颜色为黑色（R:0，G:0，B:0），输入文字"总经理：叶一璇"。选中"叶一璇"，调整其字号为"18 点"。单击图层调板中的"添加图层样式"按钮 **ƒ**，为文字添加"外发光"和"斜面和浮雕"样式，图层样式相关参数设置如图 4.2.10、图 4.2.11 所示，单击"好"按钮，得到效果如实例效果图 4.2.1 所示。

（13）选择工具箱中的横排文字工具，设置字体为"黑体"、字号为"9 点"，颜色为黑色（R:0，G:0，B:0），输入文字"地址：大连市西安路 23 号（回车）、电话：0411 - 8683 922）、邮箱：xianyibar@ 163.com、网址：www.xianyicoffee.com"。单击图层调板中的"添加图层样式"按钮 **ƒ**，图层样式相关参数设置如图 4.2.10、图 4.2.11 所示，单击"好"按钮，得到画面效果如实例效果图 4.2.1 所示。

（14）打开图片素材第四章第二节文件夹中的"咖啡杯 4"文件，将咖啡杯 4 拖曳到"艺术名片"窗口中，并将其所在图层的"不透明度"调整为"35%"。

（15）制作咖啡杯热气腾腾的效果。新建一图层，选择工具箱中的画笔工具 ，将画笔大小设置为 5 像素，设置前景色为白色（R:255，G:255，B:255）。在"咖啡杯 4"上方画出几条自然的白色曲线。选择工具箱中的涂抹工具 ，使用涂抹工具将白色曲线涂抹自然。在图层调板中将此图层的"不透明度"调整为"45%"，如实例效果图 4.2.1 所示。

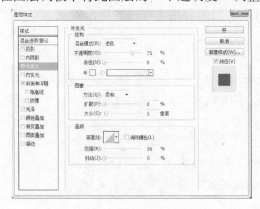

图 4.2.10　"外发光"对话框　　　　　图 4.2.11　"斜面和浮雕"对话框

（16）选择"文件"→"存储"，保存文档。

第三节　海报的设计

一、知识导领

海报是贴在街头墙上，挂在橱窗里的大幅画作，以其醒目的画面吸引路人的注意。它是一种信息传递艺术，是一种大众化的宣传工具。

1. 海报的分类及作用

海报按其应用不同大致可以分为商业海报、文化海报、电影海报和公益海报、店内海报、招商海报、展览海报等。

（1）商业海报

商业海报是指宣传商品或商业服务的商业广告性海报。商业海报的设计，要恰当地配合产品的格调和受众对象。

（2）文化海报

文化海报是指各种社会文娱活动及各类展览的宣传海报。展览的种类很多，不同的展览都有它各自的特点，设计师需要了解展览和活动的内容才能运用恰当的方法表现其内容和风格。

（3）电影海报

电影海报是海报的分支，电影海报主要是起到吸引观众注意、刺激电影票房收入的作用，与戏剧海报、文化海报等类似。

（4）公益海报

公益海报是带有一定思想性的。这类海报具有特定的对公众的教育意义，其海报主题包括各种社会公益、道德的宣传，或政治思想的宣传，弘扬爱心奉献、共同进步的精神等。

（5）店内海报

店内海报通常应用于营业店面内，做店内装饰和宣传用途。店内海报的设计需要考虑到店内的整体风格、色调及营业的内容，力求与环境相融。

（6）招商海报

招商海报通常以商业宣传为目的，采用引人注目的视觉效果达到宣传某种商品或服务的目的。招商海报的设计应明确其商业主题，同时在文案的应用上要注意突出重点，不宜太花俏。

（7）展览海报

展览海报主要用于展览会的宣传，常分布于街道、影剧院、展览会、商业闹区、车站、码头、公园等公共场所。它具有传播信息的作用，涉及内容广泛、艺术表现力丰富、远视效果强。

2. 海报的表现形式

海报的表现形式多种多样，设计者既可以运用一种表现形式，也可以将多种表现形式综合运用，使海报的主题更准确、更鲜明。海报的表现形式一般可分为以下 4 种。

（1）想象

在海报设计中，富有想象力的图像往往具有很强的暗示力，它能有效地调动人们的思维，既能使人们接受宣传的信息，又能引起人们丰富的联想。对海报的内容自觉地予以补充和完善，给人留下深刻的印象。

（2）比喻

比喻的形式在海报设计中广泛应用，运用此手法时一定要注意喻体和本体之间要有某种关联，比喻一定要恰到好处，千万不能使人产生误解。喻体一般选用常见的事物，这样容易让人们理解和接受。

（3）夸张

夸张是海报设计中比较常用的表现形式，它是以现实生活为依据，运用丰富的想象力，对画面形象的某些典型特征加以夸大，从而更好地突出事物的本质特征，并且使画面产生奇特新颖的效果。这种表现形式既能捕捉人们的视线，又能深刻地揭示出主题。

（4）象征

象征是用一种事物来表现另一种事物，并用来传递某种含义。它与比喻不同，象征中的两个事物之间没有内在的关联性。运用象征的表现形式，可以使形象更为新奇，寓意更为深刻，意境更为深远，能够取得深入浅出、富有哲理的效果。

3. 海报的图形

一张好的海报，必须做到图形突出、色彩鲜明和构图合理，只有做到了这些，才可能使其既能突出主题，又能吸引人们的视线，还能给人们带来视觉愉悦感，所以这三者是相辅相成、密不可分的。

在海报设计中，图形是一个必不可少的元素，它有多种表现形式，但是无论是以图案形式来表达，还是以摄影作品来表达，都要注意其内容一定要符合宣传的主题，力求做到有新意和视觉冲击力。海报设计中，图形的表现手法一般分为以下 4 种。

（1）写实性手法

写实性手法是指设计师通过不同的绘画材料将事物进行细致真实的描绘，此种手法给观众以真实、自然的感觉。

（2）抽象性手法

此手法是指设计师将事物的形态进行不同的抽象变形，并通过不同的颜料混合变化产生一种偶然的效果，这种手法极具想象力和创造力，能引起观众丰富的联想。

（3）摄影手法

摄影手法是指设计师利用摄影作品来表现宣传的对象，这种手法的形象最为真实生动，应用的范围最为广泛，其生动迷人的画面对观众来说极具吸引力。

（4）装饰性手法

装饰性手法是指设计师将事物进行提炼、加工改造，使之具有装饰性，这种手法给观众一种装饰艺术的美感。

4. 海报的色彩

色彩对海报来说也是非常重要的，随着生活节奏的日益加快，人们已经无暇关注身边层出不穷的海报了，那么怎样才能使您的海报引起人们的注意呢？这就要求必须有较强的色彩视觉吸引力及视觉冲击力。色彩一定要艳而不俗，单纯的色彩效果能从杂乱的色彩世界中跳跃而出，冲击人的视觉。

5. 海报的构图

一个好的构图，既能够突出重点，又可以满足人们的视觉要求，给人们带来视觉愉悦感。海报的版式形状一般为方形，在制作时一定要根据整体形状来安排图形和文字的位置。为了突出主题，还应该运用并结合美学的原则——均衡、变化、统一，使其在构图上符合均衡规律：有疏有密，有聚有散，简洁而不简单。

6. 海报设计的注意事项

（1）充分的视觉冲击力，可以通过图像和色彩来实现。海报表达的内容应该精炼，抓住主要诉求点。内容不可过多，一般以图片为主，文案为辅。

（2）海报一定要具体真实地写明活动的地点、时间及主要内容。文中可以用些鼓动性的词语，但不可夸大事实。

（3）海报文字要求简洁明了，篇幅要短小精悍，主题字体醒目。

二、实例效果

图 4.3.1 为大学生音乐节海报。

图 4.3.1　大学生音乐节海报

三、创作思路

这是一幅为即将开幕的大学生音乐节制作的宣传海报。大学生音乐节是一个为大学生奏响青春旋律、绽放年轻魅力、舞动青春激情的平台。在这个专属于年轻人的平台上，只要你敢于 show 自己，就能踏上音乐梦想的舞台！大声唱出来，你就是 superstar。

背景通过动作调板中的记录动作，最终形成了类似于太阳发光的效果，在中央插入一个放声歌唱的人物剪影，正如青春花季的人一样，好比早晨八、九点钟的太阳，散发着青春的光芒。利用自定义形状工具及滤镜工具描绘出了乐谱及跳动的音符，也形象地展现了本次音乐节的主题：想唱就要大声唱出来！唱出自己的风格，唱出自己的味道！让我们一起玩转Music.

四、制作步骤

（1）创建一个新文件，文件名称为"大学生音乐节海报"，宽度为"1024 像素"，高度为"768 像素"，分辨率为"300 像素/英寸"，模式为"RGB"，内容为"白色"。

（2）在工具箱中选择渐变工具，单击工具选项栏中的"点按可打开'渐变'拾色器"按钮，在弹出的下拉列表中选择"橙色—黄色—橙色"渐变、按下选项栏中的"线性渐变"选项。按住键盘上的 Shift 键，在图像中自上而下拖曳鼠标，对背景层做一渐变。

（3）制作背景光束。将前景色设置为白色，单击图层调板中"创建新的图层"按钮，创建"图层 1"图层。选择工具箱中的"钢笔工具"，在选项栏中按下"路径"按钮，绘制如图4.3.2 所示梯形轮廓。在路径调板中，单击"用前景色填充路径"按钮，给路径填充白色。在当前工作路径上单击鼠标右键，在弹出的菜单中选择"工作路径"→"删除路径"，得到的画面效果如图4.3.2 所示。

（4）按"Ctrl + R"组合键显示标尺，用移动工具从水平标尺和垂直标尺中各拖出一条辅助线，如图4.3.3 所示，辅助线的交点为制作辐射光束的中心点。

（5）选中"图层 1"图层，单击菜单"编辑"→"自由变换"，顺时针旋转90°并调整梯形的形状和大小，如图4.3.3 所示。（注意，梯形的长度要足够长，以保证下面制作时，光束能覆盖到整个画面。）

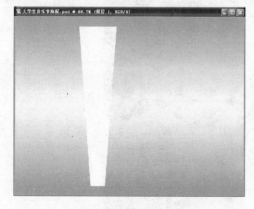

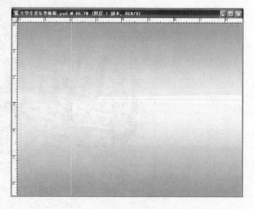

图4.3.2　绘制梯形并进行填充　　　　　　图4.3.3　自由变换并移动梯形

（6）用移动工具在水平标尺处拖曳出另一条水平辅助线，如图4.3.4 所示。选择动作调板并单击"创建新动作"按钮 ⬜，在弹出的"新动作"对话框中命名新动作为"光束"，单击"记录"。复制"图层 1"生成"图层 1 副本"图层。

（7）选择"编辑"→"自由变换"菜单，把变换的梯形"调节中心"拖至两条辅助线的交点，然后再对"图层 1 副本"进行旋转处理，注意：旋转的梯形角度可参考上边水平辅助线进行确定，如图 4.3.4 所示。在动作调板中单击"停止播放/记录"按钮 ⬛，动作录制完成。

（8）选择"光束"动作，多次单击动作调板的"播放选定的动作"按钮 ▶，生成多个图层副本，形成环绕中心点一周的光束。链接所有的光束图层，选择"图层"→"合并链接图层"菜单（或按"Shift + E"组合键），调整合并后图层的"不透明度"调整为"20%"。按"Shift + H"组合键隐藏参考线，按"Shift + R"组合键隐藏标尺，如图 4.3.5 所示。

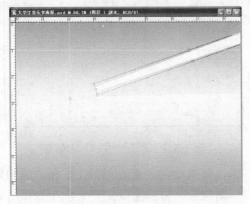

图 4.3.4 录制动作

图 4.3.5 应用动作调板

（9）打开本书配套光盘图片素材第四章第三节文件夹中的"音响"文件，选择音响图像，然后用移动工具 ⊕ 将其拖曳到"大学生音乐节海报"窗口中，并放置在如图 4.3.8 所示位置。此时，"图层"调板中自动生成"图层 1"图层。将"图层 1"图层的"混合模式"设置为"线性加深"。

（10）打开本书配套光盘图片素材第四章第三节文件夹中的"喇叭"文件，同样方法将喇叭图像放置在如图 4.3.8 所示位置。此时，"图层"调板中自动生成"图层 2"图层。

（11）在"图层"调板中单击"创建新的图层"按钮 ⬜，创建"图层 3"，选择工具箱中的自定义形状工具 ⬚，按下选项栏中的"填充像素" ⬜ 按钮。单击选项栏中"点按可打开自定形状拾色器"按钮，在"自定义形状"调板中选择"波浪"形状 〰〰，在图层 3 上拖曳鼠标画出波浪图形。单击菜单"编辑"→"变换"→"顺时针旋转 90 度"。再单击菜单"滤镜"→"扭曲"→"切变"，打开"切变"对话框，调整"波浪"形状的变形。旋转"波浪"至如图 4.3.8 所示。

（12）单击图层调板中的添加图层样式按钮 ⬛，打开"图层样式"对话框，并对其进行"外发光（橙色、黄色）、内发光（彩色蜡笔，色标为 R:253，G:198，B:137）、渐变叠加（从白色到浅黄）"效果的制作。

（13）设置背景色为白色，在"自定义形状"调板中分别选择十六分音符♪、高音谱号𝄞、四分音符♩、八分音符♪、双八分音符♫，按下选项栏中的"形状图层"按钮，在画面上拖曳鼠标画出多个不同音符，对每个"音符"图形，选择菜单"编辑"→"自由变换"，进行大小和角度的调整，最后合并所有的音符图层并重命名为"图层4"。

（14）在图层调板中单击"添加图层样式"按钮，打开"图层样式"对话框，在弹出的快捷菜单中选择"外发光"菜单，具体参数设置如图4.3.6所示，颜色为黄色（R：255，G：255，B：0）。得到画面效果如图4.3.8所示。

（15）单击图层调板中"添加图层样式"按钮，对图层添加"渐变叠加"样式，"渐变"为"靓丽色谱"，"渐变叠加"图层样式相关参数的设置如图4.3.7所示。画面效果如图4.3.8所示。

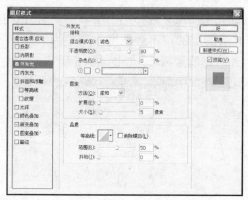
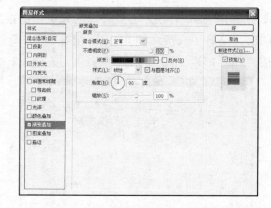

图4.3.6　"外发光"对话框　　　　　　　图4.3.7　"渐变叠加"对话框

（16）打开本书配套光盘图片素材第四章第三节文件夹中的"咪咕娃娃1"和"咪咕娃娃2"文件，选择"咪咕娃娃1"和"咪咕娃娃2"图像后，将其拖曳到"大学生音乐节海报"窗口中，选择"编辑"→"自由变换"，对其进行合适的调整。

（17）隐藏除背景外的所有图层。在"图层"调板中单击"创建新的图层"按钮，新建"图层7"，选择工具箱中"圆形选框"工具，绘制选区。

（18）在工具箱中选择渐变工具，单击其工具选项栏中的"点按可打开'渐变'拾色器"按钮，单击弹出的"渐变"拾色器调板右上角的按钮，在弹出的扩展菜单中选择"杂色样本"，将其追加到"渐变"拾色器中。

（19）在"渐变"拾色器中选择"日出"渐变项，按下选项栏中的"径向渐变"选项。打开渐变编辑器，将"粗糙度"调整为"100%"。从圆形选区中心向外拖动鼠标，制作圆形渐变，如图4.3.9所示。

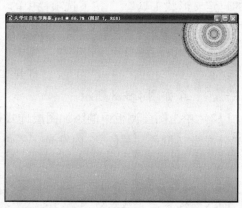

图4.3.8　画面效果　　　　　　　　　图4.3.9　日出渐变

（20）在"图层"调板中单击"创建新的图层"按钮 ，新建"图层 8"，同样方法选择"紫红"渐变，再制作一个较小的圆形渐变，放置在画面的右上方。然后复制"图层 8"生成三个"图层 8"的副本，选择"编辑"→"自由变换"，调整四个小圆的大小。在图层调板中将四个小圆渐变图层移动到"图层 7"下面，画面如图 4.3.10 所示。

（21）显示所有图层，在图层调板中将"图层 2"移动到"图层 7"的上面。画面效果如图 4.3.11 所示。

图 4.3.10　紫红渐变

图 4.3.11　显示所有图层

（22）选择工具箱中的"横排文字工具" ，设置"字体"为"楷体"，"字号"为"36"，颜色为黄色（R:255，G:255，B:0），输入文字"音乐节"。此时在"图层"调板中自动生成"音乐节"文本图层。

（23）单击菜单"图层"→"文字"→"转换为形状"，选择工具箱中的直接选择工具 ，在适当的位置单击鼠标右键，在弹出的菜单中选择"添加锚点"，对"乐"字进行形状外观的调整，使其与"节"字有效结合，如图 4.3.12 所示。

（24）单击菜单"图层"→"栅格化"→"形状"。选择工具箱中的橡皮擦工具 ，分别擦去"音"字的第一笔，"乐"字左下边的一点。然后选择工具箱中的自定义形状工具 ，为"音"字第一笔换上"全音符" ，"乐"左下边的一点换成"十六分音符" 。注意将"十六分音符"进行变换处理，制作完成后将"音乐节"、"全音符"、十六分音符等图层合并，重新命名为"音乐节"图层，画面效果如图 4.3.13 所示。

图 4.3.12　文字的变化

图 4.3.13　文字的进一步变化

（25）单击图层调板底部的"添加图层样式"按钮 ，对"音乐节"图层添加"投影"样式，图层样式相关参数的设置如图 4.3.14 所示，设置暗调颜色为棕色（R:226，G:120，B:74）。

（26）对"音乐节"图层添加"描边"样式，图层样式相关参数的设置如图 4.3.15 所示，其中描边颜色为红紫色（R:247，G:15，B:168）。画面效果如实例效果图 4.3.1 所示。

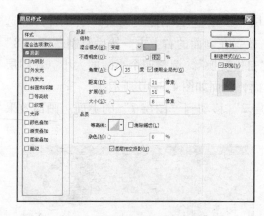
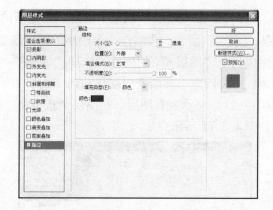

图 4.3.14　"投影"对话框　　　　　　　　图 4.3.15　"描边"对话框

（27）选择工具箱中的"横排文字工具" $\boxed{T}$，设置"字体"为"全新硬笔行书简"，"字号"为"7.5"，"颜色"为"白色"。按住鼠标左键拖曳出一个段落框，在段落框中输入文字："如果你是一个唱歌达人，如果你有音乐梦想，如果你敢于 show 自己，那么还等什么？快来加入大学生音乐节吧！让你的歌声响彻校园。"此时在"图层"调板中自动生成"如果你是一个…"文本图层。

（28）单击图层调板底部的"添加图层样式"按钮 $\boxed{f.}$，选择"外发光"、"内发光"样式，具体参数选择默认的效果即可；然后再选择"描边"样式，描边颜色为暗红色（R：231，G：141，B：141），大小为 3 个像素。文字效果如实例效果图所示。

（29）选择工具箱中的"横排文字工具" $\boxed{T}$，输入文字"时间：6 月 20 日"。此时在"图层"调版中自动生成"时间：…"文本图层。

（30）单击图层调板底部的"添加图层样式"按钮 $\boxed{f.}$，对"时间：…"文本图层添加"斜面和浮雕"样式，图层样式相关参数的设置如图 4.3.16 所示。

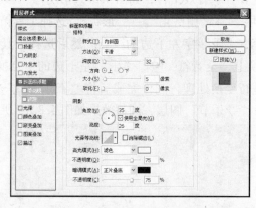

图 4.3.16　"斜面和浮雕"对话框

（31）单击图层调板底部的"添加图层样式"按钮 $\boxed{f.}$，对"时间：…"文本图层添加"描边"样式，设置描边颜色为土黄色（G：218，R：185，G：1），其余参数默认。

（32）设置前景色为白色。在"时间：…"文本图层下方再新建"图层 9"，选择"自定义形状工具" $\boxed{}$，按下"填充像素"按钮 □，选择"会话 3"形状 ●，在"时间"二字位置拖曳鼠标左键画出图形，设置其"不透明度"为"48%"，如实例效果图所示。

（33）打开本书配套光盘图片素材第四章第三节文件夹中的"唱歌人物剪影"、"话筒"、"潮流人物剪影"文件，将各个文件中的图像选择后，用移动工具 将其拖曳到"大学生音乐节海报"窗口中，并放置在如图 4.3.1 所示位置，注意图层顺序的调整，并设置"潮流人物剪影"文件的"不透明度"为"14%"。

（34）保存文件，制作完毕。

第四节　广告设计

一、知识导领

在现代，广告被认为是运用媒体而非口头形式传递的具有目的性信息的一种形式，它旨在唤起人们对商品的需求并对生产或销售这些商品的企业产生了解和好感，告之提供某种非营利目的的服务以及阐述某种意义和见解等。

（1）广告的分类及作用

按广告的性质分为经济广告、文化广告、社会广告。广告的作用是传播信息、引导消费、加速流通、利于竞争。

① 经济广告（商业广告）：指在生产和流通领域及其服务性行业为了征购、推销商品提取费用或不收费用的劳务和服务广告；

② 文化广告（文体广告）：指征求、提供或传播文化教育、科学技术、文学艺术、新闻出版、广播电视、体育比赛等信息的广告；

③ 社会广告（公益广告）：指提供社会福利、社会服务、社会保险等公共事业方面的广告。

（2）广告的目的

在众多的广告中，如何能让自己的作品脱颖而出，让消费者尽快记住您所要宣传的产品，这是广告追求的目标。简洁的设计会让观众对主题内容一目了然，而构思巧妙的广告便会使观众回味无穷，经久不忘。

（3）广告的特点

广告不同于一般大众传播和宣传活动，其特点主要表现在广告是一种传播工具，是将某一项商品的信息，由这项商品的生产或经营机构（广告主）传送给一定的用户和消费者，可以说广告进行的传播活动是带有说服性的。广告不仅对广告主有利，而且对目标对象也有好处，它可使用户和消费者得到有用的信息。

（4）网络广告的表现形式

① 广告位购买：是最常见的宣传手段，与在电视媒体和杂志报刊上刊登广告类似，企业在各大门户或垂直网站上购买旗帜广告、文字链接等，引导互联网用户通过点击链接来到自己的网站。

② 搜索引擎营销：分搜索引擎广告和搜索引擎优化，通过在百度，Google 上获得有利的关键词排名，突出自身广告内容，使得流量和知名度都迅速传播，而且利用用户搜索关键词的定位分析，能够实现精确的广告投放。搜索引擎广告是在搜索引擎上购买关键词，比如当用户在搜索"手机"这个关键词，能够在显著位置展现广告。

③ 电子邮件营销：就是群发电子邮件，将信息传递到用户的邮箱。

④ 辅助应用营销推广：将其余一些营销推广手段都归结于此。如社会网络、Blog、联属网络营销、软件和病毒营销等其它推广方式。其特点多样，根据实施个体有不同细节和方法。

二、实例效果

图 4.4.1 为一个手机广告。

图 4.4.1　手机广告

三、设计思想分析

这是一幅手机的广告。光芒四射的天空飞出色彩缤纷、样式新颖的手机，寓意通信时代的繁荣，与此同时，人们对产品的要求也越来越高，不仅仅是品质的保证，更要求其要具有更高的品味。充满自信与活力的时尚男孩手中握着手机，仿佛告诉人们，POLYCAT 手机就是我的选择，就是我的个性彰显。整个广告别具匠心，令人过目不忘。

四、制作步骤

（1）打开图片素材第四章第四节文件夹中的"广告设计"文件。

（2）单击菜单"文件"→"打开"，打开图片素材第四章第四节文件夹中的"人物"文件。

（3）选择"魔棒工具" ，选择人物以外的白色区域。然后单击菜单"选择"→"反选"命令，选取人物。

（4）选择"移动工具" ，在选区内按下鼠标左键不放，拖动人物图像到"背景"文件中，如图 4.4.2 所示。此时在图层面板中自动生成"图层 1"图层。

（5）单击"图层"调板底部的"添加图层样式"按钮 ，在弹出的快捷菜单中选择"外发光"菜单，打开"图层样式"对话框，对话框设置如图 4.4.3 所示。然后单击"好"按钮，得到画面效果如图 4.4.4 所示。

（6）打开图片素材第四章第四节文件夹中的"手机 1"文件。

（7）选择"魔棒工具" ，选择手机以外的白色区域。然后单击菜单"选择"→"反选"命令，将手机选取。选择"移动工具" ，拖动手机图片到"背景"文件中。此时在图层面板中自动生成"图层 2"图层。

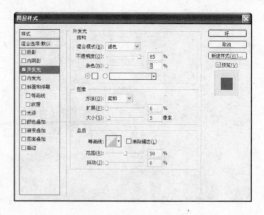

图 4.4.2　拖动人物图像到背景中　　　　　　图 4.4.3　"外发光"对话框

（8）制作手机的飞行轨迹。选择多边形套索工具 ，在选项栏中设置"羽化值"为
"10"，在手机下方 2/3 处做一选区，效果如图 4.4.4 所示。

（9）单击菜单"滤镜"→"模糊"→"动感模糊"，在动感模糊对话框中进行设置，
具体参数如图 4.4.5 所示，单击"好"按钮。

图 4.4.4　制作手机飞行轨迹的选区　　　　图 4.4.5　动感模糊对话框

（10）单击菜单"编辑"→"自由变换"和"编辑"→"变换"→"扭曲"，将手机
缩放、旋转并移动到适当位置，效果如图 4.4.6 所示。

（11）打开图片素材第四章第四节文件夹中的"手机 2"、"手机 3"、"手机 4"文件，
利用上述制作方法，移入到"背景"文件中，并佐以特效，画面效果如图 4.4.6 所示

（12）选择"文字工具" T，在其选项栏中设置文字的"字体"为"Arial"、"字型"
为"Bold"、"大小"为"16"点、颜色为红色（R:225，G:0，B:0），然后输入文字
"POLYCAT"。并将文字移动到适当位置。

（13）单击"图层"调板底部的"添加图层样式"按钮 ，打开"图层样式"对话
框，在弹出的快捷菜单中选择"斜面和浮雕"、"投影"菜单，具体参数设置如图 4.4.7、
图 4.4.8 所示。然后单击"好"按钮，得到画面效果如图 4.4.10 所示。

（14）选择"文字工具" T，在其选项栏中设置"字体"为"微软雅黑"、"字型"为
"Bold"，"大小"为"11"点、颜色为黑色（R:0，G:0，B:0），在图像上输入文字"给您高
品位的选择"。

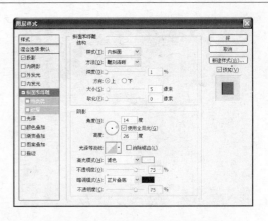

图 4.4.6　手机特效画面效果　　　　　　图 4.4.7　"斜面和浮雕"对话框

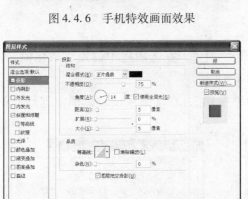

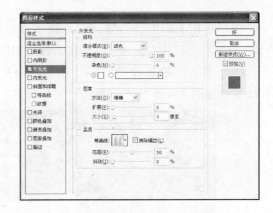

图 4.4.8　"投影"对话框　　　　　　图 4.4.9　"外发光"对话框

（15）制作文字的晕光效果。单击图层面板下方的"添加图层样式"按钮 ，打开"图层样式"对话框，在弹出的快捷菜单中选择"外发光"命令，具体参数设置如图 4.4.9 所示。然后单击"好"按钮，得到画面效果如图 4.4.10 所示。

（16）打开图片素材第四章第四节文件夹中的"标志"文件，如图 4.4.11 所示。

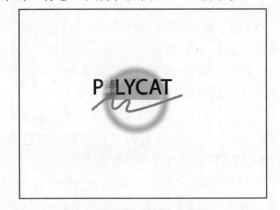

图 4.4.10　添加文字效果　　　　　　图 4.4.11　"标志"文件

（17）选择"魔棒工具" ，选择白色区域，然后单击菜单"选择"→"反选"命令，将标志图案部分选取。选择"移动工具" ，在选区内按下鼠标左键不放，拖动"标志图案"图像到"背景"文件中，并做以大小调整。

（18）在图像中输入文字"潮人资讯"，在选项栏中设置文字的颜色为白色、"大小"为"14"点、"字体"为"经典细宋繁体"，画面最终效果如实例效果图 4.4.1 所示。

第五节　包 装 设 计

一、知识导领

1. 包装设计的内涵

包装设计是以商品的保护、使用、促销为目的，将科学、社会、艺术、心理诸多要素综合起来的专业技术和能力。其内容主要有造型设计、结构设计、装潢设计等。

（1）包装造型设计——造型设计是运用美学法则，用有形的材料制作，占有一定的空间，具有实用价值和美感效果的包装型体，是一种实用性的立体设计和艺术创造。

（2）包装结构设计——包装结构设计是从包装的保护性、方便性、复用性、显示性等基本功能和生产实际条件出发，依据科学原理对包装外形构造及内部附件进行的设计。

（3）包装装潢设计——不仅旨在于美化商品，而且旨在积极能动地传递信息、促进销售。它是运用艺术手段对包装进行的外观平面设计，其内容包括图案、色彩、文字、商标等。

2. 包装的功能

现代包装具有多种功能，其中最主要的是以下三种功能。

（1）保护功能——保护商品的意义是多重的，如物理性（保护商品防止外力损坏）和化学性（防止商品变质，如深色啤酒瓶能防止辐射变质，真空包装防止商品接触空气氧化）。

（2）促销功能——它好比一个传达媒体，传达包括识别、推销广告及说明。

（3）便利功能——即方便储藏、运输。

3. 包装的分类

（1）按包装材料为主要依据分类：纸包装、塑料包装、金属包装、玻璃包装、陶瓷包装、木包装、纤维制品包装、复合材料包装和其他天然材料包装等。

（2）按商品不同价值进行包装分类：高档包装、中档包装和低档包装。

（3）按包装容器的刚性不同分类：软包装、硬包装和半硬包装。

（4）按包装容器造型结构特点分类：便携式、易开式、开窗式、透明式、悬挂式、堆叠式、喷雾式、挤压式、组合式和礼品式包装等。

（5）按包装在物流过程中的使用范围分类：运输包装、销售包装和运销两用包装。

（6）按在包装件中所处的空间地位分类：内包装、中包装和外包装。

（7）按包装适应的社会群体不同分类：民用包装、公用包装和军用包装。

（8）按包装适应的市场不同分类：内销包装和出口包装。

（9）按内装物内容分类：食品包装、药包装、化妆品包装、纺织品包装、玩具包装、文化用品包装、电器包装、五金包装等。

（10）按内装物的物理形态分类：液体包装、固体（粉状、粒状和块状物）包装、气体包装和混合物体包装。

4. 包装的表现形式

包装的表现形式为袋、麻袋、纸箱、箱子、盒、板条箱、桶、包、罐、大玻璃瓶、捆、集装箱、货盘等。

二、实例效果

图 4.5.1 为一个月饼包装袋。

图 4.5.1　月饼包装袋

三、设计思路分析

月饼包装设计风格依然继续了一个很传统的主题团圆。以红色为主题，代表一种团圆的喜庆，红色的心形是爱的象征，同时还能引起人们的食欲，让人激动和兴奋。中秋是中国的传统佳节，象征的是团圆、和谐。圆润的设计以及整体的中国红色调，都烘托出了中秋佳节喜庆温馨的气氛。

四、制作步骤

（1）创建一个新文件，文件名称为"月饼包装袋平面图"，宽度为"30cm"，高度为"18cm"，分辨率为"300 像素/英寸"，模式为"RGB"，内容为"白色"。

（2）在工具栏中选择渐变工具 ，在选项栏中单击渐变色条，在打开的"渐变编辑器"对话框中设置渐变颜色，左侧色标为深红色（R:137，G:18，B:18），50% 处色标为浅红色（R:249，G:15，B:14），右侧色标为深红色（R:137，G:18，B:18）。单击选项栏中的"线性渐变"选项，按住键盘上的 Shift 键，在图像中自上而下拖曳鼠标，对背景层做一渐变。

（3）单击菜单"视图"→"标尺"，用移动工具 从水平和垂直标尺中拖出多条参考线，每两条参考线间相差6mm，隐藏标尺，画面效果如图 4.5.2 所示。

（4）打开图片素材第四章第五节文件夹中的"心形"文件，将文件中的图像选择后，用移动工具 将其拖曳到"月饼包装袋平面图"文件中，并放置在如图 4.5.2 所示位置。此时，"图层"调板中自动生成"图层 1"图层。在"图层"调板中设置"图层 1"图层"不透明度"为"16%"，并将此层命名为"心形"。

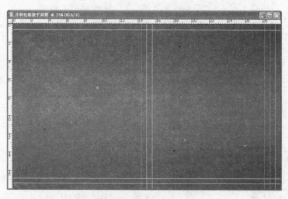

图 4.5.2

（5）打开图片素材第四章第五节文件夹中的"月饼"文件，选择圆形选框工具 ○，在选项栏中设置"羽化值"为"10"，选择月饼图像。

（6）选择移动工具 ▶+ 将月饼图像拖曳到"月饼包装袋平面图"文件中，单击菜单"编辑"→"自由变换"，调整其大小，并将其拖到画面右上方。"图层"调板中自动生成"图层 1"图层。

（7）打开图片素材第四章第五节文件夹中的"嫦娥"、"绿色标志"、"蝴蝶结"文件，用上述同样方法将它们拖曳到"月饼包装袋平面图"文件中。

（8）选中"月饼"、"蝴蝶结"图像所在的图层，单击"图层"调板底部的"添加图层样式"按钮 𝒇.，在弹出的快捷菜单中选择"外发光"菜单，在弹出的对话框中设置"大小"为"22"像素，其他选项为默认项，单击"好"按钮。

（9）绘制团圆标志。选择工具栏中的圆形选择工具 ○，按住键盘上的 Shift 键，在画面左上角画一圆形选区。在选项栏中选择"从选区减去"按钮 □，在画好的圆形选区内再画一椭圆选区。设置前景色为浅粉色（R:244，G:247，B:188），选择工具栏中的油漆桶工具 ◇，用前景色填充选区，画面效果如图 4.5.3 所示。

（10）选择工具箱中的"直排文字工具" T，设置字体为"叶根友圆趣卡通体"，字体大小为"60"点，输入文字"团圆月饼"，此时图层面板自动生成"团圆月饼"文字图层。

（11）单击"图层"调板底部的"添加图层样式"按钮 𝒇.，在弹出的快捷菜单中选择"斜面与浮雕"，打开"图层样式"对话框，对话框设置如图 4.5.4 所示。同样方法设置"外发光"效果，设置"大小"为"22"像素，其他选项为默认项。

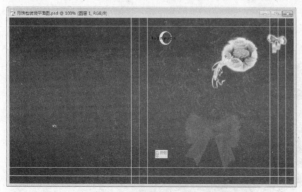

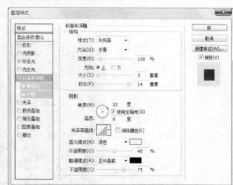

图 4.5.3　插入图片后的画面效果　　　　　图 4.5.4　"斜面与浮雕"对话框

（12）选择工具箱中的"横排文字工具" T ，设置"字体"为"方正静蕾简体"，"字号"为"24"点，输入文字"让 在中尽情绽放"。

（13）选择工具箱中的"横排文字工具" T ，设置"字体"为"经典繁行书"，"字号"为"39"点，输入文字"爱"，将其移动到文字"让"和"在"的中间。

（14）单击图层调板中的"创建新的图层" ▣ 按钮，建立一个新图层，命名为"变形团团"图层。将前景色设置为"黑色"，选择工具箱中的自定义形状工具 ，单击选项栏中"形状"框右侧的 按钮，在"自定义形状"面板中选择窄边圆框 ，在"变形团团"图层上拖曳鼠标，画出窄边圆环。单击菜单"编辑"→"变换路径"→"扭曲"，对圆环做以变形。

（15）选择工具箱中的画笔工具 ，在窄边圆环内拖曳鼠标，写出变形"才"字。复制"变形团团"图层为"变形团团副本"，并用移动工具 移动到变形"才"字右边位置。

（16）单击图层调板中的"创建新的图层"按钮 ▣ ，建立一个新图层，命名为"变形圆圆"图层。利用上述方法，制作变形文字"圆圆"。画面效果如图 4.5.5 所示。

（17）选择工具箱中的"直排文字工具" T ，设置"字体"为"经典繁行书"，"字号"为"30"点，输入"幸福团圆食品有限公司"，画面效果如图 4.5.5 所示。

（18）将背景层处于不可见状态，将其他所有可见层合并，并将合并后图层命名为"正面"。将"正面"图层复制到左边画框中，隐藏辅助线，画面效果如图 4.5.6 所示。

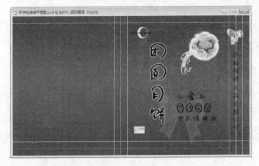
图 4.5.5　画面正面部分效果图

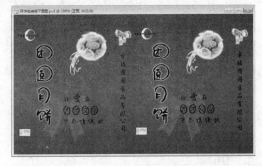
图 4.5.6　文字制作和合并图层

（19）按"Ctrl＋S"组合键，保存文件。

（20）打开图片素材第四章第五节文件夹中的"月饼包装袋立体效果图"文件。

（21）打开"月饼包装袋平面图"文件，合并所有图层，选择矩形选框工具 ，做如图 4.5.7 所示选区，并将选区移动到"月饼包装袋立体效果图"文件中。此时，"图层"调板中自动生成"图层 1"图层。

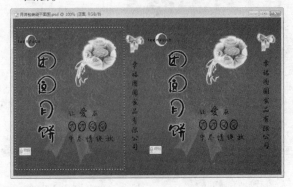
图 4.5.7　做一矩形选区

（22）制作用来穿绳子的孔。激活"月饼包装袋立体效果图"文件，在图层调板中新建一图层，命名为"孔"。选择工具栏中的椭圆选框工具 ⬭，在画面上方画一圆圈，单击菜单"编辑"→"描边"，在弹出的对话框中输入描边"宽度"为 1"像素"，"颜色"为"黑色"，"位置"为"居外"，单击"好"按钮。

（23）保持选区不变，设置前景色为浅灰色（R:205，G:205，B:205），背景色为白色，对圆圈从左到右做一前景到背景的线性渐变，取消选区。

（24）将"孔"图层拖曳到图层调板底部的"创建新的图层"按钮 🔲 上，复制出"孔副本"图层，选择移动工具 ➤+，将复制图形移动到如图 4.5.8 所示位置。

（25）在"图层"调板中，隐藏背景图层，选中"图层 1"，单击菜单"图层"→"合并可见图层"，将"图层 1"、"孔"、"孔副本"图层合并，默认名称为"图层 1"图层。单击菜单"编辑"→"变换"→"扭曲"，对包装画面进行适当变换后，画面效果如图 4.5.8 所示。

（26）在"月饼包装袋平面图"文件中用矩形选框工具 🔲 做一选区，选区如图 4.5.9 所示，并将选区移动到"月饼包装袋立体效果图"文件中。此时，把"图层"调板中自动生成的图层命名为"图层 2"。

图 4.5.8　制作绳孔及自由变换

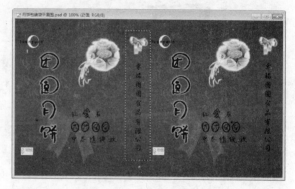

图 4.5.9　做一矩形选区

（27）将"背景"、"图层 1"两个图层隐藏。在图层 2 中，选择矩形选框工具 🔲，选择如图 4.5.10 所示画面的左半部分图像，制作包装袋的侧面。

（28）单击菜单"图像"→"调整"→"亮度和对比度"，设置"亮度"为"-40"，"对比度"为"-40"，单击"好"按钮。画面效果如图 4.5.10 所示。

（29）在"图层 2"中，选择矩形选框工具 🔲 选择右半部分图像，单击菜单"编辑"→"变换"→"斜切"对右半部分进行合适变换，取消选择，单击"编辑"→"变换"→"斜切"对整体进行合适变换然后重新显示"背景"、"图层 1"中的图像，画面效果如图 4.5.11 所示。

（30）将"图层 1"拖曳到图层调板底部的"创建新的图层按钮 🔲 上，复制出"图层 1副本"图层，并将其拖曳至"图层 1"图层的下方。调整"图层 1 副本"的位置，单击菜单"图像"→"调整"→"亮度和对比度"，设置"亮度"为"-55"，"对比度"为"-10"，单击"好"按钮。画面效果如图 4.5.12 所示。

（31）将"图层 2"拖曳到图层调板底部的"创建新的图层按钮 🔲 上，复制出"图层 2副本"图层，并将其拖曳至"图层 1"图层的下方。调整"图层 2 副本"的位置，单击菜单

"编辑"→"变换"→"旋转180°"，再使用"自由变换"工具调整其大小，画面效果如图4.5.13所示。

　　　　　　　图 4.5.10　侧面图

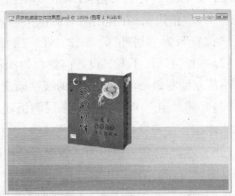
　　　　图 4.5.11　显示全部图像

　　　图 4.5.12　制作手提袋背面图

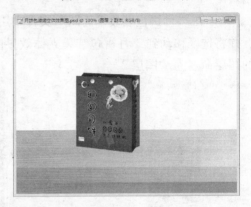
　　图 4.5.13　制作手提袋另一侧面图

（32）新建一图层命名为"线绳"，用钢笔工具🖊绘制出线绳的路径，设置前景色为黄色（R:255，G:233，B:51），单击鼠标右键用前景色填充路径。

（33）单击"图层"调板底部的"添加图层样式"按钮🔘，在弹出的快捷菜单中分别选择"斜面与浮雕"图层样式对话框，"斜面与浮雕"参数设置如图4.5.14所示。

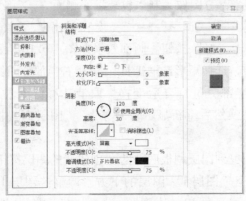
　　　　　图 4.5.14　"斜面与浮雕"对话框

（34）选择工具栏中的加深工具🖐、减淡工具🖐，对线绳进行修改，使之更圆滑，立体感更强。

（35）复制"线绳"图层为"线绳副本"，放置在图层1副本的下方，并对其进行自由变换。

（36）将背景层处于不可见状态，合并所有图层后将其命名为"立体图"。复制"立体图"图层为"立体图副本"，单击菜单"图像"→"调整"→"亮度和对比度"，设置"亮度"为"-98"，"对比度"为"-100"，单击"好"按钮。

（37）单击菜单"滤镜"→"模糊"→"高斯模糊"，设置"半径"为"4.7"，单击"好"按钮。

（38）对"立体图副本"进行自由变换处理。单击菜单"编辑"→"变换"→"扭曲"，进行合适变换，制作出月饼包装袋影子的效果，如实例效果图4.5.1所示。

第六节　网站页面设计

一、知识导领

网站是指在互联网上，根据一定的规则，使用 HTML 等语言制作的用于展示特定内容的相关网页的集合。简单地说，网站是一种通信工具，就像布告栏一样，人们可以通过网站来发布自己想要公开的信息，或者利用网站来提供相关的网上服务。许多公司都拥有自己的网站，他们利用网站来进行宣传、产品资讯发布、招聘等。随着网页制作技术的流行，很多个人也开始制作个人主页，这些通常是制作者用来自我介绍、展现个性的地方。

1. 网站页面的构成

（1）首页：主要承担树立企业形象的作用，是网站的门面，如同公司的形象，要特别注重设计和规划。

（2）框架页：是网站内部主要栏目的首页，与主页呼应。框架页在导航方面起着重要的作用，各栏目主要内容的介绍，都可以在框架页中体现，以便让浏览者能够迅速了解网站各栏目的主要内容。

（3）普通页：普通页结构非常重要，它是网站承载信息的页面，要求链接准确、文字无误、图文并茂，并沿袭网站的整体风格。

（4）弹出页：一般用于广告、新闻、消息、到其他网站的链接等。

2. 网页设计的注意事项

（1）网站形式与内容相统一

要将丰富的意义和多样的形式组织成统一的页面结构。运用对比与调和、对称与平衡、节奏与韵律的美感。在页面设计中，对称原则的均衡有时会使页面显得呆板，但如果加入一些富有动感的文字、图案，或采用夸张的手法来表现内容往往会达到比较好的效果。

（2）三维空间的构成和虚拟现实

网络上的三维空间是一个假想空间，这种空间关系需借助动态变化、图像的比例关系等空间因素表现出来。在页面中，图片、文字位置前后叠压，或页面位置变化所产生的视觉效果都各不相同。网站上常见的是页面上、下、左、右、中位置所产生的空间关系，以及疏密的位置关系所产生的空间层次，这两种位置关系使产生的空间层次富有弹性，同时也让人产生轻松或紧迫的感受。

（3）多媒体功能的利用

网页的优势之一是多媒体功能。要吸引浏览者的注意力，页面的内容可以用图形图像、声音、视频、Flash 动画等来表现。

3. 网站页面设计的色彩搭配

要注意主体色彩的运用，即以一种或两种色彩为主，其他色彩为辅，不要几种色彩等量使用，以免造成色彩的混乱。

（1）运用相同色系色彩。所谓相同色系，是指几种色彩在 360° 色相环上位置十分相近，大约在 45° 左右或同一色彩不同明度的几种色彩。这种搭配的优点是易于使网页色彩趋于一致，对于网页设计有很好的借鉴作用，这种用色方式容易塑造网页和谐统一的氛围，缺点是容易造成页面的单调，因此往往利用局部加入对比色来增加变化，如局部对比色彩的图片等。

（2）运用对比色或互补色。所谓对比色，是指色相环相距较远，大约在 100° 左右，视觉效果鲜艳、强烈，而互补色则是色相环上相距最远的色彩，即相距 180°，其对比关系最强烈、最富有刺激性，往往使画面十分突出。这种用色方式容易塑造活泼、韵动的网页效果，特别适合体现轻松、积极的网站，缺点是容易造成色彩的花俏，使用中应注意调整色彩的明度和饱和度。

（3）使用过渡色。过渡色能够神奇地将几种不协调的色彩统一起来，在网页中合理地使用过渡色能够使色彩搭配技术更上一层楼。过渡色包括两种色彩的中间色调、单色中混入黑、白、灰色进行调和、以及单色中混入相同色彩进行调和等。

二、实例效果

图 4.6.1 所示为一个育婴网站的首页。

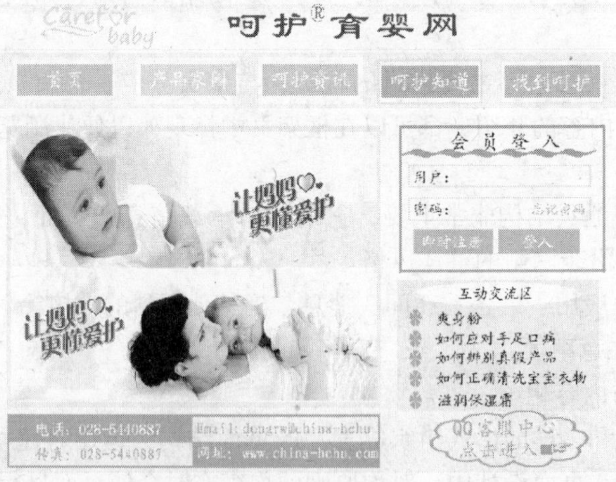

图 4.6.1　育婴网站

三、设计思想分析

这是一幅育婴网站页面。页面以恬静的蓝色和粉色为主色调，烘托一种温暖的氛围。利用多种自定义图案勾勒整个画面，与育婴网站的主题相呼应，整个界面中用深粉色写下标题，更加强调了主题的表现。以孩子和母亲作为界面的主体给人一种温馨、亲切的感觉，清晰地表现了网站页面的呵护主题。

四、制作步骤

（1）创建一个新文件，文件名称为"网站页面"，图像宽度为"1000 像素"，高度为"800 像素"，分辨率为"300 像素/英寸"，模式为"RGB"，内容为"白色"。按"Ctrl + R"组合键显示标尺，选择移动工具 ，从水平和垂直标尺中拖出多条参考线，如图 4.6.2 所示。（网页标准宽度为显示器分辨率减 21，高度可以根据需要而定。）

（2）在图层调板中单击"创建新的图层"按钮 ，新建一图层，命名为"上渐变"。选择工具箱中的"矩形选框工具" ，绘制如图 4.6.2 所示的矩形选区。

（3）将前景色设置为淡蓝色（R:206，G:233，B:252），背景色设置为白色。选择工具箱中的"渐变工具" ，单击对话框中的"点按可打开'渐变'拾色器"按钮 ，在弹出的下拉列表中选择"前景到背景"渐变、"线性"渐变选项，按住键盘上的 Shift 键，在矩形选区内由上至下拖曳鼠标，对选区做一"蓝"到"白"的渐变。单击菜单"选择"→"取消选择"，将选区取消。其效果如图 4.6.3 所示。

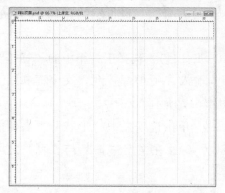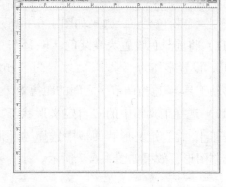

图 4.6.2　绘制上渐变选区　　　　　　　图 4.6.3　对画面上方做一渐变

（4）选择工具箱中的"铅笔工具" ，设置"主直径"为"4 像素"，"硬度"为"100%"，沿第一条水平参考线画一直线，然后将第一条参考线隐藏。

（5）创建新图层，命名为"蓝色长方形"，选择工具箱中的"矩形选框工具" ，在选项栏中按下"新选区" 按钮，然后绘制如图 4.6.4 所示的矩形选区。选区绘制好后，按"Alt + Delete"组合键使用前景色淡蓝色（R:206，G:233，B:252）填充选区，然后取消选区其效果如图 4.6.5 所示。

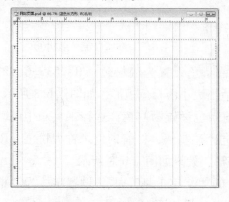

图 4.6.4　绘制矩形选区　　　　　　　　图 4.6.5　填充矩形选区

（6）同步骤2、3，对蓝色长方形下方的画面由下而上做一渐变，其效果如图4.6.5所示。

（7）创建新图层，命名为"亮点"，设置前景色为"白色"，选择工具箱中的"画笔工具"，设置"主直径"为"8像素"，"硬度"为"100%"，在画面上方矩形区域内绘制数个白色亮点。

（8）将前景色设置为淡粉色（R:244，G:191，B:213），选择工具箱中的"横排文字工具"，设置字体为"Segoe Print"，字号为"9点"，输入文字"Caref r"、"baby"（提示：在字母f和r之间需要空一个格），如图4.6.6所示。

（9）选择工具箱中自定义形状工具中的工具，按下选项栏中的"形状图层"按钮，单击选项栏中"形状"框右侧的几何选项按钮，在自定义形状面板中选择"心形框"，在字母"f"和"r"之间位置拖曳鼠标绘制图形，同样在自定义形状面板中选择"王冠"，在字母"a"上方拖曳鼠标绘制图形。将该图层删格化，选择橡皮擦工具，将王冠下方的矩形擦除掉。

（10）在自定义形状面板中选择"饰件"，在"Care"下方拖曳鼠标绘制图形。选择工具箱中的"画笔工具"，设置"主直径"为"5像素"，"硬度"为"100%"，在心形上方绘制三个粉色亮点，效果如图4.6.6所示。

（11）将前景色设置为浅紫色（R:157，G:10，B:124），选择工具箱中的"横排文字工具"，设置字体为"隶书"，字号为"16点"，输入"呵护育婴网"文字，利用工具箱中的移动工具适当调节字之间的距离效果如图4.6.7所示。

（12）选择工具箱中的"自定义形状工具"，单击选项栏中"形状"框右侧的几何选项按钮，在自定义形状面板中选择"注册标记"®，在文字"护"与"育"之间拖曳鼠标绘制图形，效果如图4.6.7所示。

图4.6.6 添加自定义形状修饰文字　　　图4.6.7 添加自定义形状®

（13）创建新图层，命名为"首页1"。将前景色设置为淡粉色（R:253，G:227，B:234），选择工具箱中的"矩形工具"，绘制适当大小淡粉色矩形，如图4.6.8所示。

（14）创建新图层，命名为"首页2"，将前景色设置为白色，选择工具箱中的"矩形工具"，然后在粉色矩形内绘制白色矩形。同上述步骤，将前景色设置为粉色（R:253，G:161，B:186），在白色矩形上方再绘制粉色矩形，效果如图4.6.8所示。

（15）将前景色设置为白色，选择工具箱中的"文字工具"，设置字体为"楷体"，字号为"9点"，在粉色矩形区域内写入"首页"，效果如图4.6.8所示。

（16）同步骤 12、13，分别制作"产品家园"、"呵护咨询"、"呵护知道"、"找到呵护"五个按钮，画面效果如图 4.6.9 所示。提示："产品家园"按钮底层为淡橘色（R:253，G:234，B:200），上层为橘色（R:254，G:200，B:102）；"呵护资讯"按钮底层为淡青色（R:217，G:255，B:252），上层为青色（R:135，G:200，B:196）；"呵护知道"按钮底层为淡蓝色（R:199，G:219，B:251），上层为蓝色（R:120，G:155，B:209）；"找到呵护"按钮底层为淡紫色（R:239，G:217，B:252），上层为紫色（R:187，G:158，B:202）。

图 4.6.8　绘制矩形并填充文字　　　　　　　图 4.6.9　填充按钮

（17）用移动工具从水平标尺中拖出两条水平参考线，如图 4.6.10 所示。创建新图层，命名为"浅粉色边框"，选择工具箱中的"矩形选框工具"，在选项栏中按下"新选区"按钮，绘制矩形选区。单击菜单"编辑"→"描边"，"宽度"设置为"8 像素"，"颜色"设置为浅粉色（R:249，G:215，B:232），"位置"设置为"居中"，描边后画面效果如图 4.6.10 所示。

（18）打开图片素材第四章第六节文件夹中的"婴儿"文件，将其图像拖曳到"网站页面"窗口中，调整其大小和位置，画面效果如图 4.6.11 所示。

图 4.6.10　绘制浅粉色边框　　　　　　　图 4.6.11　加入图片

（19）创建新图层，命名为"会员登入边框"，用移动工具从水平标尺中拖出中间偏下的参考线，设置前景色为浅粉色（R:233，G:107，B:131），选择工具箱中的"画笔工具"，设置"主直径"为"5 像素"，"硬度"为"100%"，绘制一矩形框，效果如图 4.6.12 所示。

（20）选择工具箱中的"自定义形状工具"，单击选项栏中"形状"框右侧的几何选项按钮☐，在自定义形状面板中选择水波～，在会员登入边框内画入水波图形。设置前景色为灰色（R:218，G:218，B:218），选择工具箱中的"矩形工具"绘制两个灰色矩形框。将前景色设置为粉色（R:233，G:107，B:131），选择工具箱中的"矩形工具"☐，在灰色边框下方并列绘制两个实心粉色矩形框。画面效果如图 4.6.13 所示。

（21）将前景色设置为黑色，选择工具箱中的"文字工具"T，设置字体为"楷体"，字号为"8 点"，在波浪线上方输入"会员登入"，将字号设置为"6 点"，在灰色边框内分别输入文字"用户"、"密码"。将前景色设置为白色，在粉色矩形内分别输入文字"即时注册"、"登入。将前景色设置为粉色（R:238，G:138，B:178），在下方灰色边框内输入文字"忘记密码"。画面效果如图 4.6.13 所示。

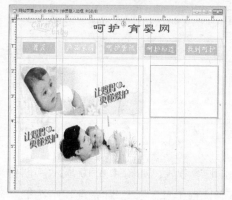
图 4.6.12　绘制矩形框

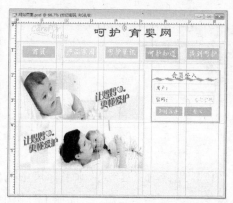
图 4.6.13　绘制图形填充文字

（22）创建新图层，命名为"浅粉色实心框"，选择工具箱中的"矩形工具"☐，将前景色设为浅粉色（R:249，G:215，B:232），在会员登入框下方绘制实心浅粉色矩形，如图 4.6.14 所示。

（23）将前景色设置为白色（R:255，G:255，B:255），选择工具箱中的"椭圆工具"◯，在粉色矩形内绘制白色椭圆，如图 4.6.14 所示。

（24）将前景色设置为粉色（R:233，G:107，B:131）选择工具箱中的"自定义形状工具"✎，单击选项栏中"形状"框右侧的几何选项按钮☐，在自定义形状面板中选择花 4 ✱，绘制 5 个同样大小花瓣图案（为了能绘制五个同样大小的图案，按住键盘上的 Alt 键，选择移动工具▶✛拖曳鼠标完成），使用移动工具选项栏里的对齐按钮 ，使五个图案对齐，画面效果如图 4.6.14 所示。

（25）将前景色设置为黑色，选择工具箱中的"文字工具"T，设置字体为"楷体"，字号为"6 点"，输入"互动交流区"等文字，画面效果如图 4.6.14 所示。

（26）新建图层，命名为"左下方粉色边框"，将前景色设置为粉色（R:233，G:107，B:131），用移动工具▶✛从水平标尺中拖出两条参考线，选择工具箱中的"矩形工具"☐，在画面左下方绘制两个等大的粉色实心框，效果如图 4.6.14 所示。

（27）选择工具箱中的"文字工具"T，设置前景色为白色，字体为"楷体"，字号为"6 点"，在两个粉色实心框输入"电话：028－5440887"、"网址：www.china－hehu.com"，画面效果如图 4.6.15 所示。

（28）将前景色设置为粉色（R:233，G:107，B:131），输入文字"Email：dongrw@ china – hehu"、"传真：028 – 5440887"，画面效果如图 4.6.1 所示。

图 4.6.14　绘制左下方两个粉色矩形　　　　　图 4.6.15　填充电话等文字

（29）在蓝色空白处输入文字"QQ 客服中心"和"点击进入"，选择工具箱中的"自定义形状工具" 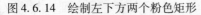，单击选项栏中"形状"框右侧的几何选项按钮，在自定义形状面板中选择"右向指示"、"云彩"，分别拖曳鼠标绘制，画面效果如实例效果图 4.6.1 所示。

（30）单击菜单"视图"→"清除参考线"，单击菜单"视图"→"标尺"菜单，隐藏标尺。

（31）保存文件。

第七节　标　志　设　计

一、知识导领

今天的社会，印刷、摄影、设计和图像传送的作用越来越重要，这种非语言传送的发展具有了和语言传送相抗衡的竞争力量。标志，则是其中一种独特的传送方式。标志，作为人类直观联系的特殊方式，不但在社会活动与生产活动中无处不在，而且对于个人、社会集团乃至国家的根本利益，越来越显示其极重要的独特功用。

1. 标志定义及国际规范

（1）标志定义

标志，是表明事物特征的记号、商标。它以单纯、显著、易识别的物象、图形或文字符号为直观语言，除表示什么、代替什么之外，还具有表达意义、情感和指令行动等作用。英文为：Logo。

（2）Logo 的国际规范

为了便于 Logo 在网络上进行信息传播，目前关于网站的 Logo 国际标准有三种规格。

① 88mm×31mm——互联网上最普遍的 Logo 规格。

② 120mm×60mm——用于一般大小的 Logo。

③ 120mm×90mm——用于大型 Logo。

另外，200mm×70mm 这种规格 Logo 也已经出现。

2. 标志设计的特点

（1）功用性。标志是人们进行生产活动、社会活动必不可少的直观工具。标志有为人类共用的，如公共场所标志、交通标志、安全标志、操作标志等；有为国家、地区、城市、民族、家族专用的；有为社会团体、企业、仁义、活动专用的，如会徽、会标、厂标、社标等；有为某种商品产品专用的商标；还有为集体或个人所属物品专用的，如图章、签名、画押、落款、烙印等，都各自具有不可替代的独特的使用功能。

（2）识别性。标志最突出的特点是各具独特面貌，易于识别，显示事物自身特征，标示事物间不同的意义，区别与归属是标志的主要功能。

（3）多样性。标志种类繁多、用途广泛，无论从其应用形式、构成形式、表现手段来看，都有着极其丰富的多样性。

（4）艺术性。凡经过设计的非自然标志都具有某种程度的艺术性。既符合实用要求，又符合美学原则。

（5）准确性。标志无论要说明什么、指示什么，无论是寓意还是象征，其含义必须准确。首先要易懂，符合人们认识心理和认识能力；其次要准确，避免意料之外的多解或误解，尤应注意禁忌。让人在极短时间内一目了然、准确领会无误，这正是标志优于语言、快于语言的长处。

（6）持久性。标志与广告或其他宣传品不同，一般都具有长期的使用价值，不轻易改动。

3. 标志设计遵循的艺术规律

创造性地探求恰当的艺术表现形式和手法，锤炼出精当的艺术语言，使所设计的标志具有高度的整体美感、获得最佳视觉效果。标志艺术除具有一般的设计艺术规律（如装饰美、秩序美等）之外，还有其独特的艺术规律。

（1）符号美

标志艺术是一种独具符号艺术特征的图形设计艺术。它把来源于自然、社会以及人们观念中认同的事物形态、符号（包括文字）、色彩等，经过艺术的提炼和加工，使之结构成具有完整艺术性的图形符号，从而区别于装饰图和其他艺术设计。

标志图形符号在某种程度上带有文字符号式的简约性、聚集性和抽象性，甚至有时直接利用现成的文字符号，但却不同于文字符号。它是以"图形"的形式体现的（现成的文字符号需经图形化改造），更具鲜明形象性、艺术性和共识性。符号美是标志设计中最重要的艺术规律，标志艺术就是图形符号的艺术。

（2）特征美

特征美也是标志独特的艺术特征。标志图形所体现的不是个别事物的个别特征（个性），而是同类事物整体的本质特征（共性），即类别特征。通过对这些特征的艺术强化与夸张，获得共识的艺术效果。这与其他造型艺术通过有血有肉的个性刻画，获得感人的艺术效果是迥然不同的。但它对事物共性特征的表现又不是千篇一律和概念化的，同一共性特征在不同设计中可以而且必须各具不同的个性形态美，从而各具独特艺术魅力。

（3）凝练美

构图紧凑、图形简练，是标志艺术必须遵循的结构美原则。标志不仅单独使用，而且经常用于各种文件、宣传品、广告、映像等视觉传播物之中。具有凝练美的标志，不仅在任何视觉传播物中（不论放得多大或缩得多小）都能显现出自身独立完整的符号美，而且还对视觉传播物产生强烈的装饰美感。凝练不是简单，凝练的结构美，只有经过精到的艺术提炼和概括才能获得。

（4）单纯美

标志艺术语言必须单纯再单纯，力戒冗杂。一切可有可无、可用可不用的图形、符号、文字、色彩坚决不用；一切非本质特征的细节坚决剔除；能用一种艺术手段表现的就不用两种；能用一点一线一色表现的决不多加一点一线一色。高度单纯而有又具有高度美感，正是标志设计艺术之难度之所在。

二、实例效果

图 4.7.1 所示为吉利汽车标志。

图 4.7.1　吉利汽车标志

三、设计思想分析

这是吉利汽车的标志。简单流畅的线条、清晰的设计理念、生动的立体感及色彩搭配，给人以清晰明朗、高贵大方的视觉印象。该标志由几部分构成，并且每部分都具有其独特清晰的设计理念。

"椭圆"象征地球，表示面向世界、走向国际化；椭圆在动态中是最稳定的，喻示及祝愿吉利的事业稳如磐石，屹立不倒。

"六个六"有五层含义，其一，象征太阳的光芒，只有走进太阳，才能吸取无穷的热量，只有经过竞争的洗礼，才能百炼成钢；其二，代表"六六大顺"，祝愿如意、吉祥；其三，代表吉利一步一个台阶，不断超越，发展无止境；其四，代表中华优秀传统文化的底蕴才是吉利不断发展超越的精神源泉；其五，代表发展民族工业，走向世界，是吉利不舍不弃的追求。

"内圈蔚蓝"：象征广阔的天空，超越无止境，发展无止境。

"外圈深蓝"：象征无垠的宇宙，超越无限，空间无限。

由地球走向太阳，由广阔的天空走向无垠的宇宙，只有拥有如此开阔的胸怀，具备如此坚毅的超越精神，才能不断成功，发展无止境；由浙江而中国，由中国而世界；由地域而民族，由民族而国际，吉利不舍不弃，只为"造老百姓买得起的好车"。吉利始终都具有一个坚定的理念："我们同在一片蓝天下，我们来自不同的成长背景，我们面对同一个世界，都是为了一个共同的愿景——让世界充满吉利！"

四、制作步骤

（1）创建一个新文件，文件名称为"吉利汽车标志"，宽度为"1100 像素"，高度为"1100 像素"，分辨率为"300 像素/英寸"，模式为"RGB"，内容为"白色"。

（2）单击图层调板中的"创建新的图层"按钮 ，建立一个新图层，命名为"外圆圈"。选择工具栏中的椭圆工具 ，单击选项栏中的"路径"按钮，按住 Shift 键的同时按下鼠标左键拖曳椭圆路径并且观察信息调板上的参数（W：6.06，H：6.06），画出一个圆形路径，如图 4.7.2 所示。

友情提示

在对路径或图形进行自由变换时，如果需要缩放到固定的值，都需要首先切换到"信息调板"，并在变化时观察信息调板右下方的数值。

（3）对外圆圈路径进行描边。首先选择"画笔工具"，设置画笔"主直径"为 30 像素，"硬度"为 100%，"前景色"设置为黑色。然后选择椭圆工具 ，单击鼠标右键，在弹出的菜单中选择"描边路径"→"画笔"，单击"好"按钮，外圆的描边效果如图 4.7.3 所示。

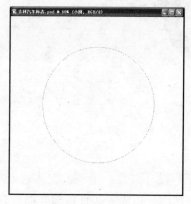

图 4.7.2　外圆圈形状

图 4.7.3　外圆圈的描边效果

（4）在路径调板下面的空白处单击，隐藏外圆圈路径。在图层调板中单击"外圆圈"图层，建立外圆圈选区。

（5）选择渐变工具 ，单击对话框中的"点按可打开'渐变'拾色器"按钮，在弹出的下拉列表中选择"黑色、白色渐变"，并对渐变进行编辑，具体参数设置如图 4.7.4 所示，两端为白色，中间色标为（R:104，G:123，B:130），位置为 50%。左侧色标与中间色标的颜色中点位置为 30%，右侧色标与中间色标的颜色中点为 70%。

（6）对外圆圈做一渐变。在图像中从左上角向右下角拖曳鼠标，制造光照效果如图 4.7.5 所示。取消选区。

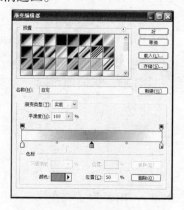

图 4.7.4　编辑渐变

图 4.7.5　灰白渐变效果

（7）在图层面版中单击"图层样式"按钮 ，为"外圆"添加"斜面和浮雕"效果，对话框设置如图 4.7.6 所示。再单击"图层样式"按钮 ，为"外圆"添加"描边"效果，对话框设置如图 4.7.7 所示，描边颜色为浅灰色（R:42，G:45，B:50）。

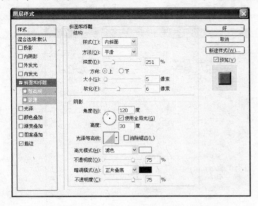

　　　图 4.7.6　"斜面和浮雕"对话框　　　　　　　　图 4.7.7　"描边"对话框

（8）对外圆圈内部进行渐变填充。新建图层并命名为"内圆"，在路径面板中选择制作"外圆圈"时的圆形路径，单击"将路径作为选区载入"按钮 ⚪ ，将路径转换为选区。

（9）单击菜单"选择"→"自由变换选区"，按住"Alt＋Shift"组合键拖曳鼠标，使圆形选区按比例缩小，与外圆圈的内径重合。

（10）选择渐变工具 ，对渐变进行设置如图 4.7.8 所示：左侧色标颜色为浅蓝（R:36，G:112，B:201），右侧色标颜色为深蓝（R:0，G:24，B:90），颜色中点 33% 。在工具选项栏中选择"径向渐变" 。在图像中从左上角向右下角拖曳鼠标，效果如图 4.7.9 所示。

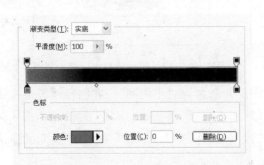

　　　图 4.7.8　渐变条参数设置　　　　　　　　　图 4.7.9　大圆填充之后效果

![友情提示]

拖曳鼠标时，左上角的拖曳点从大圆圈外开始，使浅蓝色的渐变落在内圆的边缘。

（11）新建图层并命名为"内圆圈"。将"内圆"图层隐藏，在路径调板中再次选择制作"外圆圈"时的路径，按"Ctrl＋T"快捷键对路径进行自由变换。按住"Alt＋Shift"组合键并观察信息调板上的参数，以路径圆心为点缩小路径（W:3.68，H:3.68），如图 4.7.10 所示。

（12）对路径进行描边。描边的方法与"外圆圈"制作相同，画笔"主直径"调整为

25 像素。

　　（13）在图层调板中单击"图层样式"按钮 （此处为按钮图标），对"内圆圈"图层添加"斜面和浮雕"及"描边"效果，具体参数设置如图 4.7.11、图 4.7.12 所示，描边颜色为浅灰色（R:42，G:45，B:50）。

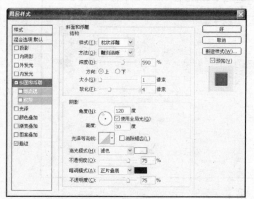

图 4.7.10　制作内圆圈　　　　　　　图 4.7.11　"斜面和浮雕"对话框

　　（14）将隐藏的"内圆"图层可见，制作完内圆圈后的画面效果如图 4.7.13 所示。

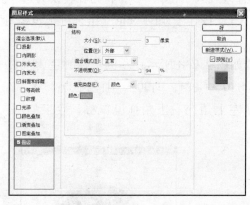

图 4.7.12　"描边"对话框　　　　　　图 4.7.13　添加效果之后的内圆圈

　　（15）对内圆圈内部进行渐变填充。新建图层并命名为"小内圆"，在路径调板中选择制作"内圆圈"时的圆形路径，单击"将路径作为选取载入"按钮 ◯，将路径转换为选区。

　　（16）单击菜单"选择"→"自由变换选区"，按住"Alt + Shift"组合键拖曳鼠标，使圆形选区按比例缩小，与内圆圈的内径重合。

　　（17）选择渐变工具 ，对渐变进行设置：左侧色标为浅蓝（R:155，G:253，B:255），右侧色标为深蓝（R:31，G:156，B:210），颜色中点 33%，如图 4.7.14 所示。在工具选项栏选择"径向渐变" ，在图像选区中向左上方向右下方拖曳鼠标，制作光照效果，如图 4.7.15 所示。

　　（18）制作"GEELY"文字。在路径调板中选择制作内圆圈时的路径，按"Ctrl + T"快捷键对路径进行自由变换，按住"Alt + Shift"组合键的拖曳鼠标放大路径（W：4.25，W：4.25），如图 4.7.16 所示。

　　（19）沿圆形路径创建文本。使用横排文字工具 T 在路径边缘单击，在路径上会出现一个闪动的文字输入符，然后输入"GEELY"，文字会沿着圆形路径排列。在工具选项栏中点击"切换字符和段落调板"按钮 🔲，字体的具体参数设置如图 4.7.17 所示。

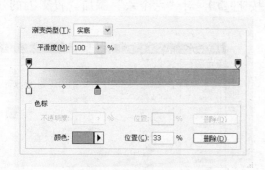

图 4.7.14 渐变条参数设置

图 4.7.15 小内圆填充之后效果

图 4.7.16 自由变换制作文字

图 4.7.17 文字参数

 友情提示

"在路径上创建文本"是 Photoshop CS 的新增功能，这个功能早已出现在其姊妹软件 Adobe Illustrator 中。这个功能的特色是使文字可以沿着用钢笔或形状工具创建的工作路径的边缘排列。我们还可以移动路径、对路径进行自由变换或改变路径的形状，文字将会沿着新的路径排列。

（20）在图层调板中单击"图层样式"按钮 🔲，对文字添加"投影"、"斜面和浮雕"、"渐变叠加"效果，具体参数如图 4.7.18、图 4.7.19、图 4.7.20 所示。

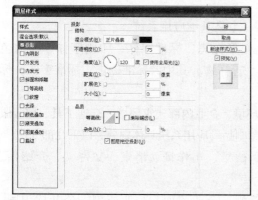

图 4.7.18 "投影"对话框

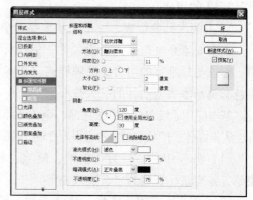

图 4.7.19 "斜面和浮雕"对话框

（21）打开图片素材第四章第四节文件夹中的"六个六"文件，将图片拖曳到制作窗口中。

（22）在图层调板中单击"图层样式"按钮 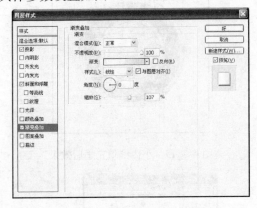，对"六个六"添加"投影"的效果，具体参数设置如图 4.7.21 所示。

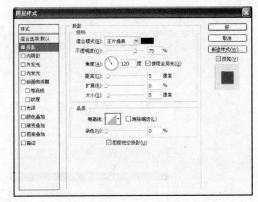

　　　　图 4.7.20　"渐变叠加"对话框　　　　　　　图 4.7.21　"投影"对话框

（23）保存文件。

第八节　VI 设计

一、知识导领

1. VI 的概念

VI（Visual Identity），即企业 VI 视觉识别系统，是企业形象识别系统（CI 或者 CIS）的重要组成部分。CI 包含三个方面，分别为 BI、MI、VI，三方面为企业理念识别，行为识别和视觉识别。VI 是 CI 系统中企业形象最直接最有效的表达形式。

随着社会逐步实现现代化、工业化、自动化，加速了优化组合的进程，企业规模不断扩大，组织机构日趋繁杂，产品快速更新，市场竞争也更加激烈。另外，各种媒体的急速膨胀，传播途径不一而丛，受众面对大量复杂的信息，变得无所适从。企业比以往任何时候都需要统一的、集中的 VI 设计传播，个性和身份的识别十分重要。

2. VI 的组成

VI 由两大部分组成，一个是基本要素系统，一个是基本应用系统。

基本要素系统包括：企业名称、标准标志、变形标志、标准字体、印刷字体、辅助色彩、标志与标准字的组合、品牌样式、基本纹样、吉祥物。其中，标准标志、标准字体、标准色彩是基本要素设计的三大核心。

基本应用系统包括：办公用品、企业外部建筑环境、企业内部建筑环境、交通工具、服装服饰、广告媒体、产品包装、办公礼品、陈列展示、印刷品。应用系统具体划分为以下几部分。

（1）办公用品：信封、信纸、便笺、名片、徽章、工作证、请柬、文件夹、介绍信、帐票、备忘录、资料袋、公文表格等。

（2）企业外部建筑环境：建筑造型、公司旗帜、企业门面、企业招牌、公共标识牌、路标指示牌、广告塔、霓虹灯广告、庭院美化等。

（3）企业内部建筑环境：企业内部各部门标识牌、常用标识牌、楼层标识牌、企业形象牌、旗帜、广告牌、POP 广告、货架标牌等。

（4）交通工具：轿车、面包车、大巴士、货车、工具车、油罐车、轮船、飞机等。

（5）服装服饰：经理制服、管理人员制服、员工制服、礼仪制服、文化衫、领带、工作帽、纽扣、肩章、胸卡等。

（6）广告媒体：电视广告、杂志广告、报纸广告、网络广告、路牌广告、招贴广告等。

（7）产品包装：纸盒包装、纸袋包装、木箱包装、玻璃容器包装、塑料袋包装、金属包装、陶瓷包装、包装纸。

（8）公务礼品：T 恤衫、领带、领带夹、打火机、钥匙牌、雨伞、纪念章、礼品袋等。

（9）陈列展示：橱窗展示、展览展示、货架商品展示、陈列商品展示等。

（10）印刷品：企业简介、商品说明书、产品简介、年历等。

3. VI 设计的意义

企业可以通过 VI 设计对内征得员工的认同感、归属感，加强企业凝聚力；对外树立企业整体形象，资源整合，有控制地将企业信息传达给受众，通过视觉符码，不断强化受众的意识，从而获得其认同。

世界上一些著名的跨国企业如美国通用、可口可乐、日本佳能、中国银行等，无一例外都建立了一整套完善的企业形象识别系统。他们能在竞争中立于不败之地，与科学有效的视觉传播不无关系。近 20 年来，国内一些企业也逐渐引进了形象识别系统，最早的太阳神、健力宝，到后来的康佳、创维、海尔，都在实践中取得了成功。在中国新兴的市场经济体制下，企业要想长远发展，有效的形象识别系统必不可少，这也成为企业腾飞的助跑器。

4. VI 设计的基本原则

（1）统一性

为了使企业形象在对外传播中集中、迅速和有效，强化企业的理念和视觉形象，在视觉识别设计中要做到统一各种形式的传播媒本形象，将信息与认识个性化、明晰化、有序化地表现出来，这样才能给社会大众留下深刻的印象和影响力。

企业理念和视觉要素的设计要做到标准化、同一化、规范化，并且要坚持长期保持一贯的运用，不轻易改变。

（2）独特性

企业为了获得社会大众的认同，必须是独特的、与众不同的。差异性首先表现在不同行业的区分，在设计时要体现出本行业的特点，使其有别于其他行业，这样才能增强企业的识别和认同。其次要与同行业的其他企业有差别，这样才能独树一帜，脱颖而出。

（3）民族性

企业形象的塑造与传播应该根据本民族的文化和特色。一个企业的崛起和成功，民族文化是其根本的驱动力。美国企业文化研究专家秋尔和肯尼迪指出："一个强大的文化几乎是美国企业持续成功的驱动力。我们要充分发掘和利用本民族的优秀文化，从中汲取养分，从而创造出具有本民族特色的企业形象。"

（4）有效性

有效性是指企业经策划与设计的 VI 计划能得以有效地推行运用，VI 是解决问题，不是简单的企业装扮物，因此应该便于操作，其可操作性是一个十分重要的问题。

企业 VI 计划要有效，要能够树立良好的企业形象，在推行企业形象战略时要对自身有准确的定位，协助企业导入 VI 计划的机构和个人要帮助企业准确地定位企业形象，从企业的自身情况和市场营销地位出发。

二、实例效果

1. 基本要素系统

图 4.8.1 ~ 图 4.8.5 所示为 VI 的各个基本要素。

图 4.8.1　标准标志

图 4.8.2　标志和标准字组合（一）

图 4.8.3　标志和标准字组合（二）

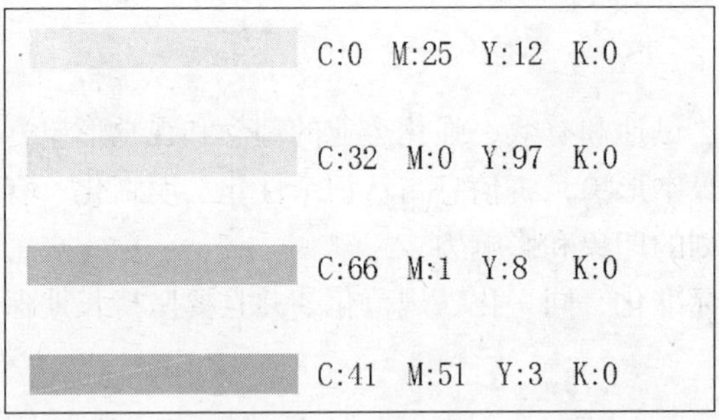

C:0　M:25　Y:12　K:0

C:32　M:0　Y:97　K:0

C:66　M:1　Y:8　K:0

C:41　M:51　Y:3　K:0

图 4.8.4　标准色彩

图 4.8.5　标准纹样

2. 基本应用系统

图 4.8.6 ~ 图 4.8.16 为 VI 的各种基本应用。

图 4.8.6　名片

图 4.8.7　胸牌

图 4.8.8　笔记本

图 4.8.9　文具

图 4.8.10　国内信封

图 4.8.11　信纸

图 4.8.12　纸杯

图 4.8.13　纸袋

图 4.8.14　指路牌

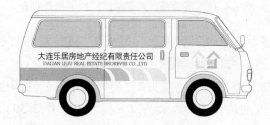

图 4.8.15　业务面包车

图 4.8.16　厢式货车

三、设计思想分析

这里介绍标准标志的设计思想。

图 4.8.1 所示标志是为一房屋中介公司设计的，由"房屋"和"乐居"二字组成。

图形由四个"∟"符号组成，形似两栋房屋，表示出公司从事房屋租赁、买卖、中介业务的性质。又像是两个人侧身在握手，表示公司为房屋的供求双方客户搭建平台。下半部分形似字母 L 和 J，是公司名称"乐居"的两字拼音的一个字母。下半部分又如同两个舒适的沙发，让人联想到家的温馨。图形采用的圆角设计，给人柔软舒适的感觉。

标志采用了"浅粉"、"浅蓝"、"浅绿"、"紫"四种颜色组成。浅粉色代表浪漫与甜蜜，浅蓝色代表洁净和宁静，浅绿色代表健康与成功、紫色代表高雅与时尚。整个标志色彩搭配醒目、明快，给人一种家的温馨的感觉。

四、制作步骤

（1）创建一个新文件，文件名称为"标准标志"，宽度为"22.5cm"，高度为"15cm"，分辨率为"300 像素/英寸"，模式为"RGB"，内容为"白色"。

（2）在工具栏中选择自定义形状工具▨，在选项栏中单击"路径"按钮▧，单击选项栏中"形状"框右侧的┊按钮，在"自定义形状"面板中选择"箭头 2"形状❯。首先切换到信息调版，按住 Shift 键不放，在图层上拖曳鼠标左键画出图形，注意观察信息调板上的参数为（W:8.93，H:9.67），画面效果如图 4.8.17 所示。

（3）按"Ctrl + R"组合键显示标尺，选择"移动工具"▸➕从水平标尺中拖出一条辅助线。按"Ctrl + T"组合键自由变换路径，在选项栏中设置旋转数值为 −90°，按两次回车键或鼠标双击画面确定。选择"路径选择工具"▸，移动路径使"箭头 2"下端锚点与辅助线对齐，如图 4.8.18 所示。

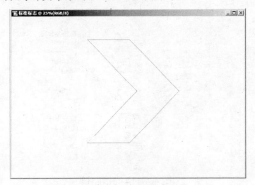

图 4.8.17　画出箭头 2

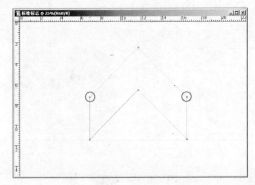

图 4.8.18　旋转路径并移动路径与辅助线对齐

（4）选择"直接选择工具"▸，按住键盘上的 Shift 键，拖动"箭头 2"路径左右上方的圆圈位置所示锚点（如图 4.8.18 所示），与辅助线对齐，如图 4.8.19 所示。

（5）使用转换点工具▸，在键盘上按住 Shift 键，拖曳"箭头 2"路径左下方的圆圈位置所示的锚点（如图 4.8.19 所示），拖动方向点的信息调板参数为（A: −135°；D:2.39），画面效果如图 4.8.20 所示。

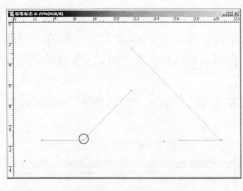

图 4.8.19　变换后的路径

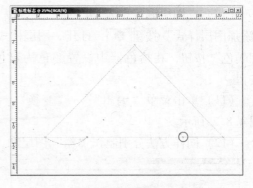

图 4.8.20　调整锚点

（6）同样方法拖动"箭头 2"路径右下方圆圈位置所示的锚点（如图 4.8.20 所示），拖动方向点的信息调板参数为（A:135°；D:2.39），画面效果如图 4.8.21 所示。

（7）在"图层"调板中单击"创建新的图层"按钮 ，新建一个图层，命名为"绿"，然后设置前景色为黄绿色（R:190，G:230，B:0）。在路径调板中，单击"用前景色填充路径"按钮 ，填充路径，如图 4.8.22 所示。

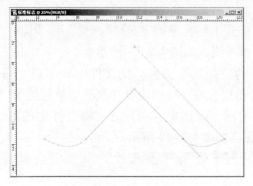

图 4.8.21　调整锚点

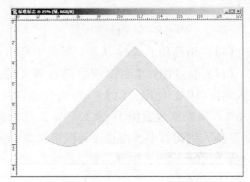

图 4.8.22　新建图层并用绿色填充

（8）在路径面板中删除路径。按"Ctrl + '"组合键显示网格。选择"绿"图层，按"Ctrl + T"组合键自由变换图形，在选项栏中按下"保持长宽比"按钮 ，设置水平缩放数值 W 为 47.5%、垂直旋转数值为 - 135%，按两次回车键或双击画面确定，如图 4.8.23 所示。

（9）使用移动工具 ，移动图形到如图 4.8.24 所示的位置。

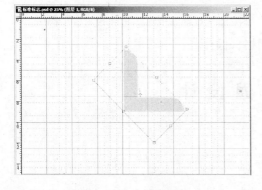

图 4.8.23　自由变换

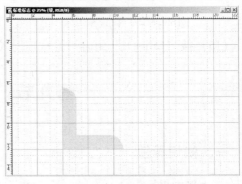

图 4.8.24　对齐网格

（10）在图层调板中复制"绿"图层，重新命名为"紫"。单击"图层"调板底部的"添加图层样式"按钮 ，打开"图层样式"对话框，单击"混合模式"右侧的"设置叠加颜色"按钮，在拾色器中设置颜色为紫色（R:161，G:134，B:190），然单单击"好"按钮。

（11）单击菜单"编辑"→"变换"→"水平翻转"命令，移动图形，画面效果如图 4.8.25 所示。

（12）同样方法分别制作"粉"图层和"蓝"图层，画面效果如图 4.8.26 所示。

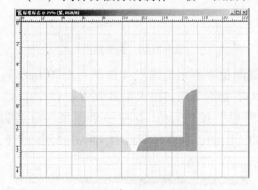

图 4.8.25　复制紫图层　　　　　　图 4.8.26　制作"粉"图层和"蓝"图层

（13）用移动工具 从垂直标尺中拖出两条参考线，如图 4.8.27 所示。

（14）打开图片素材第四章第八节文件夹中的"乐居"文件。把文件中的图层"乐"拖入到窗口中。使用"Ctrl + T"组合键自由变换图层，在选项栏中设置水平缩放数值 W 为 46.6%、垂直缩放数值 H 为 35.9%，然后按两次回车键确定。同样方法将文件中的图层"居"拖入到窗口中，注意要与网格和参考线对齐，如图 4.8.28 所示。

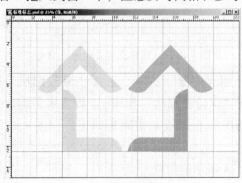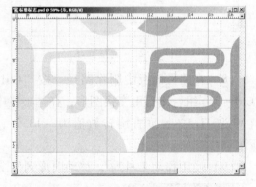

图 4.8.27　设置参考线　　　　　　图 4.8.28　拖入"乐"和"居"图层

（15）按"Ctrl + H"组合键隐藏辅助线和网格，保存。

第九节　卡通设计

一、知识导领

1. 卡通定义

"卡通"一词是由外文（源自英文 Cartoon；意大利文 cartone；荷兰语 karton）音译而来。

本身具有多种含义在内，主要以漫画、动画为主。狭义的是指美国和欧洲等地的漫画和动画（带有儿童倾向的幽默动画作品）。广义的是指各国各地中有着各自的风格，随着时代的发展会不断变化的卡通漫画、动画。一般会通过归纳、夸张、变形等手法来塑造各种形象。

卡通画的造型，一般都比较夸张、概括。形象性格化，神态生动活泼，显示出与众不同的特点，使表现的物象更加鲜明，更加典型和具有情感，从而使儿童产生浓厚兴趣。

在动画片、产品包装、宣传材料、生活用品、文具、企业 Logo、品牌形象等都可以看到卡通的身影。卡通以其极具亲和力、及富人性化的特点满足着人们日益增长的个性化和差异化的消费需求，同时这也是在日趋激烈的市场竞争中凸显企业特色、营造企业形象、拉近企业与消费者距离的绝佳途径。

2. 美国迪斯尼公司的发展历程

美国迪斯尼公司始终保持着强劲的发展势头。而要回顾这段历史，就不能不提到沃尔特·迪斯尼和他的迪斯尼公司。事实上，在沃尔特·迪斯尼之前，美国已经拥有了不少杰出的动画家，但是作为后来者的沃尔特却是真正推动美国动画业走向飞跃的人。因此，我们有足够理由认为"沃尔特·迪斯尼是动画史上的第一位大师"。

1923 年，年仅 22 岁的沃尔特·迪斯尼告别了故乡堪萨斯，动身前往好莱坞寻求发展。他以仅有的 3200 美元注册成立了"迪斯尼兄弟动画制作公司"。在沃尔特来到好莱坞的这一年，他完成了自己的第一部动画作品——由真人和动画人物合演的无声动画片《爱丽丝在卡通国》。

在好莱坞的最初几年中，沃尔特和他的公司渐渐站稳了脚跟，但是在 1927 年沃尔特遭受了他事业上的第一个沉重打击。这年，他创作的第一个广受欢迎的卡通人物"幸运兔奥斯华"被发行公司用欺骗的手段夺走，公司因此几乎陷入绝境。恼火而无奈的沃尔特踏上了返回故乡堪萨斯的列车。然而，正是在这次返乡的旅途中，沃尔特的头脑中出现了一只活泼可爱的小老鼠。后来，沃尔特的夫人给这个崭新的卡通形象取了个响亮的名字："Mickey Mouse"！这就是日后享誉世界、为各个国家的儿童所喜爱的卡通明星——米老鼠。

米老鼠的出现，固然为迪斯尼公司提供了一笔巨大的无形资产。然而，要使米奇和他的伙伴们成为人见人爱的超级明星，迪斯尼公司还必须有新颖的制作理念，而新理念的核心就是重视剧情的设计和不断创新。在迪斯尼之前，动画片作为普通电影放映前的垫场节目，往往只看重视觉效果，不太注意故事情节的安排。迪斯尼的米老鼠系列则反其道而行之，在制作的初期就对作品的情节进行周密的安排，让短短七八分钟的小片子变得引人入胜，再加上制作精良的画面，迪斯尼的动画片一下子就甩掉了几乎所有的竞争对手。

除了先进的创作理念，对创新的敏感是迪斯尼的另一张王牌。20 世纪 20 年代中后期，沃尔特开始尝试制作有声动画片。1928 年 11 月 18 日，作为电影史上的第一部音画同步的有声动画片《汽船威利号》，在纽约市的殖民大戏院隆重首映，并大获成功。1932 年，迪斯尼又推出了第一部彩色动画片《花与树》（*Flowers and Tree*）。除了预料之中的轰动之外，它也为迪斯尼赢得了奥斯卡动画短片奖。1937 年，迪斯尼耗费数年时间精心打造的第一部全动画卡通剧情片《白雪公主》（*Snow White and the Seven Dwarfs*）上映。这是一部划时代的动画片，具有里程碑式的意义。1940 年，迪斯尼公司连续推出了《木偶奇遇记》和《幻想曲》两部动画长片。其中，《幻想曲》更是被视为现代动画片的经典之作，推出伊始便获得了广泛赞誉。同时迪斯尼的卡通明星阵容也不断扩充，除了米老鼠之外，米妮（Minnie）、布鲁托（Pluto）、高菲（Goofy）和唐老鸭（Donald Duck）等新形象也陆续出现在了迪斯尼的动画片中。伴随着不断涌现的优秀作品和卡通明星，迪斯尼公司终于在 20 世纪 40 年代初确立了它在卡通帝国中的霸主地位。

对于整个美国动画业而言，迪斯尼的成功具有巨大的示范和推动作用。由于动画市场的扩展，许多新动画公司如雨后春笋般纷纷成立，此时的好莱坞已经是全美、乃至全世界动画业的中心。

总而言之，在这一时期，美国的动画业取得了长足的发展。值得注意的是，在这个发展过程中，围绕着卡通产品，美国的娱乐产业形成了一套完整的商业运作体系，实现了卡通自身发展的良性循环。而"美式卡通"也正是以此为基础，才得以实现它在全球范围内的扩展，成为了一股不容小视的文化力量。到了 20 世纪末，随着计算机多媒体技术的兴起，动画片的生产和制作面临新的革命。迪斯尼公司再次充当了新技术的弄潮儿，推出一系列大制作的动画巨片，包括取材于安徒生童话的《小美人鱼》（1990）、根据阿拉伯古典名著改编的《一千零一夜故事》（1992）、根据莎翁名著改编的《狮子王》（1994）、反映早期北美殖民生活的《风中奇缘》（1995），以及第一部全部采用数字技术制作的动画片《玩具总动员》等。这些动画大片的推出不但体现了迪斯尼驾驭新技术的能力，而且还引发了"剧场传统"的回归，人们不再守着家里的电视机而是买票到影院里去观看动画片，这是电视取代电影成为最重要的动画媒体之后从没有过的现象。另一方面，以"梦工厂"为代表的业界新锐也在与迪斯尼的竞争中逐渐崛起，不断为世界各国的卡通迷们奉上精美的"动画大餐"。值得注意的是，近年来，一些非欧美国家的卡通业也正在获得长足的发展，其中最为典型的就是以中、韩、日三国为代表的东亚卡通业的崛起。"中国学派"的出现，把民族文化与动画艺术有机地结合在一起，创造出一部部美轮美奂的动画精品，在世界上为中国卡通界赢得了尊重与赞誉。

二、实例效果

图 4.9.1 所示为一只卡通玩具猪。

图 4.9.1　卡通玩具猪

三、设计思想分析

这是一幅玩具猪的平面卡通图，气韵生动、机趣活泼，无处不显示真实性。本例主要使用钢笔工具绘制基本形状，利用渐变色填充和加深、减淡工具制作真实的立体效果，同时使用了投影、斜面和浮雕等效果，增加了真实性。

四、制作步骤

（1）创建一个新文件，文件名称为"玩具猪"，宽度为"12 厘米"，高度为"14 厘米"，分辨率为"300 像素/英寸"，模式为"RGB"，内容为"白色"。

（2）选择钢笔工具 ，单击选项栏中的"形状图层" 按钮，绘制玩具猪身体的基本形状，单击鼠标右键，建立选区，如图 4.9.2 所示。此时自动生成"形状 1"图层。

（3）在工具栏中选择渐变工具 ，在选项栏中单击渐变色条，在打开的"渐变编辑器"对话框中设置渐变颜色，左侧色标为明黄色（R:216，G:195，B:92），35% 处色标为浅黄色（R:212，G:195，B:88），右侧色标为枯黄色（R:152，G:129，B:90），如图 4.9.3 所示。

图 4.9.2　建立选区　　　　　　　　图 4.9.3　渐变编辑器对话框中

（4）新建"图层 1"，单击菜单"视图"→"标尺"，从左侧标尺处拉出两条坐标线，如图 4.9.4 所示。在"图层 1"中从左侧坐标线向右侧坐标线做一线性渐变，绘制猪身体，取消选区。

（5）选择钢笔工具 ，绘制玩具猪耳朵的基本形状，单击右键，建立选区。此时自动生成"形状 2"图层。

（6）新建"图层 2"，将前景色设置为落日黄色（R:211，G:149，B:63），选择油漆桶工具 对耳朵选区进行填充，如图 4.9.5 所示。取消选区。

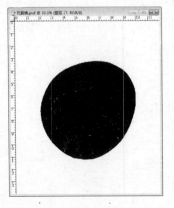

图 4.9.4　渐变方向　　　　　　　　图 4.9.5　对耳朵选区进行填充

（7）单击图层调板中的添加"图层样式"按钮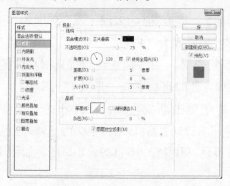，"投影"、"斜面和浮雕"对话框设置如图 4.9.6、图 4.9.7 所示。

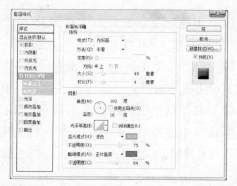

图 4.9.6　　"投影"对话框	图 4.9.7　　"斜面和浮雕"对话框

（8）在"图层 2"上用画笔工具 、加深 、减淡 工具等制作更为真实的立体效果。用相同的方法制作另一只耳朵，如图 4.9.8 所示。

（9）选择钢笔工具 ，绘制玩具猪鼻子的基本形状，单击右键，建立选区。此时自动生成"形状 3"图层。

（10）新建"图层 3"，将前景色设置为深黄色（R:212，G:155，B:64），选择油漆桶工具 对猪鼻子选区进行填充，如图 4.9.8 所示。取消选区。

（11）单击图层调板中的添加"图层样式"按钮 ，"投影"、"斜面和浮雕"、"描边"对话框设置如图 4.9.9、图 4.9.10、图 4.9.11 所示。添加"投影"、"斜面和浮雕"、"描边"图层样式后的画面效果如图 4.9.12 所示。

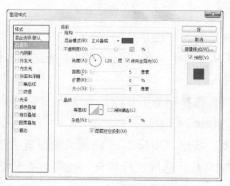

图 4.9.8　　对猪鼻子选区进行填充	图 4.9.9　　"投影"对话框

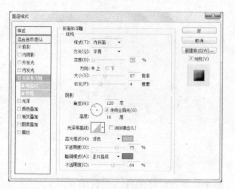

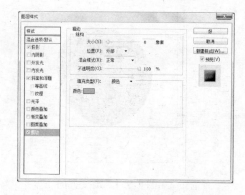

图 4.9.10　　"斜面和浮雕"对话框	图 4.9.11　　"描边"对话框

（12）将前景色设置为褐黄色（R:193，G:132，B:47），选择工具箱中的椭圆工具 ，在画面中绘制猪嘴凸起的部分，如图 4.9.13 所示。此时自动生成"形状 4"图层。

图 4.9.12　添加猪鼻子后的效果图　　　　图 4.9.13　绘制猪嘴凸起的部分

（13）将前景色设置为黑色（R:0，G:0，B:0），选择工具箱中的椭圆工具，在画面中绘制鼻孔部分。此时自动生成"形状 5"图层。（鼻孔是两个椭圆的叠加）

（14）复制"形状 5"图层，选择移动工具 移动鼻孔的位置，如图 4.9.14 所示。

（15）利用画笔工具、加深、减淡 工具等分别对猪嘴部分进行处理，制作更为真实的立体效果，如图 4.9.15 所示。

图 4.9.14　复制移动鼻孔　　　　　　　图 4.9.15　立体效果处理

（16）选择椭圆工具，绘制眼睛，如图 4.9.16 所示。

（17）利用上述方法绘制玩具猪的双腿，如图 4.9.17 所示。

图 4.9.16　绘制眼睛　　　　　　　　图 4.9.17　绘制玩具猪的双腿

（18）利用上述方法绘制玩具猪把手的基本形状。猪把手填充颜色为浅粉色（R:200，

G：73，B：85），"斜面和浮雕"对话框设置如图 4.9.18 所示。

（19）利用画笔工具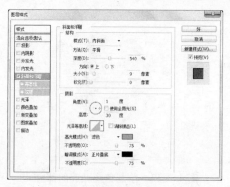、加深、减淡工具制作更为真实的立体效果，如图 4.9.19 所示。

　　图 4.9.18　"斜面和浮雕"对话框　　　　　图 4.9.19　玩具猪把手的立体效果

（20）选择工具箱中的自定义形状工具，单击选项栏中"形状"框右侧的·按钮，在"自定义形状"面板中选择三叶草✿、低音谱号♪，在图层上拖曳鼠标左键绘制图形，画面效果如实例效果图 4.9.1 所示。

（21）最后，为了编辑画面清晰可辨，删除"形状 1"、"形状 2"、"形状 3"、"形状4"、"形状 5"等制作时的路径图层。

（22）保存文件。

第十节　DM 单 设 计

一、知识导领

1. DM 单的概念

DM 是英文 direct mail advertising 的省略表述，直译为"直接邮寄广告"，即通过邮寄、赠送等形式，将宣传品送到消费者手中、家里或公司所在地。DM 是区别于传统的广告刊载媒体如报纸、电视、广播、互联网等的新型广告发布载体。传统广告刊载媒体贩卖的是内容，然后再把发行量二次贩卖给广告主，而 DM 则是直达贩卖给目标消费者。DM 除了用邮寄以外，还可以借助于其他媒介，如传真、杂志、电视、电话、电子邮件及直销网络、柜台散发、专人送达、来函索取、随商品包装发出等。

2. DM 单的种类

因 DM 单的设计表现自由度高、运用范围广，因此表现形式也呈现了多样化。分为传单型、册子型、卡片型。卡片型分为凹陷折、隆起折、折叠拉页、双对折、法式折、风琴折、包心折。

3. DM 单的优点

（1）DM 单不同于其他传统广告媒体，它可以有针对性地选择目标对象，有的放矢、减少浪费。

（2）DM 单是对事先选定的对象直接实施广告，广告接受者容易产生其他传统媒体无法比拟的优越感，使其更自主关注产品。

（3）一对一地直接发送，可以减少信息传递过程中的客观挥发，使广告效果达到最大化。

（4）不会引起同类产品的直接竞争，有利于中小型企业避开与大企业的正面交锋，潜心发展壮大企业。

（5）可以自主选择广告时间区域，灵活性大，更加适应善变的市场。

二、实例效果

图 4.10.1 所示为一张音乐 DM 单。

图 4.10.1　音乐 DM 单

三、设计思想分析

这是一幅音乐 DM 单，画面以绿色色调为主，衬托出人物的个性，充满朝气。画面中对不同人物加以不同的处理，突出主要人物，主题鲜明。

背景中的花纹和线条，是画面中的柔美元素，增加了整体的神秘感；花纹样式的文字又给整个画面增色不少，多而不乱；利用路径描绘出的彩虹状线条让画面更加充实；画面中黄色线条使画面在绿色调为主的前提下更加飘逸。此 DM 单美丽而神秘，让人充满了无尽的遐想。

四、制作步骤

（1）创建一个新文件，文件名称为"音乐单页 DM 单的设计与制作"，宽度为"10cm"，高度为"14cm"，分辨率为"300 像素/英寸"，模式为"RGB"，内容为"白色"。

（2）在"图层"调板中单击"创建新的图层"按钮，创建"图层1"。

（3）在工具栏中选择渐变工具，打开"渐变编辑器"，在对话框中设置渐变颜色，左侧色标为棕黄色（R:229，G:223，B:178），43% 处色标为淡黄色（R:247，G:247，B:225），右侧色标为棕黄色（R:229，G:223，B:178），如图 4.10.2 所示。在"图层1"中从上向下拖曳鼠标做一线性渐变。

（4）单击图层调板底部的"添加图层蒙版"按钮，为"图层1"添加图层蒙版，将前景色设置为黑色（R:0，G:0，B:0），选择画笔工具在图像的下方绘制，如图 4.10.3 所示。

图 4.10.2　渐变关系对话框设置　　　　　图 4.10.3　隐藏部分图像

（5）复制"图层 1"，此时图层面板中自动生成"图层 1 副本"。设置前景色为灰色（R:93，G:88，B:26），背景色为白色（R:255，G:255，B:255），单击菜单"滤镜"→"素描"→"半调图案"命令，打开"半调图案"对话框，参数设置为"大小"为"4"、"对比度"为"13"、"图案类型"为"网点"，在"图层 1 副本"中添加小方块图像。

（6）选择画笔工具 ，设置前景色为黑色（R:0，G:0，B:0），在"图层 1 副本"左侧的位置绘制。在图层调板中设置"不透明度"为"19%"，图像中出现若隐若现的小方格图像，如图 4.10.4 所示。

（7）单击菜单"文件"→"打开"命令，打开图片素材第四章第十节文件夹中的"底纹"文件。

（8）将打开的底纹素材图像移动到"音乐单页 DM 单的设计与制作"中，此时图层面板中自动生成"图层 2"。适当放大图像，使其铺满整个画面的上半部分。

（9）设置"图层 2"的色彩混合模式为"叠加"，并设置其"不透明度"为 65%。经过混合，黑色的图像被过滤掉，呈现自然的白色底纹效果，如图 4.10.5 所示。

图 4.10.4　设置不透明度后的画面　　　　　图 4.10.5　绘制底纹

（10）在"图层"调板中单击"创建新的图层"按钮 ，创建"图层 3"，设置前景色为墨绿色（R:139，G:155，B:81），放大画笔直径，在图像的左上角和中间的位置分别绘制绿色的图形。并设置"图层 3"的"不透明度"为"60%"，如图 4.10.6 所示。

（11）打开图片素材第四章第十节文件夹中的"主角"文件。

（12）选择工具栏中的魔棒工具 ，选择白色背景，单击菜单"选择"→"反选"，选择人物，然后选择移动工具 （此处为小工具图标）将选中的人物图像移动到"音乐单页 DM 单的设计与制作"文件中，置于中间位置。此时图层面板中自动生成"图层 4"。

（13）单击图层调板中的"添加图层蒙版"按钮 ，为"图层 4"添加图层面板，设置前景色为黑色（R:0，G:0，B:0），选择画笔工具 ，在主角素材图像的下方绘制，隐藏部分人物图像，如图 4.10.7 所示。

（14）复制"图层 4"，此时图层面板中自动生成"图层 4 副本"，将"图层 4 副本"的混合模式设置为"柔光"，人物图像显得更加明亮，如图 4.10.8 所示。

图 4.10.6 设置不透明度后的画面   图 4.10.7 修改主角素材   图 4.10.8 设置柔光效果

（15）打开图片素材第四章第十节文件夹中的"飞跃"、"渐变"、"配角"文件。

（16）将打开的人物图像选择后，选择移动工具 ，移动到"音乐单页 DM 单的设计与制作"文件中，如图 4.10.9 所示。此时图层面板中自动生成"图层 5"至"图层 9"等图层。（提示：从文件"渐变素材"中要分别选择三个人物图像，然后调整合成。）

（17）将"图层 5"至"图层 9"的图层顺序一起调整到"图层 4"的下面。

（18）设置"图层 5"，即右下角"飞跃"素材所在图层的"混合模式"为"点光"，然后设置"图层 6"即右上角"配角"素材所在图层的"混合模式"为"强光"，如图 4.10.10所示。

图 4.10.9 添加其他素材   图 4.10.10 设置混合模式

（19）按住键盘上的"Ctrl"键，单击"图层 7"即左上角左边"渐变"素材所在图层的缩览图，将其选区载入，如图 4.10.11 所示。

（20）选择渐变工具 ，单击选项栏中的渐变色条，打开"渐变编辑器"对话框，设置渐变颜色，左侧色标为（R:85，G:81，B:24），右侧色标为（R:150，G:142，B:38），单击"好"按钮，对选区做一从上到下的线性渐变，如图 4.10.12 所示。

图 4.10.11　载入选区　　　　　　　图 4.10.12　应用线性渐变

（21）同步骤 19、20，将"图层 8"即左上角右边"渐变"素材、"图层 9"即右下角"渐变"素材，做一从上到下的线性渐变，如图 4.10.12 所示。

（22）打开图片素材第四章第十节文件夹中的"组合"文件。

（23）将组合中的人物图像选择后，移动到"音乐单页 DM 单的设计与制作"文件中，置于右边的位置，此时图层面板中自动生成"图层 10"。设置其"混合模式"为"亮度"。

（24）设置前景色为淡黄色（R:213，G:206，B:62），选择画笔工具 ，使用柔角的画笔在"图层 10"即组合素材图像所在图层的左上方和右下方绘制黄色图形，并设置其"不透明度"为"68%"，如图 4.10.13 所示。

（25）在"图层"调板中单击"创建新的图层"按钮 ，创建"图层 11"、"图层 12"，分别在主角素材的身上绘制黄色（R:243，G:236，B:123）和绿色（R:87，G:143，B:31）的图像，如图 4.10.14 所示。

图 4.10.13　绘制黄色线条　　　　　　图 4.10.14　绘制黄色绿色线条

（26）在"图层"调板中单击"创建新的图层" 按钮，创建"图层 13"，选择白色（R:255，G:255，B:255），用画笔在绿色图像上方绘制白色的图像，增加朦胧的感觉，如图 4.10.15 所示。

（27）在"图层"调板中单击"创建新的图层"按钮 ，创建"图层 14"，选择钢笔工具 ，在图像的右上方绘制曲线路径，将路径转换为选区，如图 4.10.16 所示。

图 4.10.15　绘制白色线条 图 4.10.16　建立选区

（28）为选区填充浅蓝色（R:205，G:223，B:194），取消选区，如图 4.10.17 所示。

（29）采用相同的方式，绘制多条路径，将路径转换成为选区后分别填充淡绿色（R: 144，G:190，B:115）、浅绿色（R:106，G:163，B:71）、深绿色（R:52，G:104，B:21），如图 4.10.18 所示。

图 4.10.17　填充颜色 图 4.10.18　绘制其他线条

（30）将"图层 14"图层调整到"图层 4"图层下面。

（31）复制"图层 14"即绿色渐变线条所在的图层，此时自动生成"图层 14 副本"，执行"编辑"→"变换"→"水平翻转"命令，将翻转后的图像移动到左边的位置，如图 4.10.19 所示。

（32）将"图层 14 副本"的"不透明度"调整到"57%"，如图 4.10.20 所示。

图 4.10.19　复制移动彩条 图 4.10.20　设置不透明度

（33）在"图层"调板中单击"创建新的图层"按钮⬜，创建"图层15"，选择画笔工具✏，选择尖角画笔，在图像的左下方绘制一个白色（R:255，G:255，B:255）圆形图像，如图4.10.21所示。

（34）在"图层15"上执行"图层"→"图层样式"→"外发光"命令，各项参数设置如图4.10.22所示，外发光颜色为浅粉（R:225，G:190，B:251），单击"好"按钮，为白色圆形添加外发光的效果，如图4.10.23所示。

图4.10.21　绘制白色圆形图　　　　　　　图4.10.22　　"外发光"对话框

（35）选择画笔工具✏，绘制大小不一的其他白色（R:255，G:255，B:255）圆点图像，如图4.10.23所示。

（36）复制"图层15"，此时图层面板中自动生成"图层15副本"，按下快捷键"Ctrl+T"，显示变换编辑框，右击编辑框，在弹出的快捷菜单中选择"水平翻转"命令，水平翻转图像，双击鼠标完成变换操作，将圆点图像移动到画面的右上方，如图4.10.24所示。

（37）选择横排文字工具T，设置"字体"为"华文琥珀"，"字号"为"40"点，设置消除锯齿方法为"平滑"。在图像的下方输入文字"Wireless music"，如图4.10.24所示。此时图层面板中自动生成"Wireless music"文字图层，将此图层命名为"文字图层1"。

图4.10.23　添加外发光效果　　　　　　　图4.10.24　绘制白色图形

（38）选择自定义形状工具🎨，设置前景色为黑色（R:0，G:0，B:0），单击选项栏中"形状"框右侧的几何选项按钮▾，在自定义形状面板中选择形状"花2"🌸，将"花2"移动到"文字图层1"的上方。如图4.10.25所示。此时图层面板中自动生成"形状1"图层。

（39）单击图层调板中的"添加图层蒙版"按钮 ，为"形状 1"添加图层蒙版。选择黑色（R:0，G:0，B:0）画笔 进行涂抹，隐藏部分花的图像，如图 4.10.26 所示。

图 4.10.25　复制白色圆形　　　　　　　　图 4.10.26　添加花 2 图像并修改

（40）选择横排文字工具 T，设置"字体"为"华文宋体"，"字号"为"9"点，设置消除锯齿方法为"浑厚"。在图像下方输入英文"This is my first wireless music. I hope you can like it. This is a very good one. I like this so much，This one spend my lot of time. If you listen it，you can not forget it."，将图层面板中生成的图层命名为"文字图层 2"。单击选项栏中的"居中对齐文本"按钮，将文字居中对齐。

（41）复制"文字图层 1"及"形状 1"图层，此时图层面板中自动生成"文字图层 1 副本"、"形状 1 副本"。将"文字图层 1 副本"、"形状 1 副本"图层中的图像缩小移动到图像的左下角，如图 4.10.27 所示。

（42）选择横排文字工具 T，设置"字体"为"华文彩云"，"字号"为"12"点，设置消除锯齿方法为"浑厚"。在图像下方输入数字"12345"。将图层面板中生成的图层命名为"文字图层 3"。

（43）选择横排文字工具 T，设置"字体"为"华文琥珀"，"字号"大小为"12"点，设置消除锯齿方法为"浑厚"。在图像下方输入英文"A B C RASIO"。将图层面板中生成的图层命名为"文字图层 4"。

（44）复制"文字图层 4"，此时图层面板中自动生成"文字图层 4 副本"，将其移动到图像的左上角如图 4.10.28 所示。

图 4.10.27　复制"文字图层 1"及"形状 1"　　　　图 4.10.28　复制文字

（45）创建一个新文件，文件名称为"音乐单页 DM 单的设计与制作 2"，宽度为 14 厘米，高度为 12 厘米，分辨率为 300 像素/英寸，模式为 RGB，内容为白色。

（46）将"音乐单页 DM 单的设计与制作"文件中的"图层 2"即底纹素材图像所在的图层移动到"音乐单页 DM 单的设计与制作 2"文件中。

（47）选择"音乐单页 DM 单的设计与制作"文件，按下快捷键"Shift + Ctrl + Alt + E"盖印图层，此时图层面板中自动生成"图层 16"，如图 4.10.29 所示。（提示：盖印是把当前所有可见图层合并成一个图层并显示在最上层。盖印是重新生成一个新的图层，一点都不会影响你之前所处理的图层。）

（48）选择移动工具 将盖印后的"图层 16"移动到"音乐单页 DM 单的设计与制作 2"图像文件中，置于右边的位置，适当对图像进行旋转，此时图层面板中自动生成"图层 2"，如图 4.10.30 所示。

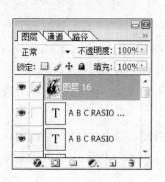

图 4.10.29　盖印图层　　　　　　　　　图 4.10.30　移动图像

（49）选中"图层 2"，单击图层调板中的添加"图层样式"按钮 ，打开"图层样式"对话框，在弹出的快捷菜单中选择"投影"、"内阴影"菜单，具体参数设置如图 4.10.31、图 4.10.32 所示，单击"好"按钮如图 4.10.33 所示。

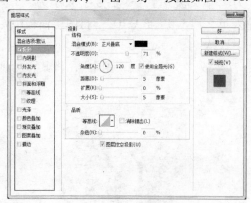

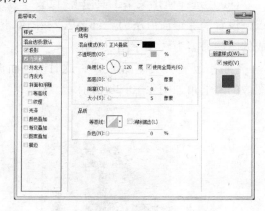

图 4.10.31　"投影"对话框　　　　　　　图 4.10.32　"内阴影"对话框

（50）复制"图层 2"，此时图层面板中自动生成"图层 2 副本"，将得到的图像适当旋转，然后根据画面的需要整体调整图像的位置，如图 4.10.34 所示。

　图 4.10.33　添加投影内阴影效果

　图 4.10.34　复制图层

（51）将"音乐单页 DM 单的设计与制作"文件中的"文字图层 1 副本"、"形状 1 副本"移动到"音乐单页 DM 单的设计与制作 2"文件中，置于左下角的位置。至此，本实例制作完成。

 项目实训

设计总体要求

1. 主题要求：作品设计要紧扣主题，内容要言简意赅、一目了然。

2. 布局要求：版面设计合理，富有冲击力，画面元素简洁，充分体现作品个性。画面布局疏密得当，色彩和谐统一，整体融合性要好。能够瞬时抓住读者的眼球，激发读者的观看欲望。

3. 技术要求：利用 Photoshop 设计，文件大小根据需要设定，分辨率最少在 300dpi 以上，保存的图像文件格式为 .PSD 或 .PDD。

项目 1　封面设计

（1）《当代中国》封面设计

中国，这个世界上唯一将五千年文明延续至今的国度，有着辉煌灿烂、光耀古今的古代史；也有着任人宰割、备受屈辱的近代史。如今的中国正以惊人的速度发展着，建国六十多年来取得的社会主义新成就让世界瞩目。《当代中国》一书汇总了中国从改革开放至今取得的成绩，可以让全世界了解当代中国，看到中国的腾飞。

请为《当代中国》一书设计封面装帧。包括封面、书脊、封底，开本为大 16 开。除了书名外，其他内容可以自己选择设计。

（2）《完全攻略》图书封面设计

成品尺寸：16 开，宽 185mm，高 260mm。

封面设计要求：要具有鲜明的特色及个性，不能雷同于目前市场上大多数教辅类图书的封面。

封面文字内容：书名为《完全攻略》——高中数学学考必备。主编为卢银中

宣传语：权威、全面、速查。

出版社：湖南少年儿童出版社

封底：完全攻略——六大完全要素

① 目标明确

以全面贯彻素质教育、进一步深化新课程改革为导向

② 原则统一

以人教版教材为基础，以教育改革纲要和新课程标准为准绳

③ 体系严密

在课程标准、教材、毕业水平考试和高考之间搭建桥梁，形成严密的体系

④ 理念务实

注重基础、强化能力，做到知识立意和能力立意并重

⑤ 创新内容

知识准确，选材新鲜，角度新颖，结构合理，原创为主

⑥ 梯度引导

遵循学生的认识水平和思维习惯，由浅入深，循序渐进，思维点拨层层提高

（3）自选项目设计

对各类小说封面、杂志封面、期刊封面等进行设计。

项目2　名片设计

（1）喜尚添花名片设计

名片名称：喜尚添花

主营项目：鲜花花束

设计要求：① 喜庆，简洁，突出网址，订花咨询热线。
　　　　　　② 具有视觉冲击力，能体现行业特性。

（2）新石钢琴培训名片设计

名片名称：新石钢琴培训

主要业务：成人钢琴培训、钢琴考级培训、钢琴调律、幼儿（成人）电子琴教学、吉他教学。

培训内容：钢琴培训和钢琴调律两大部分。钢琴培训主要突出成人钢琴教学。

设计要求：白底双面，简洁美观。名片要给人一种学琴的向往。

其他信息：联系人咪咕；电话 12345678901

（3）自选名片项目设计

针对房地产开发、软件推销、美容美发、服装行业、建筑装潢等进行名片设计，也可自选其他项目进行设计。

项目3　海报设计

（1）低碳环保海报设计

环境保护是当今世界的焦点话题。近二、三十年，全球生态环境问题日益突出，特别是

全球气候变暖、臭氧层耗竭、酸雨、水资源状况恶化、土壤资源退化、全球森林危机、生物多样性减少、毒害物质污染与越境转移八大问题，正威胁着人类的生存。

为了让我们的家园能充满绿色、充满希望，现在起，你我都来做"绿色使者"，向大家宣传一些有关低碳环保方面的知识，用低碳的行动实践人与自然和谐发展的理念。请以"低碳环保"为主题，设计一幅宣传海报。

（2）珍爱生命，拒绝毒品公益海报设计

青少年正处于生理、心理发展时期，心理防线薄弱，好奇心强，判别是非能力差，不易抵制毒品的侵袭，加之对毒品的危害性和吸毒的违法性缺乏认识，最易受到毒品的侵袭。因此，对青少年进行远离毒品的教育是禁毒预防教育工作的重中之重。

上网查找有关毒品的危害，预防毒品的基本知识及禁毒政策与法律法规，制作一宣传海报。作品要求：设计以围绕"珍爱生命，拒绝毒品"这一主题为中心。

（3）自选海报项目设计

2016 奥运海报设计、大学生音乐节、明星演唱会、摄影展海报、服装节、机器人展、根艺博览、软件展示等，也可自选其他项目进行设计。

项目 4　广告设计

（1）北京 JEEP 广告设计

梦想着拥有一辆红色的越野车，当驾驶它疾驰在无边的原野时，让我想起了牛仔，一个奔放充满激情的牛仔。

请为北京 JEEP 做一广告，要求体现出北京 JEEP 的速度之美。

（2）宝石璀璨广告设计

透过光华赞叹大自然造物的神奇，美丽的宝石是否都经过千年的锤炼，触摸的一刻仿佛跨越了恒久空间，宝石的灵魂丝丝透进了指尖。请以宝石为主题，设计一平面广告作品，要求体现出宝石的珍贵与华丽。

（3）自选广告项目设计

针对各种产品、商品、公司、企业等进行设计。也可自选其他项目进行设计。

项目 5　包装

（1）酒包装设计

高档酒分布数量最多，有相当部分的厂家都推出自己的高档品牌。名优企业有高质量的产品品质保证以及厚重的文化作为支撑，而大多数二流品牌及小企业的高端产品大都境遇荒凉。高档酒要具备以下 3 个条件。

① 产品优势。包括产品质量、产品个性和包装，产品的价值与价格以及酿酒环境、酿酒工艺等；

② 品牌价值。包括品牌形象、品牌文化，即产品、包装、文化、传播、促销、价值的因素；

③ 品牌文化。包括企业文化与人文精神、审美文化、酿酒文化等文化价值取向。

高档酒汇集优良品质、悠久历史、个性化品牌特征、高价值享受等因素，是文化酒的新产物，请为酒做一个包装设计。

（2）红枣包装袋设计

包装内容：西域红枣包装袋

正面内容：芬芳谷及 Logo、重量、等级

产品名称：芬芳谷红枣

产地：新疆若羌县

品牌：芬芳谷

卫生许可证：若卫食字（2008）第 652824020

食品生产许可证号：QS652817020045

生产日期：见袋面墨字或袋沿印

保质期：18 个月

产品执行标准：Q/XXYH001－2008

食用方法：开袋即食；煲汤、泡茶、做馅等均可

储存方法：低温、阴凉、干爽、洁净处储存

公司名称：深圳市芬芳谷商贸有限公司

厂名：新疆西域红果业有限公司若羌分公司

厂址：新疆巴州若羌县铁干里克乡村委会旁

电话：0996－7102707

E－mail：fenfanggu@ fenfanggu. com

网址：www. fenfanggu. com

有机转换认证：CF－3105－965－1121

（3）自选包装项目设计

针对各种产品、商品等进行包装设计。也可自选其他项目进行设计。

项目6　网页设计

（1）探索黑洞网页设计

在浩瀚的宇宙中，有一种神秘的天体，这种“怪物”比森林中的老虎更凶猛，不管是什么东西，一旦进入它的势力范围，都会被吞噬掉。而且它还穿上了隐身衣，谁也看不见，即使你用强光照射，用雷达探测，仍然找不到它的踪迹，这种怪物就是黑洞！请制作专题网站“探索黑洞”主页面，去揭开黑洞的面纱。要求网站的栏目设为：黑洞的观测与发展、黑洞家族、科学家的预言、黑洞和白洞、走近霍金，也可另设栏目。

（2）“省省吧”网络购物商城网页设计

要求：

① 大气、简约；

② 有视觉冲击力，醒目易识别；

③ 能体现"省"的特色，省钱、省力、省时间的概念，Logo 形象活泼，颜色鲜明，最好有"省"的字样。

④ 模块可以自主设计。

（3）自选网站项目设计

海洋之谜、中国科普创作、动物世界、运动之旅等。也可自命网站题目。

项目 7　标志设计

（1）阿迪达斯标志设计

穿过远古的风席卷现代都市，那是一种精神，也是阿迪达斯的精神，永恒的运动精神。请参考阿迪达斯原有标志，重新设计阿迪达斯标志。

（2）杭州赛母儿童用品有限公司标志设计

中文名称：赛母（赛过母亲的意思）

制作要求：SAIMU，用大小英文设计，需要字母配合图标一起设计。

图案要求：简洁明了、抽象、靓丽。

（3）自选标志项目设计

针对汽车、食品、服装、衣帽、鞋等项目进行设计，也可自选项目设计。

项目 8　VI 设计

（1）岚天信息科技有限公司 VI 设计

岚天信息科技有限公司是一家互联网应用软件公司，公司致力于开发各类基于 Web 的应用软件，帮助企业用户有效地开展其电子商务业务，目前已开发的客服 360 产品是企业进行在线咨询、在线营销、在线客服及访客数据分析的有力工具，在技术上大大优于目前行业内的同类产品。公司的理念是帮助企业客户提高其电子商务营销质量，并随着客户的成长而成长。

公司 Logo，要求如下：

① 简洁大气

② 能体现科技型公司的特点

③ 能体现与客户共同成长的理念

④ 有设计感，容易识别和记忆

⑤ 以蓝色为主色

⑥ 适合于网络推广和平面印刷

公司 VI，内容如下：

① 公司名称的中、英文标准字体

② 公司名称与 Logo 的各种不同组合方式

③ 名片、信纸、信封设计（需要加入客服 360 相关元素）

④ 其他要求同上

客服 360Logo，客服 360 是公司的第一款产品，主要功能是给企业客户提供在线客服软件服务，其 Logo 设计要求如下：

① 能体现 360°全方位服务的理念

② 有设计感，容易识别和记忆

③ 有亲切感、友好感

④ 最好能将客服 360 融入设计中，如若不能，需提供与客服 360 字体的组合方式

（2）三碧酒店 VI 设计

企业简介

三碧酒店（3B HOTEL）是一家年轻的连锁酒店有限公司，风格上推崇将时尚年轻的元素理念灌输进酒店的每一个细节内；服务上追逐五星的标准，注重酒店最需要的 3 个要素（3B）、褪去劳累的沐浴时光（沐浴＝Bath Room）、忘却烦恼的舒适大床（床＝Big Bed），提神醒脑的营养早餐（早餐＝Breakfast）。为了向全国发展布局，企业需要提升自己的整体形象，因此需要重新设计自身的 VI 系统，现特向强大的网络设计军队投出橄榄枝，并期待与你的长期合作。

设计要求

① 设计必取元素：3B；可取元素：HOTEL 三碧酒店

② 设计关键词：时尚、年轻、温馨、简约、品位、优雅、情调，可根据这些关键词进行多项取舍和组合。

③ 设计方案可以只有图形标志，也可以结合中英文字，作品要求简洁大方、一目了然、印象深刻，具有独特的设计含义和原创性，不能和酒店行业已有标志形象雷同，设计稿上须写明蕴涵意义。

④ 作品颜色倾向于：苹果绿、柠檬黄、浅玫红、深玫红、情调紫。

⑤ 设计方案需要考虑到操作的简易性和安全性，可以较好向其他广告载体延展。

（3）自选 VI 项目设计

针对不同性质的公司、企业等进行 VI 项目设计。

项目9　卡通设计

（1）逃家小兔卡通设计

一只小兔子要逃离妈妈，但无论它变成什么，都逃不出妈妈的关爱，请以"逃家小兔"为主题，设计一个卡通的兔子，附带三种表现形式：① 蹦蹦跳跳的；② 骑自行车的；③ 划皮划艇的。希望表现出一个运动、健康、快乐的小精灵。

（2）快乐玩具卡通设计

十年前，一部《爱情麻辣烫》让很多成年人改变了对玩具的看法。主人公夫妇因为玩具重新燃起了对爱情、生活的渴望。由此可见，处于工作压力和快节奏生活之下的现代人，可以通过玩具找到自己的快乐。

拥有一颗童心，生活变得简单多了、快乐多了。谁说大人就不能玩玩具？各种创意玩具如遥控汽车、木偶娃娃、搞怪闹铃等，使得枯燥的生活变得多姿多彩。请以"快乐玩具"为主题，设计一玩具的卡通。

（3）自选卡通项目设计

针对不同的网站、幼儿园、企业、餐厅等进行设计，也可自选主题设计。

项目 10　DM 单设计

（1）典藏三峡 DM 单设计

四百里的长江三峡，无峰不雄，无滩不险，古往今来使人流连忘返，为之倾心。2003 年 6 月 1 日，三峡下闸蓄水。高峡出平湖，迎来了历史上激动人心的一刻。历史的湍流不可挽留，但有关美的记忆却可在心中典藏。请以"典藏三峡"为主题，制作一 DM 单。

（2）酷学一夏——新学期更给力 DM 单设计

规格：A4 纸大小，双面，彩页

色彩：绚丽色彩

目的：刺激暑假辅导欲望

页面内容：

正面① 广告词上突出"酷"、"95 折"。

　　② 暑假精品衔接课程抢报啦！当日报名 95 折

　　③ 阶梯式呈现热门课程 7 大课（新小二至小五兴趣提分课；新小六备战小升初课；新初一、高一衔接课；新初二、高二同步提高课；新初三、高三备战中高考课；艺体生备战高考课；未来领袖训练营）

背面1. 现在报名还有超值课时大赠送，可以享有以下 6 项免费赠送

　　① 免费咨询——为孩子制定个性化的学习规划

　　② 免费测评——让家长了解孩子的学习问题

　　③ 免费答疑——让老师为孩子解答学习疑惑

　　④ 免费自习——为孩子提供良好的学习环境

　　⑤ 免费礼品——为孩子准备各科学习宝典及学习用品

　　⑥ 免费考试——定期为学生组织测试及测试卷分析

　　2. 选择龙文的理由

　　① 龙文全国 810 多个学习中心，70 个教学点覆盖广州各区，是品牌实力保证。

　　② 广州市配备 1200 多名优质教师，专职 1 对 1 教学，精细管理是良好口碑保证。

　　③ 广州市 4000 多名学员亲身体验龙文个性化教学，改善习惯和提升成绩，保证家长满意。

　　3. 各分校列表

（3）自选 DM 单项目设计

主题不限。

夯实理论

基础篇

第五章　图形视觉心理

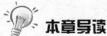 **本章导读**

- 格式塔原则使图形设计富有情感，具有影响情感的潜在魔力，设计师发掘并使用之后可以形成一种独特的设计语言。
- 设计师不同于工程师，清晰准确的表达只是基本要求，更重要的还要将设计理念和设计的感性因素表达清晰，让接受者的脑和心同步接收信息。
- 作为设计师，只有更好地了解人的生理和心理特点，才能使设计的图形更好地符合认知规律，有效地传达给受众。
- 在轮廓和背景的相互作用下，设计师使图形具有了新的生命力，赋予其新的意义，能够使人们根据眼动规律来深刻解读图像意义。
- 当人们收到图形刺激的时候，能够根据自己的知识经验组织并判断出图形所表达的含义，并能清晰地分辨出图形中隐含的不同因素。
- 图形错觉及图形后效的研究对于了解视知觉的过程和理论提供了线索和方法，对现代设计具有有效的指导作用。
- 我们的悟性用以处理现实世界时所凭借的那种图式乃是潜藏于人心深处的一种技术，我们很难猜测到大自然在这里所运用的秘诀。——康德《纯粹理性批判》

 关键词聚焦

格式塔　图形　背景　视觉组织原则　轮廓　主观轮廓　掩蔽现象　马赫带　侧抑制
双可图形　知觉　整体性　错觉　图形错觉　图形后效

第一节　格式塔心理学

格式塔知觉心理学又称完形心理学，是 20 世纪初发源于德国的一个心理学派，格式塔的代表人物有苛勒、考夫卡、阿恩海姆等。1910 年韦特墨（Max Wertheimer）在度假时坐在从维也纳到莱茵的火车上，眺望远处闪烁的灯光，好似在动。后来他与他的助手苛勒和考夫卡对这种现象进行了研究，发表了标志格式塔心理学形成的代表性论文《似动现象实验研究》。

格式塔是德文"Gestalt"一词的音译，而"完形"才是这个词的意译，意思是指形式、形状或一种被视觉分离出来的整体。

知识链接：似动现象

似动现象是形成格式塔心理学的基础。似动现象是指两个相距不远、相继出现的视觉刺激物，呈现的时间间隔如果在 1/10 秒到 1/30 秒之间，那么我们看到的不是两个物体，而是一个物体在移动。例如，我们看到灯光从一处向另一处移动，事实上是这只灯息了，那只灯同时亮了。这种错觉是灯光广告似动的基础。在韦特墨之前，人们一般都认为这种现象并没有什么理论上的意义，只不过是一些人的好奇心罢了。然而，对韦特墨来说，这种现象正是不能把整体分解成部分的证据。这种现象的组成部分是一些独立的灯在一开一关，但组成一个整体后，给人造成这些灯在动的印象。

格式塔心理学还研究了其他方面的课题。它把重点放在整体系统上，在这个系统中，各个部分是以一种能动的方式相互联系在一起的，也就是说，仅根据各分离的部分，无法推断出这个整体。例如，漩涡之所以会那样，并不是由于它所包括的那些具体水滴的原因，而是由于水的运动方式。如果把漩涡分解成水滴，就无法理解漩涡这种现象了。又如曲调，曲调取决于音符之间的关系，而不是音符本身。

一、格式塔心理学的基本观点

（一）完形的特点

1. 完形必须是一个整体，各个部位之间有一种内在的联系，形成不可分割的有机整体

对于有意识的人来说，心理现象有一种特定的整体属性，表现为有一定意义的结构形式，这种整体属性不能被分解。整体要由各种要素和成分构成，但是整体的视觉成分往往不等同于部分视觉成分之和。相反整体先于部分存在并制约着部分，"整体大于部分之和"。同时整体的事物不能分解成各个部分，不可以用各个部分的叠加或组合来看待整体事物。例如化学中的化合物，每一种化合物都有自己的属性。这些属性不是构成化合物元素们的属性相加。每一种化合物的属性都伴随着这种化合物的存在而存在，化合物的属性取决于构成化合物的元素之间的关系。每一种化合物中都含有碳元素，但是每一种化合物都有自己的属性。又如每一首乐曲都是由 7 个音符构成的，但是不同的乐曲有不同的旋律，表达不同的感情，如图 5.1.1 所示，三个黑点组成了一个三角形，我们不能说这不是三个黑点，但我们也不能说这只不过是三个黑点。在格式塔心理学家看来，三角形是我们看到的最基本方面。三角形取决于这些黑点的组合方式，而不是黑点本身。这个完整图形的内涵，超过三个黑点。可见整体不仅仅是部分之和。

2. 格式塔也可以指一个分离的整体

格式塔心理学家把重点放在整体上，这并不意味着他们不承认分离性。事实上，格式塔也可以指一个分离的整体。他们认为，一个人的知觉场始终被分成图形与背景两部分。"图形"是一个格式塔，是突出的实体，是我们知觉到的事物；背景则是尚未分化的、衬托图形的东西。人们在观看某一个客体时，总是在未分化的背景中看到图形。说明这种现象的一个经典例子是图 5.1.2 所示的图形与背景交替图（或称"卢宾之壶"），当你注意白色部分时，图形是一只高脚酒杯，黑色部分成了背景；而当你注意黑色部分时，图形则是双人侧面像，白色部分便成了背景。由此可见，把一个完整的图形分解成各个组成部分是可以的，但是最重要的是要了解部分与整体之间的关系。

3. 完形是人类活动中对物理结构的一种视觉上的感知判断而形成的一种心理结构

它不完全是客体的性质，也不完全是心理幻觉，而是客体经过知觉活动组织成的整体，是客观的刺激物在主体知觉活动中呈现出来的式样。

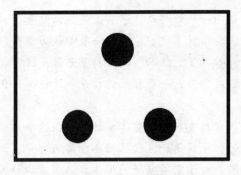 

图 5.1.1　三角形取决于三个黑点的组合方式，　　　图 5.1.2　图形与背景交替图
　　　　　而不是三个黑点本身

人们在观看的时候，物体内在的物理结构使人通过视觉形成了一种和谐一体的心理结构。完形是"看"的过程中，主客观相互作用所得之形，如图 5.1.3 所示，它们看上去好像是完全没有意义的一些不规则的黑点。但是，如果把它颠倒过来一看，可能会突然明白它是什么，就好像事情都到位了。原来无意义的一组东西被知觉重组后，便有了意义。

尽管图 5.1.3 是由一些不规则的黑点所组成，但是如果把它颠倒过来后，仍能识别出它的结构。

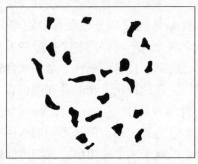

图 5.1.3　不规则黑点

4. 完形在它的大小、方位等发生改变的时候，仍然保持整体性和功能不变，具有变调性。

比如，一首曲子，可以用不同的乐器和调式来演奏；一幅摄影作品，可以放大到 5 英寸，也可以放大到 16 英寸，可以冲印，也可以打印，可以整体调薄一些，也可以加厚一些。

（二）格式塔是一个力的结构，具有表现性

完形有组织地追求一种平衡，运动都围绕着平衡进行。完形有中心、有边缘、有重心、有倾向，有主次、有虚实、有对比。完形的平衡是力的平衡、动态的平衡、活的平衡。力的运动和平衡是格式塔心理学的两大基石。表现是完形过程中固有的特征，造成表现性的基础是力的结构，因为外在宇宙与人的心灵宇宙具有异质同构的性质。

（三）格式塔从客体方面讲是结构，从主体方面讲是组织

格式塔的活动有两个原则：简化与张力。简化就是以尽量少的特征、样式，把复杂的材料组织成有秩序的力的骨架。简化以分层、分类、忽略等多种形式，走向知觉上的动态平衡，动态平衡的基础在于张力。点、线、面的结合，色彩的对比、过渡，其中蕴涵着内在的"倾向性的张力"。一幅平面作品是静态的，但是我们能够感觉到其中各个部分之间内在的紧张运动，比如草原上一棵树的向上生长、大海边惊涛拍岸的力量等。

二、格式塔与信息量

20 世纪中叶，美国数学家 R·A 费雪、C·E·香侬等建立的信息论，把不熟悉的视觉信息成分作为知觉识别时的决定因素加以量化的测量（用"位"来表示），称之为信息值。图形的信息值取决于诸视觉成分的复杂程度和新颖值（熟悉的视觉成分与陌生的视觉成分的比值），图 5.1.4 为信息成分与信息值关系示意图。格式塔知觉心理学在形式上分析了知觉系统认知图像的方式，但是这种方式只适用于各个熟悉的视觉成分在大脑组成整体被认知的视觉过程，格式塔心理学的规律适应信息论熟悉的视觉部分，而不熟悉的视觉成分被认知的视觉过程并不遵守格式塔知觉心理学规律。这一点对平面图像符号的设计十分重要，因为以往人们很少从学习者角度去评价作品的信息量。从图 5.1.4 中可以得出这样的结论：画面视觉成分缺乏新颖或过多的新颖都会招致学习者的排斥。这是因为学习者对于司空见惯的画面会趣味索然，而对于视觉成分太陌生的画面会难以理解。在这两种情况下，画面的信息值都是最低的，只有画面视觉成分既熟悉又新颖，信息值才会最高。用信息值来评价平面图像符号的设计具有实际的指导意义。

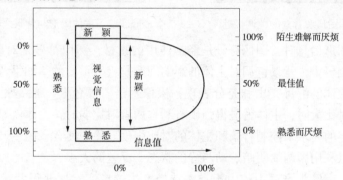

图 5.1.4　信息成分与信息值关系

第二节　格式塔与平面图像信息的认知设计

格式塔知觉心理学从图像的视觉结构分析入手建立构图的画面形式结构原则。随着计算机技术、多媒体技术、电子网络技术的进步，各种软件界面包括网络中的图片也可以做成格式塔，成为一件艺术品。

（一）图形与基底（背景）的认知设计

格式塔心理学分析了支配图形、基底（背景）与知觉系统相关的因素，为我们设计平面图形提供了很好的依据。

1. 图形与背景（基底）必须形成鲜明的对比，图形才能被认知。

人的知觉追求简单清晰和有规律秩序的影像。在客观世界中像剪影那样简单清晰的影像并不多见，大量存在的是图形与背景相互重叠、遮蔽的影像，而且可能由于景物中相似的视觉成分过多或技术再现手段的不足使图形与背景根本不能区分，从而使图形不能很好地被感知。在这里格式塔心理学引进了一个视觉场的评价方式：借用声学上信号/噪声比的概念，来解释图形被干扰"噪声"淹没的程度。那就是噪声水平越低，信息传递越清晰，图形与背景的的对比越明显，如图 5.2.1、图 5.2.2 所示是关于机械课程方面的机械图，展示的是同一个机械零件的基本结构。从图 5.2.1 所展示的部件结构图中可以看出，由于主体图形和背景的色调接近，图形的一些轮廓特征可能淹没在背景中，既不能突出，又会使自己的含义模糊不清，如果不经过说明，恐怕是使人难以明了。而图 5.2.2 大概不用再诉诸文字或语言，单凭形象本身就能说明问题，因为当主体图形与背景之间有了色调差别后，主体图形的轮廓特征呈现无遗。可见只有当图形与背景形成鲜明的对比时，才能体现平面视觉图像的形象性、直观性和富有表现力的优势。

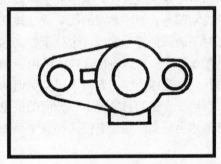 

图 5.2.1　主体图形和背景的色调接近　　　　图 5.2.2　主体图形与背景之间色调有差别

在设计平面图形信息时，图像符号是经常使用的素材，图像符号是对事物的拍摄模拟。在摄影、摄像等拍摄中，背景色调对主体的影响问题是极为重要的。如果背景色调过于接近主体，就不利于主体的醒目突出和充分表现，摄像术语"靠色"一般是犯忌的。正常情况下，主体与背景对比大时，主体就显得强硬有利；两者对比弱时，主体就显得柔和单薄。构图时可以根据内容的要求来控制背景和主体的对比强度。除了使背景的色调和主体的色调形成对比外，还可以利用影调的明暗、动与静的状态、反差的大小、色彩的冷暖、以及面积数量方面的对比，还有镜头语言中的由于景深选择产生的虚实对比获得背景和主体的适当分离，在发虚的背景中，实的主体轮廓特征能得到充分的呈现，图 5.2.3 所示的教学模型聚在一起易分散注意力且重点不明显。如果对其中某一形体对焦后运用短景深拍摄，则可以使该形体从较模糊的其他形体中突出出来。摄像时，则可以根据需要来变换对焦点。如讲正方体时使正方体突出出来，而讲到长方体时则使长方体显得清晰醒目。这就有利于学习者的视觉和注意力跟教学内容和进程保持一致，从而加强记忆、加深理解。

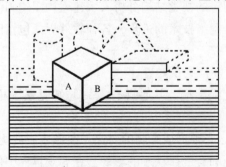

图 5.2.3　虚实对比突出主体

基于格式塔知觉心理学对图形与基底关系原理的认识，图形与基底、主体与环境的分离程度已成为评价平面图像符号结构优劣的一条公认的基本标准。

2. 只有图形的面积小于背景的面积，图形才能被很好地感知。

图形或图像被认知的过程不仅取决于良好的图形与背景的关系，还取决于两者的面积对比，且图形面积一般比背景面积小，如图 5.2.4、图 5.2.5 所示，人们在观察图形与图像时，知觉系统本能地选择面积小的看做图形，面积大的看做背景。如果图形面积大于背景面积，在知觉上可能产生图形与背景的"颠倒"或"反转"，即背景也可以被认做图形，图形也可以被认知为背景。在没有组成图形的法则参与下，两种机会几乎均等，如前图 5.1.2 所示的"卢宾之壶"，这种情况在多媒体界面设计、平面图形图像符号设计的过程中是应该避免的。因为模棱两可的图形与背景的关系，在视觉上虽然有某种可供玩味的吸引力，但却妨碍了人们的知觉系统从环境中很快辨认出图形或主体的能力，从而影响了图像信息的传达。

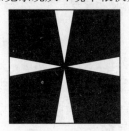

图 5.2.4　白色部分被看做图形　　　　　图 5.2.5　黑色部分被看做图形

格式塔心理学的"完形"对平面视觉图形图像的认知设计有着很重要的指导意义。它要求设计者在追求以面积对比突出图形或从环境中突出主体时要掌握一定的度，否则会适得其反。知觉过程具有这种以量变到质变的辨证关系，使平面视觉图形信息认知设计中与对比有关的似乎难以揣摸的现象得到了解释。

（二）两维平面上图像立体感的认知设计

格式塔知觉心理学分析了在两维平面上认知影像立体感的要素。在观看电视、电影、绘画、照片等二维平面影像时，人的知觉系统不可能再现这个影像负载着的真实客观立体场景，只是经历了虚假的三维立体效果，这种立体效果并不来自人双眼的立体视觉，人双眼的立体视觉只是强化了这种立体效果，这种立体效果来自透视和视角教育程度与文化背景。

透视再现人知觉系统的历假性立体视觉，成为平面图像符号传达信息和现实主义平面视觉艺术依赖的视觉生理学基础和知觉心理学基础。当然透视法并不真实，它只是一种深度错觉而已。

在平面构图中，透视有着较重要的作用。它能在两维平面上表现出三度空间感，使画面的空间表现符合人的空间知觉经验而具有真实性效果。由于人眼中处于各个距离、方向上的物体不是平行的，导致画面上的影像近大远小（如图 5.2.6 所示）及其变形，形成空间透视效果。

在进行平面视觉图像符号设计时，可以充分利用各种手段，帮助建立画面上正确的透视关系。对于摄影与摄像构图来讲，在点与线结构层面上形成的汇聚、面结构上的重叠、形结构层面上的节奏、像结构层面上的对比、像组的秩序，都是形成和强化历假性立体效果的基本手段，如图 5.2.7 所示的画面，最近电线杆和最远的电线杆有着较大的长短变化，从而加强了空间感。而图 5.2.8 中最近电线杆和最远的电线杆长短变化不大，画面的空间感相对较弱。

　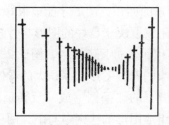　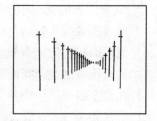

图 5.2.6　影像近大远小形成透视　　　图 5.2.7　画面的空间感较强　　　图 5.2.8　画面的空间感较弱

平面视觉图像的透视主要是靠线条和色调形成的，这样我们在设计平面视觉图像时，要善于把人们对现实生活中的视觉透视规律强调出来，主观加强线条透视，以便于更好地表达人们对于空间的感受。

平面视觉图像历假性立体再现，依赖于透视规则及相关文化背景，需要经过学习才能认识和掌握。从孩童时代的涂鸦和幼稚画中，可以发现还未体现这种透视元素，显然透视能力并不是人的知觉本能。中国古代绘画艺术中形成的"远近"法则也是一种透视法则，如北宋张泽端的《清明上河图》（如图 5.2.9 所示）、清初王翚的《南巡图》中，透视带来了身临其境的感觉，这对于平面视觉图像的设计具有直接的指导意义。

图 5.2.9　清明上河图

第三节　格式塔视觉组织原则

在一个格式塔即一个单一视场，或单一的参照系内，眼睛的能力只能接受少数几个不相关联的整体单位。这种能力的强弱取决于这些整体单位的不同与相似，以及它们之间的相关位置。从格式塔心理学的观点中可以看出：人们总是先看到整体，然后再去关注局部。人们对事物的整体感受不等于局部感受的相加。视觉系统总是在不断地试图在感官上将图形闭合。在一个格式塔中，通常存在以下视觉关系：和谐、变化、冲突、混乱。

一、相似性原则

相似性原则是指相似的部分容易组成整体。在刺激情境中有多种刺激物同时存在时，各刺激物之间在大小、形状、颜色等特征上有相似之处，在知觉上倾向于将它们感知为一个整体。在如图 5.3.1 所示的方阵中，圆形和三角形在形状上完全不同。因此，我们看到的是三列圆形和两列三角形，而不是三排形状不同的图形，这一原则在大型文艺体育活动的方阵排列中，常被用来组成各种图案和文字。在图 5.3.2 中，由于圆形的颜色不同，我们会将一行黑白混合的圆形感知为四个小部分。

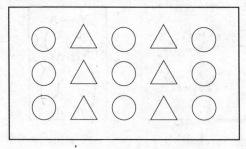

图 5.3.1　不同图形相似性

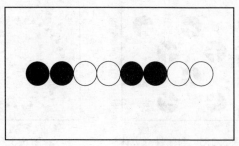

图 5.3.2　不同颜色相似性

二、接近性原则

接近性原则又称"邻近性原则"，是指在其他条件相同时，空间上相互接近的各个刺激物，容易被感知为一个整体，即图形。也可以说某些距离较短或互相接近的部分，容易组成整体，如图 5.3.3 所示的方阵中，看到左侧是由三行四列五角星组成的长方形，看到右侧是由三行三列五角星组成的正方形。在图 5.3.4 中，我们会感知为以两个实心圆为一组所组成的三个整体，而不是由一行实心圆组成的方阵。

因此，当情境中刺激物的特征并不十分清楚，甚至在各刺激物间找不出足以辨别的特征时，人们更倾向于按刺激物间的距离来感知它们，从而获得有意义的或合乎逻辑的知觉经验。

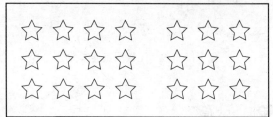

图 5.3.3　五角星方阵接近性

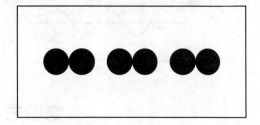

图 5.3.4　实心圆接近性

三、闭合性原则

闭合性原则是指对于刺激情境中不完全的、封闭的刺激物，在知觉上倾向于将它充满、完善。这是过去经验对当前知觉作用的一种表现，也就是说当部分刺激物作用于人的感官时，人脑中存储的信息能够补充该事物的其他部分刺激的信息，从而产生一个完整的图形。完整和闭合倾向在所有感觉道中都起作用，它为知觉图形提供完善的定界、对称和形式。

在图 5.3.5 中，仔细观察这个由一些不规则的黑色碎片和一些只有部分连接的白色线条组成的形象，会觉得那像是一个白色六边形和一些黑色圆盘，又似乎是一个白色的立方体，而这个立方体的每一个拐角上有一个黑色圆盘。尽管在实际的图形中可能根本不存在八个黑色圆盘和一个白色立方体，但在观察者的知觉经验中却是存在的。

在图 5.3.6 中，我们看到的是左边是由无数个点构成的圆，右边是由无数个点构成的椭圆，而不是杂乱无章的无数个点。

　　如图 5.3.7 所示，虽然此图是由不规则的线段和轮廓断续而不完整地组成的，但是在观察时仍然能够一眼就看出它是一个猫头鹰的形象，而不会被视为其他分别独立的线条或圆圈。

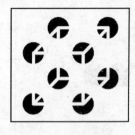 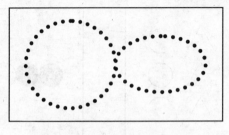 

　　图 5.3.5　封闭性立方体　　　　　图 5.3.6　封闭性圆与椭圆　　　　　图 5.3.7　封闭性猫头鹰

四、连续性原则

　　所谓连续性原则，是与上述闭合性原则较为相似的一个图形知觉原则，指视野中比较平滑并且具有良好连接的成分容易组成图形。它主要是指视觉对象内在的、好的连贯性。在观察图 5.3.8 时，人们通常会把它看成是一条直线和一条曲线相交汇而成，而不是多个连续的弧形与一横线构成。在观察图 5.3.9 时，图形的良好连续压倒了图形的相似性，连续的圆点由于良好地连接组合在一起，看起来像一条由无数点组成的曲线，而不是无数杂乱的点。

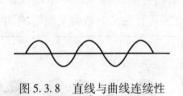

　　图 5.3.8　直线与曲线连续性　　　　　　　　　图 5.3.9　无数圆点连续性

第四节　轮　　廓

一、轮廓

　　轮廓是指构成任何一个形状的边界线或外形线。

　　1865 年，奥地利物理学家和哲学家马赫指出：轮廓是在亮度不同的区域之间有一明显的变化，即由明度级差比较突然的变化而形成的，渐变的级差在任何地方都不构成轮廓。例如，在可见光谱上波长从 780 毫微米到 380 毫微米逐渐减少。引起赤、橙、黄、绿、青、蓝、紫的不同色觉，但是，由于波长的变化是渐进的，因此，我们在各颜色之间看不到一个明显的轮廓线或外界线。

　　在图形中，轮廓代表了图形与背景的一个临界面，它是在视野中邻近的成分出现明度或颜色变化时出现的。轮廓的作用可以用图 5.4.1 睡猫图来说明。图中这只睡猫是由若干个线条组成的。线条内外明度相同。但是由于组成边界的黑色线段产生了明度的突然变化，因而使画面从白纸上分离出来。但是，在一定条件下，即使在明度、颜色都没有发生任何变化的一片同质的视野中也能看到清晰的轮廓。

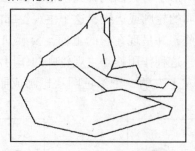

图 5.4.1　睡猫轮廓图

二、轮廓与形状

1915 年，鲁宾（Rubin）用实验研究了轮廓与形状的关系，指出当人们注意图形的形状时，倾向于固定地看某一部分，但当注意轮廓时，是把轮廓看成了一条要追踪的路线，从轮廓到形状有一个形状构成"过程"。此外，当视野由轮廓分为图形与背景时，虽然图形与背景具有共同的轮廓线，但轮廓只对图形发生影响，给图形构成了形状，而背景似乎没有形状，也就是说轮廓一般是向内部而不是向外部发挥构成形状作用的。因此，轮廓对于形状非常重要，但是轮廓并不等于形状。

三、主观轮廓

主观轮廓也叫错觉轮廓，是指在没有直接刺激作用的情况下而产生的轮廓。

由于轮廓是指构成任何一个形状的边界线或外形线，因此就要求其具有突然变化的明度之差。但有时候在没有明显的颜色、明度变化的情况下，在一片同质的视野中也能看到清晰的轮廓，这时看到的轮廓称为主观轮廓。

如图 5.4.2 中的线段相交叉的附近区域可以看到实际不存在的白色圆，这个被知觉到的圆看上去比周围的白色区域还要白一些。

图 5.4.3 是 1904 年休曼提出的一个经典性的主观轮廓图，在该轮廓图中人们普遍地在两个半圆形之间看到一个白色正方形。其实这个正方形并没有显见的轮廓线，它好像是在一个黑色椭圆形的上面，这个白色的正方形的轮廓是人们主观添加的，即主观轮廓。当人们把各个部分知觉为一个整体时，这个整体便具有新的、并且各个部分都没有的意义。这就意味着整体不是各个部分的简单堆积，而是被人们赋予了某种新的意义。

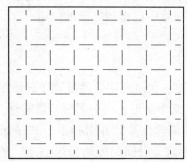

图 5.4.2　线段交叉处可以看到白色圆

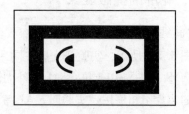

图 5.4.3　休曼经典主观轮廓图

图 5.4.4 是 1976 年卡倪扎提出的一个著名的主观轮廓的标准图。三个有缺口的黑色圆和夹在其中的三个折线组成的图形中，人们能看到白色的倒立三角形。人们在三个有缺口的黑色圆之间似乎可以看到一个弱的轮廓或边缘，这个主观轮廓向内形成的三角形看起来比明度相等的另一个三角形还要亮些，并呈现在它的上面。要感知出这个不存在的倒立三角形，就必须颠倒图形与背景的关系，这种作用就是主观轮廓的作用。

三个有缺口的黑色圆，当左上方的一个黑色圆缺口画成曲线时，主观轮廓也变成了曲线，如图 5.4.5 所示。

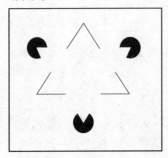

图 5.4.4　卡倪扎主观经典轮廓图　　　　　图 5.4.5　主观轮廓图

在图 5.4.6 中浮出了白色的洋梨形状。在图 5.4.7 中也能看到主观轮廓。

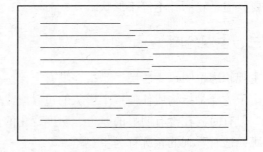

图 5.4.6　白色的洋梨主观轮廓　　　　　图 5.4.7　弧形主观轮廓

关于主观轮廓的形成，有不同的解释。卡倪扎在 1976 年对主观轮廓加以解释时指出，视野中有某些不完整因素的出现乃是主观轮廓形成的必要条件，视觉系统具有对某些不完整因素的图形加以完整，变为简单稳定正规图形的倾向。根据这种倾向人们做出某种假设，就产生了主观轮廓的知觉。还有一些学者从认知方面对主观轮廓加以解释，认为它是在一定感觉信息的基础上进行知觉假设的结果。主观图形知觉表象将所有的部分整合在一起，就能圆满地解释以下两点：各个部分都不完整，但各部分又是相互对准的。关于主观轮廓的现象和原理在现代利用计算机进行图象的场面分析和机器人视觉中已得到广泛的应用。

四、轮廓的掩蔽现象

心理学家沃那对图形轮廓做了深入细致的实验研究。在研究中，他发现了轮廓的掩蔽现象，如图 5.4.8 所示，实验是先后在同一个地方呈现了两个图形，一个图形是黑圆盘，另一个是黑色圆环。A1 与 B1 同心，A1 的外周恰好与 B1 的内周重合；A2 的外径小于 B2 的内径，两个圆形的边界不相连接。实验时，A1 与 B1 相继反复呈现，时间间隔约为 0.03 秒。在这种情况下，观察者只看见 B1，而看不见 A1。沃那用同样的方法相继呈现 A2 和 B2 两个图形，这时被试就会先看到 A2，后看到 B2。显然这是因为 A2 的外径与 B2 的内径存在差异所致。如果 A1 有另一个内周边轮廓，或者 A1 的光照高于 B1 的光照，其周边知觉也不会被 B1 所干扰。

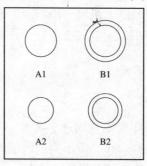

图 5.4.8　图形轮廓的作用

从上面的实验结果分析，沃那认为，呈现图形刺激时，人不能马上知觉到图形的周边。图形周边的知觉有一个发展过程，这个过程需要一定的时间，当以瞬间间隔先后呈现图形 A1 和 B1 的时候，对 A1 周边的知觉正在形成还未完善的时候，B1 就出现了，而且对 B1 周边的知觉这时又开始发展，于是 A1 周边知觉的发展过程便被"吸收"到 B1 周边知觉的形成过程中，所以被试者只能看见 B1 而看不到 A1。

因为图形周边模糊，使视网膜细胞所感受到的刺激变化较小，相应地神经活动减弱，而导致图形知觉的弱化和消失。心理学研究表明，图形的周边清晰与否会直接影响到图形知觉的形成。对于一个周边模糊的图形来说，就很容易从观察者视野中消失，而且消失程度随周边模糊程度的增加而加剧，这就是轮廓的掩蔽现象。

第五节　马赫带现象

一、马赫带现象

当某个形状被确认为对象时，人们就可以在边界处知觉到轮廓。从图 5.5.1 中可以看出，在明暗变化的边界，常常在亮区看到一条更亮的光带，而在暗区看到一条更暗的线条。这就是马赫带现象，马赫带现象不是由于刺激能量的分布，而是由于神经网络对视觉信息进行加工的结果。经生理解剖实验表明，引起马赫带现象的生理基础是侧抑制现象。侧抑制是指视网膜中的神经细胞受到光刺激而引起兴奋的同时，抑制和它邻近的其他神经细胞的兴奋。当人们同时看明暗相间的区域时，明亮区域对感受细胞的刺激比黑暗区域的刺激强得多，明亮区域的强刺激会抑制与黑暗区域相对应的感受细胞的反应，这就加强了对明暗交界处的反应差异，从而产生暗区更暗、亮区更亮的马赫带现象。

图 5.5.1　马赫带现象

马赫带现象是感觉对比的一个突出的例子，如图 5.5.1 所示。感觉对比是指感受器的不同部位接受不同的刺激，对某个部位的强刺激会抑制其他临近部位的反应，不同部位的反应差别被强加的现象。感觉对比有同时对比和先后对比两种。比如马赫带现象就属于同时对比。日本人在吃西瓜时愿意先在表面涂一些食盐，他们认为这样可以增加西瓜的甜味。

在中国传统的水墨山水中，在画纸上渲染一圈淡淡的阴影，立刻就出现了一轮皎洁的明月。而实际上，画上月亮的亮度与稍远一些的夜空是一样的。这也是马赫带现象，它是利用了我们眼睛的侧抑制效果。

二、马赫带的实验过程

马赫带（Mach band）是 1868 年奥地利物理学家 E. 马赫发现的一种明度对比现象。它是一种主观的边缘对比效应。当观察两块亮度不同的区域时，边界处亮度对比加强，使轮廓表现得特别明显。例如，将一个星形白纸片贴在一个较大的黑色圆盘上，再将圆盘放在色轮上，再将圆盘放在色轮上快速旋转。可看到一个全黑的外圈和一个全白的内圈，以及一个由星形各角所形成的不同明度灰色渐变的中间地段。而且还可看到，在圆盘黑圈的内边界上，有一个窄而特别黑的环。由于不同区域亮度的相互作用而产生明暗边界处的对比，使我们更好地形成轮廓知觉。这种在图形轮廓部分发生的主观明度对比加强的现象，称为边缘对比效应。边缘对比效应总是发生在亮度变化最大的边界区域。

三、侧抑制

经生物解剖实验研究表明，引起马赫带现象的生理基础是侧抑制现象。侧抑制是指在视网膜中的神经细胞之间发生的生理学过程。在这个神经细胞受到光刺激而引起兴奋的同时，抑制和它相邻的其他神经细胞的兴奋。

当光作用于视觉感受器时，视觉器官借助于环能作用将光能转换成视神经的神经冲动，即神经电信号。这种神经电信号经过双极细胞传至神经节细胞，由此发出兴奋性神经冲动，与此同时相邻近的神经节细胞发出抑制兴奋的信息。

同样，受到不同明度的光刺激的神经细胞的临近神经细胞，由于受到侧抑制作用，兴奋差距逐渐扩大。因此，人们所知觉到的明度差异更大，从而轮廓看来更明显一些。

当人同时看明暗相间的区域时，明亮区域对感受细胞的刺激比黑暗区域的刺激强得多，明亮区域的强刺激会抑制与黑暗区域相对应的感受细胞的反应，这就加强了对明暗交界处的反应差异。

四、赫尔曼格子

侧抑制起到加强明度差异的作用。一方面它可以使轮廓更加清晰，另一方面它又是引起错觉的原因。在侧抑制引起的错觉现象中具有代表性的是赫尔曼格子。

图 5.5.2 就是赫尔曼格子的示意图。它是由白色背景下横竖并排的黑色正方形组成。当注视这个图形一段时间以后，可以在夹叉处的白色格子中看到灰色斑点。但是，当你把注意力集中在某一个交叉部分，这时先前知觉到的灰色斑点就会消失并恢复为白色。实际上，交叉处的"灰色（白色）"斑点和其他部分的白色物理特性是完全相同的。我们在赫尔曼格子中看到的灰色斑点只不过是错觉现象而已。

这种赫尔曼格子也可以用侧抑制来加以说明。如图 5.5.3 所示，赫尔曼格子的通路的中央部分被来自左右两侧的白色区域和上下两侧的黑色正方形所包围，而交叉着的十字部分被来自上下左右四个方面的白色区域包围着。由于负责白色区域的神经节细胞抑制邻近的神经节细胞的活动，因此，交叉部分比通路部分所受到的来自白色区域的抑制更多。其结果是，负责交叉部分的神经节细胞的最终输出也有所减少，以致这些区域显得比其他白色部分（通道部分）更加暗淡一些。

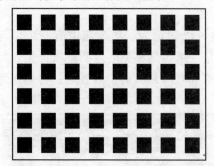

图 5.5.2　赫尔曼格子

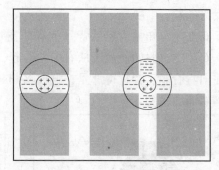

图 5.5.3　侧抑制引起赫尔曼格子的错觉现象

如图 5.5.4 所示是斯普林格的线段，在保持一定间隔的黑色小四方形组成的这幅图案中，隐约看到一条相互交叉的浅灰色的斜线。

如图 5.5.5 所示是赫林格子，它是把赫尔曼格子的黑白颠倒过来而成的。在这个赫林格子中的黑色格子交叉部分可以看到白色的圆。

图 5.5.4　斯普林格的线段

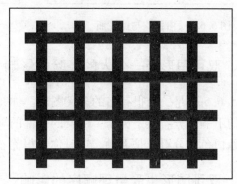

图 5.5.5　赫林格子

第六节　双可图形

一、双可图形

尽管心理学家提出了很多区分图形和背景的原则，但还是有一些刺激的组合未明确显示出形象与背景的关系。有些图形，知觉的对象与背景的关系互相转化，最初看成是对象的部分转化为背景，而最初看成是背景的部分转化为对象，再过一段时间对象和背景再一次反转过来，周而复始。这种图形叫做"双可图形"或"反转图形"。

图 5.1.2 "鲁宾的花瓶"是著名的两可图形，从图中可以发现，如果我们把图形中的白色部分看成是知觉的对象，那么知觉到的就是黑色背景下的白色花瓶，相反，如果我们把图形中的黑色部分看成是知觉对象，那么知觉到的就是白色背景下的两个侧面人头。如果知觉

的对象和背景都具有同等程度的意义，那么这种所谓的对象和背景就会交互出现。

　　在"鲁宾的花瓶"中，从客观上讲把它知觉为花瓶还是两个侧面的人头的比例应该是相同的。根据鲁宾的解释，由于过去的经验、记忆、期待的影响而表现出一定的倾向。鲁宾认为，一个口干舌燥的人更容易把它看成是瓶子，而对异性抱有很大关心的男性更容易把它看成是女人的脸。

　　图 5.6.1 既可知觉为黑色背景上有两支白莲花，也可以知觉为一簇莲花中有一个黑花瓶。图 5.6.2 中，假如使视线从右向左看起，会觉得那是一群黑鸟离巢的黎明景象；假如使视线从左向右看起，会觉得那是一群白鸟归林的黄昏；假如视线从画的中间看起，会感觉到忽而黑鸟忽而白鸟的知觉经验。

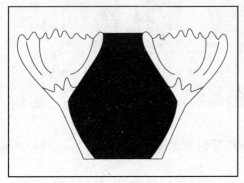

图 5.6.1　白莲花与黑花瓶

图 5.6.2　黎明与黄昏

二、双可图形受一个人的经验的影响

　　图 5.6.5 也是一个很有名的多义图形。你在图中看到的是一位侧着脸的年轻少女。如果把少女的下颚部分看成是鼻子，少女的颈部的项链看成是微闭着的双唇，藏在少女胸前的毛皮大衣处白色部分看成是下颚，这时你觉得你看到的是一位老夫人。

三、双可图形也受呈现顺序的影响

　　如果在看图 5.6.5 之前，先给你看图 5.6.3（一名少女），那么你更容易把图 5.6.5 看成是少女；如果在看图 5.6.5 之前，先给你看图 5.6.4（一名老夫人），那么你更容易把图 5.6.5 看成是老夫人。

图 5.6.3　一名少女

图 5.6.4　一名老夫人

图 5.6.5　双可图形

图 5.6.6 中画有一系列的图形，从男性的脸（左上角）到侧着头的女性（右下角），依次起着微妙的变化。有两种不同的提示：

（1）要求从左上角的男性的脸开始依次看过，到右下角为止。

（2）要求从右下角的侧着头的女性开始依次看过，到左上角为止。其结果是在第一种指示下一直是男性的脸；而在第二种指示下看到的一直是侧着头的女性。

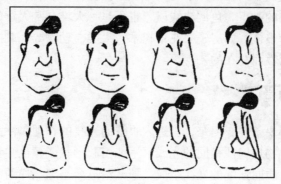

图 5.6.6　男性的脸和侧着头的女人

图 5.6.8 也是一张双可图形，既可以看成一张妇女的面孔，也可以看成一位萨克斯手。图 5.6.7 被看成是一位萨克斯手，而图 5.6.9 容易被看成一位妇女的面孔。如果先看图 5.6.7，再看图 5.6.8，那么你容易把图 5.6.8 看成是妇女的面孔。可见，发生在前面的知觉直接影响到后来的知觉，产生了对后续知觉的准备状态，这种现象叫做知觉定势。

图 5.6.7　萨克斯手

图 5.6.8　双可图形

图 5.6.9　妇女的面孔

从上面的图片可以看出，图形—背景的转换是自动的，不需要意识的干预。当我们认定何者为形象时，形象与背景的相对关系，便会在我们的知觉上产生心理作用：形象部分突出，向我们接近；背景部分后退，向我们远离。

第七节　知觉图形与背景

一、知觉的形成

人的知觉是在感觉的基础上形成的，是人脑对客观事物整体属性的反映，它总是受到人们经验的影响。

让我们想象一下，透过照相机的镜头观察依山傍水的某个城镇的情景。对这样一个景象，视觉接受过程的标准方式是怎样的呢？首先察觉到物体的存在；这些感觉为你知觉这个小镇提供必要的细节。根据这个过程，知觉是对我们感觉到的事物的解释和再认知。也就是说，知觉是以感觉为基础，但它又不是个别感觉信息的简单相加。

在日常生活中，我们不仅要认识事物的个别属性，而且也要认识事物的整体。我们日常生活中看到的不是个别的光点、色调或线段，也不是一大堆杂乱无章的刺激特性，而是由这些特性组成的有结构的整体，如房子、花草树木、人类、动物等。刺激物的个别属性总是作为一定的事物或对象属性而存在的。

二、如何引起知觉

光是视觉产生的必要条件。但是，当进入眼睛的光线的物理属性完全相同时，人们是什么也看不到的，也就说物理属性相同的光线下不能引起形状或颜色知觉。

如果整个视野是由质同强度的光线组成，那么情形会是怎么样的呢？有一种比较简单的方法，即把分成两半的乒乓球像眼罩一样罩在眼睛上，并观察明处。这时，乒乓球的白色假象起到扩散外界的光线的作用，作为同样的光线刺激眼睛。这种状态下全视野接受的刺激均相同。

全视野刺激相同的状态就像被雾笼罩着一样定位不精确，因此知觉到的是无平面的空间。这种状态持续一段时间以后，由于眼睛产生疲劳，因此眼前一片昏暗。即使眼罩外侧的光线从白色改为蓝色或红色，虽然在最初的一段时间可以感觉到颜色，但是，数分钟后，这种感觉就会消失，知觉到的是如同黑云密布一样的感觉。也就是说，随着时间的推移，颜色知觉也消失。

但是，如果设计一个明度不同的区域，那么迷雾笼罩一样的状态就会减少一些，也能从中知觉到距离感。

三、知觉的过程

知觉的过程是从"背景"中分离出"图形"的过程。在具有一定配置的场内，有些对象突现出来形成图形，有些对象退居到衬托地位而成为背景。一般说来，图形与背景的区分度越大，图形就越容易突出而成为我们的知觉对象。例如，我们在寂静中比较容易听到清脆的钟声，在绿叶中比较容易发现红花。反之，图形与背景的区分度越小，就越是难以把图形与背景分开，军事上的伪装便是如此。要使图形成为知觉的对象，不仅要具备突出的特点，而且应具有明确的轮廓，即同时具备明暗度和统一性。需要指出的是，这些特征不是物理刺激物的特性，而是心理场的特性。一个物体，例如一块冰，就物理意义而言，具有轮廓、硬度、高度，以及其他一些特性，但如果此物没有成为注意的中心，它就不会成为图形，而只能成为背景，从而在观察者的心理场内缺乏轮廓、硬度、高度等。一旦它成为观察者的注意中心，便又成为图形，呈现出轮廓、硬度、高度等。

当我们观察任何分化了的视域各部分时，几乎常常会看到有一部分与众不同地从其余的部分中突出出来形成图形，其余部分则沦为背景。图形的区域和背景的区域给人们的印象是不一样的。对此，心理学家鲁宾作了如下的分析。

1. 对象所在的区域看上去有形状，而背景所在的区域则看上去没有什么形状。即图形有形状，而背景似乎没有形状。同时，人们总是给对象所在的区域赋予某种新的含义。

2. 图形和背景的临界线总是被知觉为图形的轮廓，就好像从一开始这个临界线就是属于图形区域的一部分一样。

3. 背景似乎是在图形的背后，并且连续伸展而不被图形所中断。

4. 图形所在的区域具有物体的性质，而背景既没有性质又没有形状。

5. 图形与背景相比显得结构丰富多样、颜色鲜明，而且密度也高。

6. 图形显得离观察者近一些，倾向于在前面，而背景显得离观察者远一些，倾向于在后面。

7. 图形比背景显得更具有一定的意义，容易引起观察者的兴趣。

四、知觉的整体性

知觉的整合作用离不开组成整体的个别成分的特点。人的知觉系统具有把个别属性或个别部分综合成为整体的能力，如图5.7.1所示，尽管这些黑点没有用线段连接起来，但仍能看到一个三角形和一个长方形。在这里，我们的知觉系统把视野中的个别成分综合成一个有组织的整体结构。但是，点子的数量不同，空间分布情况不同，我们知觉到的几何形状也不同。

人们对个别成分（或部分）的知觉，还依赖于事物的整体特性，如图5.7.2所示，同样一个图形"13"，当它处在数字序列中时，我们把它看成数字"13"；当它处在字母顺序中时，我们就把它看成"B"。

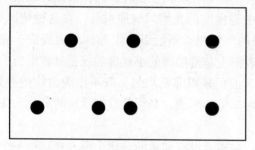

图5.7.1 黑点形成三角形和长方形

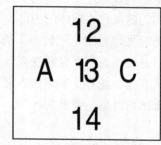

图5.7.2 知觉依赖于事物的整体特性

人们对整体的知觉还可能优先于对个别成分的知觉。我们参加一个展览会，首先是对整个展览厅有一个整体的印象，然后才会注意它的各个细节，如参展的单位有哪些、各自的参展作品有什么特点等。心理学家勒温曾做过一项实验：给被试者瞬间呈现一个由许多小字母组成的大字母，如图5.7.3所示，如由无数个小字母"H"和"S"组成的大字母"H"或大字母"S"，并报告看到是什么时，发现人们对整体特征比对局部特征更敏感。显然，人们在提取事物的细节信息之前对事物的整体已经有了粗略的了解。

人们对知觉的整体性依赖于个体的知识经验。一个不熟悉外文单词的人对单词的知觉只能是一个字母、一个字母地进行；相反，一个熟悉外文单词的人，就可以把每个单词都知觉为一个整体。

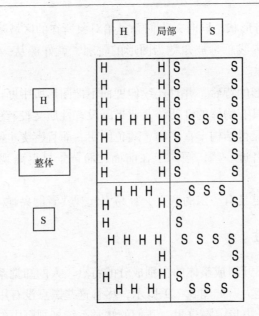

图 5.7.3　对整体的知觉优于对个别成分的知觉

五、知觉域的分化

知觉域的分化是图形与背景分化的先决条件。

心理学家们曾做过一个均匀空白视野的实验。他们在实验中发现，当让被试者观察一个内面漆成均匀的灰色半球体的内部，并用一个中等强度的光均匀地照射着，在这种情况下，被试者仅能看见均匀的光"轻雾"弥漫在无限的空间里，不能看出半球体的内表面，完全没有知觉的分化；当照度显著变亮以至半球内表面上非常细微的小点接近视觉分辨能力的阈限时，被试者报告能看见半球内表面了，但内表面仍显得非常均匀，看不出刺激物的差别，因而也就无所谓对象与背景的区分。可见，图形知觉的形成，必须要以知觉域的分化为先决条件。

因此，如果外界环境的刺激是完全均匀的，根本就没有知觉的分化，那么在这样一个知觉域中就没有被知觉的对象，甚至没有可辨别的区域，也就不可能产生图形。

六、同化—对比

同化—对比是图形知觉的必要条件。

如果在一片同质的视野中存在不同质的区域，那么这个区域就可以从同质的区域中独立出来，并知觉为具有某种共性的物体。这种现象叫做"同化—对比"，它是图形成立的最基本条件。"同化—对比"由同质的部分相集中的"同化"和与周围不同质的部分相分离的"对比"这两部分组成。也就是说，根据"同化—对比"原理形成"图形"的时候，在作为某种图形集中了的区域内，是同化在起作用，而在作为某种图形分离了的周围，是对比在起作用。

知觉域的分化是区分图形与背景的先决条件。图形知觉的形成不仅要求刺激物间有差别，而且要求刺激物间具有鲜明的差异。在上述实验的基础上，心理学家们继续改变半球内表面的照明度，使它从左到右由较暗到较亮，横贯整个视域。结果发现虽然刺激物模式中有从较暗到较亮这种梯度变化，在被试者看来整个视域的亮度仍然是均匀的，仍未形成图形和背景的知觉。但是，如果我们在这个视域的中央加一条模糊的垂直影线，立刻就有一种知觉上的转变，这时在这个视域的中央就显出了一条垂直的轮廓线，并且整个视域在被试者看来被划分成两个不同的部分，一半亮些，另一半暗些。虽然刺激模式中有连续的梯度变化，但我们却知觉为两个对比鲜明的部分，知觉到的差别大于刺激强度所引起的差别。这种在图形轮廓部分发生的主观对比加强的现象，被称为边界对比。边界对比能使我们更好地形成轮廓知觉，从而为图形知觉准备好了条件。

七、明度可以帮助人们知觉图形

除了以上鲁宾所总结出来的规则以外，明度是区分图形和背景的一个重要的因素。当视野中邻近的成分突然出现明度变化时，这个区域就被知觉为图形，如图5.7.4所示。但是如果这个区域与背景之间明度差异很小甚至几乎没有什么差别时，就很难把这个区域作为图形来知觉，如图5.7.5所示。可见，要有足够引起明暗知觉的明度，才能知觉图形的存在。

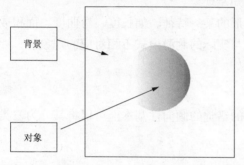

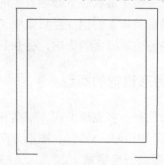

图 5.7.4　明度变化形成图形　　　　图 5.7.5　明度差异小很难形成图形

还有一些心理学家通过对图形和背景的关系的研究提出：在两个毗邻的区域中哪一个被知觉为图形，哪一个被知觉为背景，是由它们的大小、位置和形状等因素决定的。如果其他条件相等，较小的区域和更为封闭的区域易被看做图形。

一般来说较简单、较规则的对象区域更易被看做图形，如图5.7.6所示，虽然白色和黑色各自总面积相等，但白色带子的宽度似乎有规则，而黑色带子的宽度没有规则，所以该图画倾向于被知觉以黑色为背景的白色波形带子，而不是以白色为背景的黑色波形带子。

图 5.7.6　黑白波形图

不确定的图形与背景的关系在我们日常生活中经常可以看到，最常见的是墙纸、画布以及地砖等，这样的设计与使用可以使我们感受到其变化与美感，而且还能够更加深刻的感受到图形产生的立体效果。

第八节　图形错觉

一、错觉与图形错觉的概念

在心理学上，错觉是指人在特定条件下对客观事物产生必然歪曲的知觉现象。它与判断失误或异常条件、心理状态下出现的幻觉或妄想不同。比如在漆黑的夜晚，一个人走在街上，有时会把随风飘动的树影当成是人影。这可能是恐惧心理在作怪。但是，心理学所指的错觉又与我们日常生活中的这些错觉有所不同。它不是指在异常病理或异常心理条件下发生的，而是在一般正常状态下必然发生的歪曲的知觉现象。

图形错觉是指人们把注意只集中于线条图形的某一特征，如长度、弯曲度、面积或方向时，由于各种主观因素的影响，感知到的结果与实际的刺激模式不相对应的现象。

二、图形错觉的类型

图形错觉有很多表现形式，根据它所引起的错觉的倾向性基本上可以将其分为三类：图形长度错觉、图形大小错觉、图形方向错觉。

（一）图形长度错觉

人们对几何图形长短的知觉，由于某种原因而出现的错误，叫做长度错觉。长度受到附加的线段或图形等条件的影响，有时知觉起来会比原来的长，而有时知觉起来会比原来的短。常见的图形长度错觉有很多。图 5.8.1 是横竖错觉，横竖两条线段是等长的，但看起来竖的线段更长一些。图 5.8.2 是缪勒—莱依尔错觉，图中两条横向线段实际上是等长的，只因两端所附的箭头方向不同，看起来下边的横线似乎长一些。图 5.8.3 是旁佐错觉，图中两根横棍长短相同，但由于透视线索超过了眼睛观察平面书页时的调节和辐合等线索的作用，看起来上面的树干比下面的树干更长一些。图 5.8.4 是艾宾浩斯的长度错觉，一样长度的线段置于不同大小的方格中以后，看起来在小方格里的线段长于在大方格里的线段。

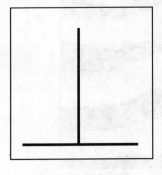

图 5.8.1　横竖错觉

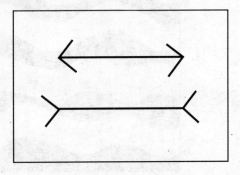

图 5.8.2　缪勒—莱依尔错觉

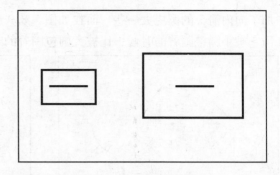

图 5.8.3　旁佐错觉　　　　　　　　图 5.8.4　艾宾浩斯的长度错觉

（二）图形大小错觉

图形的大小错觉是指由于外界的某些因素的影响而使被知觉的图形大小产生了错觉的现象。1902 年，艾宾浩斯提出了一个关于图形大小错觉的实例，因此命名为"艾宾浩斯错觉"，如图 5.8.5 所示，分别被大圆圈和小圆圈包围起来的两个圆圈大小实际上是一样的，但后者看起来小于前者。类似的情况还有很多，如图 5.8.6 中的三角形或图 5.8.7 中正方形构成的图形中，放在中央的主图形大小相同，但是由于其所在的背景环境不同，而产生了视觉上的误差。从上述的实例可以看出，在客观上大小相等的两个物体，当这个物体处在细小物体的包围中，而另一个物体处在较大物体的包围中时，我们知觉到的物体大小是不同的。在大的物体包围中的物体看起来小一些，而在小的物体包围中的物体看起来大一些。

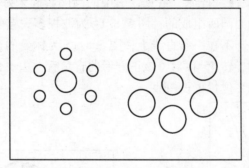

图 5.8.5　艾宾浩斯的大小错觉

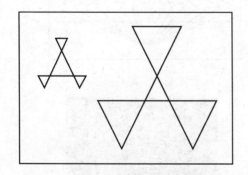

图 5.8.6　三角形大小错觉　　　　　　　图 5.8.7　正方形大小错觉

此外，还有一些遵循"同心圆大小同化错觉"原理的图形，是指当客观上大小相同的圆被附加上额外条件以后，使被试者的知觉产生错觉的情况，如图 5.8.8 所示，在原本大小相同的两个圆中，一个圆的内侧附加了一些向内的箭头，而另一个圆的外侧附加了一些向外的箭头，这时我们知觉到的圆的大小是不同的。在外侧附加了向外箭头的圆看上去要比在内侧附加了向内箭头的圆更大一些。而在如图 5.8.9 所示的图形中，数字"6"客观上大小相同，当它被小圆包围着的时候，比被大圆包围着的时候看上去更大一些。

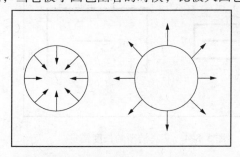

图 5.8.8　箭头方向引起圆形大小错觉

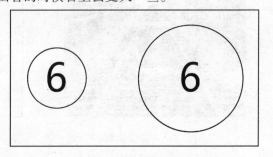

图 5.8.9　同心圆内物体大小错觉

（三）图形方向错觉

图形方向错觉是指线段的方向或倾斜度，由于受到附加图形的影响，知觉为与客观条件不同的结果。图 5.8.10 是 1861 年由赫林提出的，因而得名"赫林错觉"，图中两条平行线被多方向的直线所截时，两条直线之间的距离看起来中间部分比两端要宽些，因而两条线成弯曲的了；图 5.8.11 是 1898 年由冯特提出的，因而得名"冯特错觉"，图中两条平行线受其他线条的干扰，两条直线之间的中间部分看起来比两端要窄些，因而两条直线也成弯曲的了；图 5.8.12 为佐纳尔错觉，图中数条平行线各自被不同方向斜线所截时，平行线看起来不行了；图 5.8.13 为螺旋性"拧绳"错觉，图中的圆圈看起来好像是向内部旋转的螺旋，而实际上该图是由多个同心圆所组成的；图 5.8.14 为波根多夫错觉，图中被两条平行线切断的同一条直线，看上去却不在一条直线上；图 5.8.15 为休曼的正方形，图中两个完全一样的正方形，当右侧的被旋转 45°以后，该正方形的直角看上去更像锐角，并且两个对角线中的垂直位置看上去比水平位置更长一些。

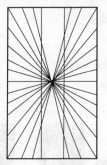

图 5.8.10　赫林错觉

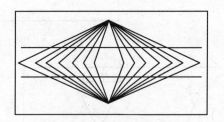

图 5.8.11　冯特错觉

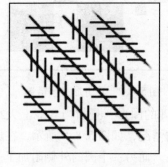

图 5.8.12　佐纳尔错觉

图 5.8.13　螺旋性"拧绳"错觉

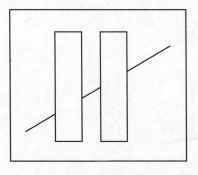
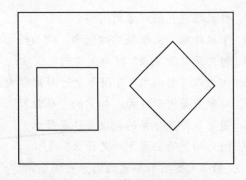

图 5.8.14 波根多夫错觉　　　　图 5.8.15 休曼的正方形

　　除了以上内容所提到的错觉以外，还有一些典型的错觉案例，如图 5.8.16 所示，为"爱因斯坦错觉"，实际上是旋转了 45°的正方形和同心圆重叠而成的，但是给人的感觉却是看上去各边都向内侧弯曲，即使正方形不做旋转也会出现错觉效应，图 5.8.17 中的外圆客观上都是上下左右都相等的正圆，但是在圆内附加一些线段以后，左侧的圆看上去像是被横向拉长的椭圆；而右侧的圆看上去像是被被纵向拉长的椭圆。图 5.8.18 是 1897 年由里普斯设计的，大小圆的下端实际上在一条直线上，但是主观上知觉起来像是在微微凸起的曲线上排列一样；图 5.8.19 是一种比较特殊的图形错觉，这些本是静态的图形，可以使人观后产生形态的动感。

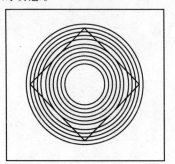
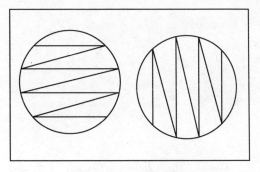

图 5.8.16 爱因斯坦错觉　　　　图 5.8.17 正圆变椭圆

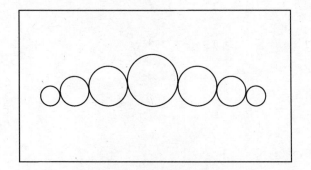

图 5.8.18 里普斯错觉　　　　图 5.8.19 似动图形

 思考题

1. 格式塔心理美学的基本观点有哪些？
2. 图形与背景的认知设计方法有哪些？

3. 格式塔视觉组织原则有哪些?

4. 掌握轮廓、主观轮廓的概念。何为轮廓的掩蔽现象?

5. 何为马赫带现象? 何为侧抑制?

6. 何为双可图形? 双可图形受何因素影响?

7. 知觉是如何形成的? 知觉的整体性?

8. 图形与背景分化的先决条件是什么?

9. 图形知觉的必要条件是什么?

10. 影响人类图形知觉的因素有哪些?

11. 掌握错觉、图形错觉的概念; 掌握图形错觉的类型。

第六章 平面构成

本章导读

- 平面构成是研究视觉语言的学科，是针对二维形态设计的基础训练，是创造形态的一种表现方法。
- 平面构成的课程主要侧重练习抽象几何形在平面上的排列组合关系，并在排列组合中求取新造型，目的是训练设计思维与设计方法，为创作开拓新的设计思路。
- 平面构成主要是运用点、线、面组成结构严谨并具有多方面实用特点和创造力的设计作品，与具象表现形式相比较，它更具有广泛性。
- 平面构成是实用设计的一门必修课。在进行设计之前要先学会运用视觉艺术语言进行视觉方面的创造，了解造型观念，训练构成技巧和表现方法，培养审美观及艺术修养，提高创作和造型能力，活跃构思。

关键词聚焦

平面构成　元素　造型规律　构成形式　点　线　面　重复构成　渐变构成　发射构成
变异构成　对比构成　平面构成

第一节　平面构成的基本元素

一、概念元素

概念元素是不可见的，没有实际存在的，但人们选用形象之前在意念中已经感觉到形的点、线、面元素的存在。例如人们看到尖角的图形上就会有点的感觉，如图 6.1.1 所示；看到物体的轮廓线有边的感觉，如图 6.1.2 所示；看到体的外表有面的感觉，如图 6.1.3 所示。概念元素包括：点、线、面，这些点、线、面在现实空间中都是不存在的，是概念化的，是人的一种主观感觉。概念元素可以通过具体的视觉元素加以组合构成，创造出无数抽象造型。

图 6.1.1　概念元素（一）

图 6.1.2　概念元素（二）

图 6.1.3　概念元素（三）

二、实用元素

实用元素指在实际设计中，所要考虑的形象、内容、目的和功能等诸方面的要素。设计的形象指的是由自然或人工所形成的各种写实的、抽象的形体；设计的目的是实在的、个性的、具有针对性的以及多种多样的，必须让接受者产生共鸣，始终要把接受者放在第一位；设计的功能是指设计的目的或在使用方面所考虑的实用要求，最终通过"实用"来检验。一个成功的设计必须做到功能性、目的性、美观性与内容、意义等诸多方面的完美统一。如图 6.1.4、图 6.1.5、图 6.1.6 所示的实用元素，均是表明事物特征的一种记号，也是一种精神文化的象征，以单纯、显著、易识别的物象、图形为直观语言，具有表达意义、情感和指令行动等作用。

图 6.1.4　实用元素（一）　　　图 6.1.5　实用元素（二）　　　图 6.1.6　实用元素（三）

三、视觉元素

视觉元素是将概念元素体现在实际构成中。任何形象能被人感知，都是因为它们具备了大小、形状、色彩、肌理、位置等，我们称这些元素为视觉元素。

1. 大小。指形与形之间的比较关系，同时也是角度与面积的差异。形象的大小对视觉效果影响很大，在设计中对形象大小的要求是必须认真考虑的。

2. 形状。指构成形象内外轮廓所反映出来的特征。形象分抽象形与具象形两种。设计中的形象对画面起决定作用。

3. 色彩。平面构成中的色彩主要表现于中性色——黑、白、灰的纯度与明度推移，指减弱色彩之间色相的差异。主要目的是探究造型问题。

4. 肌理。也称质感，指形体的表面结构给人的多种感受。肌理受物体的材料、表面结构、光线等因素影响而产生平滑感、粗糙感、软硬感、凹凸感等。肌理可分为视觉肌理和触觉肌理。

5. 位置。指形象之间存在关系的比较，可以是空间上的差异，也可以是形之间构成方式的差异。形象在画面中所处的位置不同，其视觉效果会有明显差异。

四、关系元素

关系元素是把视觉元素在画面上进行组织、排列，以形成一个画面完成视觉传达的目的。包括方向、骨格、位置、框架、空间、重心等，如图 6.1.7 所示为线的方向变化排列，图 6.1.8 所示为点的空间排列。

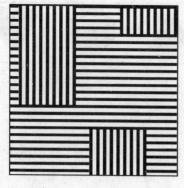

图 6.1.7　关系元素（一）

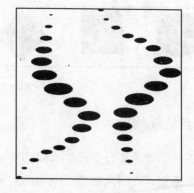

图 6.1.8　关系元素（二）

第二节　点的视觉特性及其造型规律

一、点的概念

点是形式的原生要素，从几何学角度审视点的形象，它只有位置，没有体积和大小，如图 6.2.1 所示。在造型设计上点却有大小、形状和位置之分，就大小而言，越小的点作为点的视觉越强烈，如图 6.2.2 所示。

图 6.2.1　几何学上的点

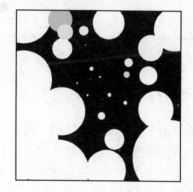

图 6.2.2　点的大小

二、点的形态与特征

在平面构成中，点表示空间中的一个位置，必然拥有一定的面积。点相对于线来说，是一个短的形态，相对于面来说，是一个小的形态，在客观世界中的任意一种形态，当与其他形态进行比较时，都可能被认为是一个点，实际上点的形态是多种多样的，有圆形、方形、三角形、梯形、不规则形等。这里指的点是相对而言的，一般来说，点越小，点的感觉越强；点越大，越有面的感觉，自然界中任何形态缩小到一定程度都能产生不同形态的点，如图 6.2.3 所示。

图 6.2.3　点的形态

三、点的视线

点的不同形态的集合会产生不同的视觉感受。点能够吸引注意力、集中视线，点的连接能产生线的感觉，点的聚集能产生面的效果，大小不同的点可以产生纵深感。

如图 6.2.4 所示，当画面中有两个平行的点时，心理上产生连续的效果，视觉上产生直线的效果；当画面上有三个不同位置的点时，视觉上会产生一个三角形的效果；当画面上出现三个以上不规则排列的点时，画面显得凌乱没有节奏，给人烦躁不安的感觉；当画面上出现若干相同形状和大小的排列规则的点时，画面产生平稳安定的感觉，视觉上产生面的效果。

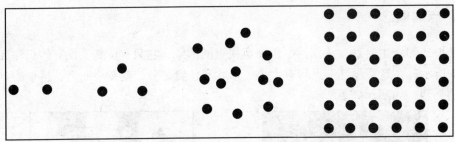

图 6.2.4　点的视线构成

四、点的构成形式

点广泛应用于各种造型设计中，点可以组成各种各样具象或抽象的图形，通过点可以把空间概念、透视原理表现得淋漓尽致。

（1）点的等间隔构成——将大小一致的点按等间隔规律、秩序的排列，能产生优美的韵律感，如图 6.2.5 所示。

（2）点的无规律间隔构成——不同大小、疏密的点混合排列，成为散点式构成形式，画面有自由、随意之美感，如图 6.2.6 所示。

图 6.2.5　点的等间隔构成

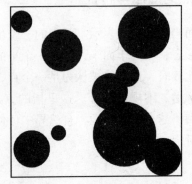

图 6.2.6　点的无规律间隔构成

（3）点的线化构成——以由大到小的点按一定的轨迹、方向进行排列，给人的视觉留下一种由点的移动而产生线化的感觉，如图 6.2.7、图 6.2.8 所示。

图 6.2.7　点的线化构成（一）

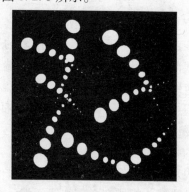

图 6.2.8　点的线化构成（二）

（4）点的面化构成——大小相同的点进行有序的排列，产生点的面化感觉，如图 6.2.9、图 6.2.10 所示。

图 6.2.9　点的面化构成（一）

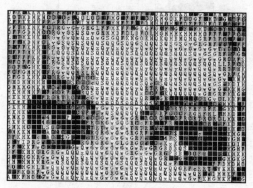

图 6.2.10　点的面化构成（二）

第三节　线的视觉特性及其造型规律

一、线的概念

线游离于点与形之间，是点移动形成的轨迹，它具有长度、宽度、位置，并具有空间方向感，如图 6.3.1 所示是不同形状的线。

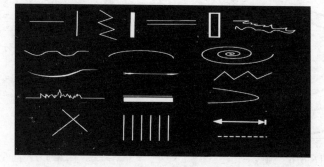

图 6.3.1　线的形状

二、线的分类与特性

线有直线和曲线两种基本类型。

直线：在日常生活中，一根拉紧的绳子、一根竹竿、人行横道线、都给人以直线的形象，直线两端都没有端点、可以向两端无限延伸、不可测量长度。直线包括了折线、水平线、垂直线以及斜线等。

曲线：是动点运动时，方向连续变化所成的线，即弯曲的波状线。曲线包括弧线、双曲线、抛物线等。

线的种类很多，表现力也非常丰富，每一种线都以它自己独特的个性与情感存在着。直线一般表示静，如图 6.3.2 所示；水平线表示宁静、豁达，如图 6.3.3 所示；垂直线有进步、上升之感；粗线有力，细线活泼；折线表示不安定，如图 6.3.4 所示；斜线有方向感、速度感，如图 6.3.5 所示；曲线则表示动，自由、流畅；如图 6.3.6、图 6.3.7 所示。

图 6.3.2　直线　　　　　　　　　　　图 6.3.3　水平线

图 6.3.4　折线　　　　　　　　　　　图 6.3.5　斜线

图 6.3.6　弧线　　　　　　　　　　　图 6.3.7　曲线

三、线的构成

（1）线的面化——直线有规律地等距密集排列，形成面的视觉，如图 6.3.8 所示。

（2）线的疏密——线按照不同间距的排列，能产生出空间透视的视觉效果，如图 6.3.9 所示。

（3）线的粗细——粗细变化排列的线，能产生虚实空间的视觉效果，如图 6.3.10 所示。

（4）线的错觉——将一组排列规则的线稍做切换变化，产生视错觉的效果，如图 6.3.11 所示，会产生平面中有立体凸起面的视错觉感受。

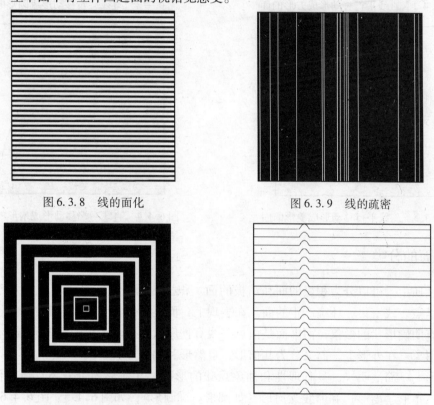

图 6.3.8　线的面化　　　　　　　　　　图 6.3.9　线的疏密

图 6.3.10　线的粗细　　　　　　　　　　图 6.3.11　线的错觉

第四节　面的视觉特性及其造型规律

一、面的概念

面也称为"形"，是设计中的重要因素。

面是线移动的轨迹，不同的线移动的轨迹会形成不同形态的面，图 6.4.1 所示是直线平行移动形成方形的面，图 6.4.2 所示是直线旋转移动形成圆形的面，图 6.4.3 所示是斜线平行移动形成菱形的面，图 6.4.4 所示是直线一端移动形成扇形的面。面只具有长、宽两度空间，没有厚度。

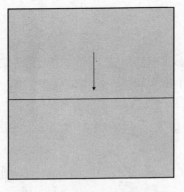

图 6.4.1　直线平行移动形成方形的面

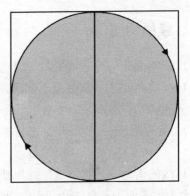

图 6.4.2　直线旋转移动形成圆形的面

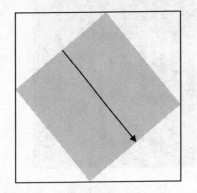

图 6.4.3　斜线平行移动形成菱形的面

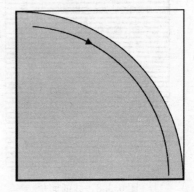

图 6.4.4　直线一端移动形成扇形的面

二、面的分类

面从性质上，可以分为积极的面和消极的面。积极的面是点、线移动、放大产生的面；消极的面是点、线密集、环绕产生的面。在表现上，面还可分为实面和虚面。实面是可以真实看到的有明确形状的形象，而虚面是由点、线有秩序地排列所产生的不能具体界定却可以感觉到的形象。在外形上，面又分为几何形、自然形和偶然形：

几何形——简洁明快，具有理性和抽象意味的形态，几何形还可分为直线几何形（如正方形，三角形、菱形）和曲线几何形（如圆形、椭圆形），如图 6.4.5、图 6.4.6 所示。

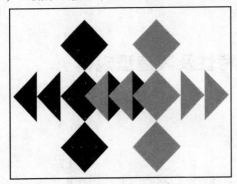

图 6.4.5　直线几何形

图 6.4.6　曲线几何形

自由形——按照一定的自然法则，构成的带有一定秩序美感的自由性形态。分为自由直线形和自由曲线形，如图 6.7.7、图 6.4.8 所示。

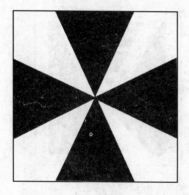
图 6.4.7　直线自由形

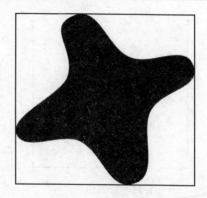
图 6.4.8　曲线自由形

偶然形——指不含有人的意志和计划的创造，人工很难重复的、偶然形成的形态。如图 6.4.9 所示入水的墨水、图 6.4.10 漫天的云霞等。

图 6.4.9　入水的墨水

图 6.4.10　漫天的云霞

三、面的表现性格与作用

在整个基本视觉要素中，面的视觉影响力最大，在不同的情况下面的形象会产生极多的变化。不同类型的面具有不同的性格。

几何直线形的面：稳定、明确、坚固、井然有序之感；

几何曲线形的面：自由、圆润、简单、明了、现代性秩序之感；

自由直线形的面：活泼、时尚、理性、现代化工业之美感；

自由曲线形的面：优雅、柔韧、自由、富有变化之美感。

四、面的构成

在平面构成过程中，根据需要，利用直线或曲线将面的整体划分成部分并重新组合，形成了形与形之间的多种组合关系。

（1）分离组形：面与面之间互补接触，始终保持若干距离，如图 6.4.11、图 6.4.12 所示。

（2）接触组形：面与面在互相靠近的情况下，边缘发生接触，如图 6.4.13、图 6.4.14 所示。

图 6.4.11　分离组形（一）

图 6.4.12　分离组形（二）

图 6.4.13　接触组形（一）

图 6.4.14　接触组形（二）

（3）覆叠组形：面与面靠近时，由接触更进一步，成为覆叠，有前后之分，如图 6.4.15、图 6.4.16 所示。

图 6.4.15　覆叠组形（一）

图 6.4.16　覆叠组形（二）

（4）差叠组形：面与面交叠部分产生出一个新的形象，其他不交叠的部分消失不见，如图 6.4.17、图 6.4.18 所示。

图 6.4.17　差叠组形（一）

图 6.4.18　差叠组形（二）

（5）透叠组形：面与面交叠时，交叠部分产生透明感觉，形象前后之分并不明显，如图6.4.19、图6.4.20所示。

图6.4.19 透叠组形（一）

图6.4.20 透叠组形（二）

（6）联合组形：面与面互相交叠而无前后之分，可以联合成为一个多元化的形象，如图6.4.21、图6.4.22所示。

图6.4.21 联合组形（一）

图6.4.22 联合组形（二）

（7）残缺组形：面与面覆叠时，前面的形象并不画出来，只出现后面的减缺形象，如图6.4.23、图6.4.24所示。

图6.4.23 残缺组形（一）

图6.4.24 残缺组形（二）

（8）重合（重叠）组形：面与面完全重叠，成为一个独立的形象，如图6.4.25、图6.4.26所示。

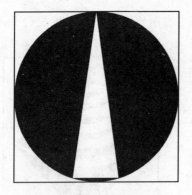

图 6.4.25　重合组形（一）　　　　　图 6.4.26　重合组形（二）

第五节　重复构成形式及其运用

一、重复基本形

基本形是构成变化中的单位形，基本形可演化出若干种构成变化形式。在同一设计中，相同的形象出现两次或两次以上时称为重复，重复构成的形式就是把视觉形象秩序化、整齐化，在图形中可以呈现出和谐统一的视觉效果。重复是设计中比较常用的手法，例如纺织的布料，室内装修的壁纸、地砖，建筑中的窗户等。

在构成中，用来重复的形状称做基本形，在设计中连续不断地使用同一元素，称为重复基本形，如图 6.5.1、图 6.5.2 所示。重复基本形可以使设计产生绝对和谐统一的感觉。大的基本形重复，可以产生整体构成的力度；细小密集的基本形重复会产生形态肌理的效果。在重复设计中，基本形大多选用简约的几何形，以免过于复杂不利于组合，使画面凌乱不整。

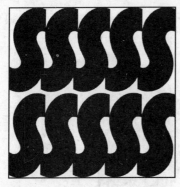

图 6.5.1　基本形的重复（一）　　　　图 6.5.2　基本形的重复（二）

二、群化构成

群化是基本形重复构成的一种特殊表现形式，它不同于一般重复构成那样四面发展，而是可以在上下或左右连续发展，并具有独立存在的意义，如图 6.5.3、图 6.5.4 所示。因此，它可作为标志、标识、符号等设计的一种设计手段。在现代社会中，许多商品的商标、活动指示标识以及公共场所的一些标志都是以符号形式来表达的。它们有的采用具象图形来表现，有的采用抽象图形来表现。

图 6.5.3 群化构成（一）

图 6.5.4 群化构成（二）

群化构成是体现平面设计精炼性、独特性、符号性的有效方法，具有实用性及其独特的基本要领。群化构成的基本形要求简练、醒目，数量不宜太多、过于复杂。基本形的群化构成要紧凑、严密，相互之间可以交错、重叠和透叠，注重构图中的平衡和稳定。群画图形的构成要完整、美观，应注重外形的整体效果。

第六节　渐变构成形式及其运用

渐变是指基本形或骨格逐渐的、有规律的循序变动。它会产生节奏感和韵律感。渐变是一种符合规律的自然现象，例如自然界中物体近大远小的透视现象，树木的生长年轮、水中的涟漪等。渐变是一种规律性很强的现象，这种现象运用在视觉设计中能产生强烈的透视感和空间感，是一种有顺序、有节奏的变化。渐变的程度在设计中非常重要，渐变的程度太大，速度太快，就容易失去渐变所特有的规律性的效果，给人以不连贯和视觉上的跃动感。反之，如果渐变的程度太慢，会变生重复之感，但慢的渐变在设计中会显示出细致的效果。

渐变的形式是多样的，形象的大小、位置、方向的层次变化，色彩的明暗等都可以达到渐变的效果。

一、方向渐变

方向渐变是将基本形做方向、角度的序列变化，使画面产生起伏变化，增强立体感和空间感，如图 6.6.1、图 6.6.2 所示。

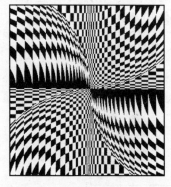

图 6.6.1　方向渐变（一）

图 6.6.2　方向渐变（二）

二、位置渐变

基本形在做位置渐变时需要骨架，将基本形在画面中或骨格单位中做位置的有序渐变，使画面产生起伏波动的视觉效果，如图 6.6.3、图 6.6.4 所示。

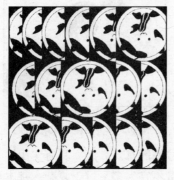 

图 6.6.3　位置渐变（一）　　　　　　　图 6.6.4　位置渐变（二）

三、大小渐变

依据近大远小的透视原理，将基本形做大小的渐次排列，能产生远近的纵深感和空间幻觉，如图 6.6.5、图 6.6.6 所示。

图 6.6.5　大小渐变（一）　　　　　　　图 6.6.6　大小渐变（二）

四、形状渐变

由一个基本形逐渐渐变到另一个基本形，基本形的渐变可以由残缺到完整、由简单到复杂，也可由抽象到具象，如图 6.6.7、图 6.6.8、图 6.6.9 所示。

图 6.6.7　形状渐变（一）

图 6.6.8 形状渐变 (二)

图 6.6.9 形状渐变 (三)

第七节 发射构成形式及其运用

发射是自然界和生活中一种常见的形态，如绽放的烟花、太阳四射的光芒，花瓣的生长结构等，它是一种特殊的重复，是基本形或骨格单位环绕一个或多个中心点向外散开或向内集中。发射也可以说是一种特殊的渐变，同渐变一样，基本形和骨格要做有序的变化。发射有其独特的特征：一是发射具有较强的聚焦，常常位于画面的中央，有时也出现在其他位置或超出画面；二是发射有深邃的空间感和动感，图形同时向中心集中或四周扩散。

一、发射骨格的构成要素

（1）发射点——即发射中心，焦点所在。发射的骨格线都集中在此焦点上。发射点可以是一个，也可是多个，可以在画面内也可在画面外，可大可小，可动可静，有可见，也有不可见。

（2）发射线——即骨格线，具有方向性。根据发射的不同方向，在构成时形式上又各有不同的表现（多心式、同心式、离心式、向心式等）。

二、发射骨格的种类

（1）同心式发射——指发射点从一点开始逐渐扩散，基本形层层环绕一个中心，每层基本形的数量不断增加，形成逐渐扩大、扩散的构成形式，如图 6.7.1、图 6.7.2 所示。

图 6.7.1 同心式发射 （一）

图 6.7.2 同心式发射 （二）

（2）离心式发射——也叫中心式发射。是指基本形由中心向外扩散，发射点一般在画面的中心部位，产生一种向外运动的感觉，如图 6.7.3、图 6.7.4 所示。离心式发射是运用较多的一种发射形式，其骨格线可以是直线、曲线或弧线等。

图 6.7.3　离心式发射（一）

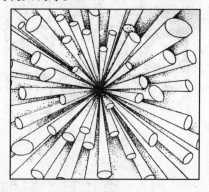

图 6.7.4　离心式发射（二）

（3）移心式发射——是指发射点根据构成的需要，按照一定的动势，有秩序地渐次移动位置，形成有规律的变化，如图 6.7.5、图 6.7.6 所示。移心式发射能产生较强的空间感并具有曲面的效果。

图 6.7.5　移心式发射（一）

图 6.7.6　移心式发射（二）

（4）多心式发射——指基本形以多个中心为发射点，形成丰富的发射集团，这种形式使画面具有很强的起伏感、空间感，如图 6.7.7、图 6.7.8 所示。

图 6.7.7　多心式发射（一）

图 6.7.8　多心式发射（二）

第八节 变异构成形式及其运用

变异是指构成要素在有秩序的关系里，有意违反秩序，使少数个别要素显得突出，以此打破规律性，形成生动活泼的视觉效果。变异的效果是从比较中得来的，通过小部分不规律的对比，产生视觉刺激，形成视觉焦点，打破单调和规律性，产生新奇、生动的视觉效果。

一、形状变异

在重复或近似的基本形中，出现一小部分变异的形状，以形成差异对比，成为画面上的视觉焦点，如图 6.8.1 所示。图 6.8.2 将众多重复排列的牵牛花中的一支变异为形象接近的乐器，使画面生动活泼、焦点突出。

图 6.8.1 形状变异（一）

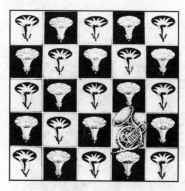

图 6.8.2 形状变异（二）

二、大小变异

在相同的基本形构成中，在大小上适度作些变异的对比，如图 6.8.3、图 6.8.4 所示。

图 6.8.3 大小变异（一）

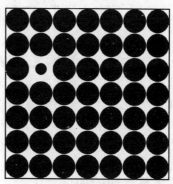

图 6.8.4 大小变异（二）

三、色彩变异

色彩变异是指在同类色彩构成中，加进某些对比的成分，以打破单调感，如图 6.8.5、图 6.8.6 所示。

图 6.8.5　色彩变异（一）

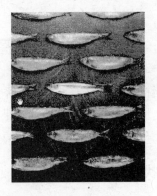

图 6.8.6　色彩变异（二）

四、方向变异

大多数的基本形是有秩序的排列，在方向统一的基础上，少数基本形在方向上有所变化，使之产生变异效果，如图 6.8.7、图 6.8.8 所示。

图 6.8.7　方向变异（一）

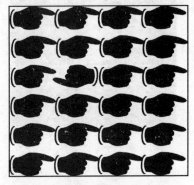

图 6.8.8　方向变异（二）

第九节　对比构成形式及其运用

对比是一种自由构成的形式，它不以骨格线为限制，而是依据形态本身的大小、虚实、色彩、疏密、肌理等方面的对比而构成的。对比是人们识别事物的一种主要手法，前提是必须有一个对比的参照系，没有参照系的单一个体是无法形成对比的。对比、变化与协调、统一是"对立统一规律"在平面设计中的具体表现。协调是求近似，对比是求差异；对比可以是显著的、强烈的，也可是模糊的、轻微的；可以是简单的，也可是复杂的。

一、对比基本形的协调

广义的说，任何视觉情况都包括若干对比的成分，在现实生活中，对比的现象无处不在，比如大小、黑白、远近、长短、粗细等。任何相反或相异的形象都可以形成对比，而这些对比因素之间的相互协调有着几方面的因素：

（1）保留一个相似或相近的因素；

（2）使对比双方的某些因素相互渗透；

（3）在对比的双方中间设立兼具双方特点的中间形态，使对比在视觉上得到过渡。

二、对比构成形式

（1）大小对比——是指构图排列上形状大小的关系。大小对比能表现出画面的主次关系，如图6.9.1、图6.9.2所示。

图6.9.1 大小对比（一）

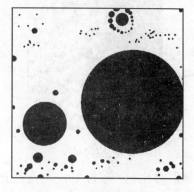

图6.9.2 大小对比（二）

（2）位置对比——形象处在画面的上下、左右、前后等不同位置的对比。基本形在画面中的空间排列不易过于对称，在不对称中求得平稳，从而获得疏密对比，如图6.9.3、图6.9.4所示。

图6.9.3 位置对比（一）

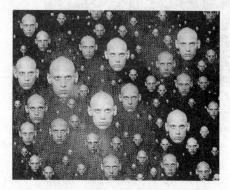

图6.9.4 位置对比（二）

（3）方向对比——在基本形有方向的情况下，大部分基本形的方向都相同或近似，少数基本形方向不同或相异，就会形成方向排列上的对比，如图6.9.5、图6.9.6所示。

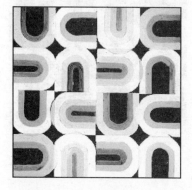

图6.9.5 方向对比（一）

图6.9.6 方向对比（二）

（4）空间对比——现实空间与虚拟空间的对比就是图与底的空间对比。即所谓"密不通风，疏可跑马"的构成效果，在设计中虚与实是同等重要的，如图 6.9.7、图 6.9.8 所示。

图 6.9.7　空间对比（一）

图 6.9.8　空间对比（二）

（5）聚散对比——聚散对比与空间比对密切相关，是密集的元素与松散的空间形成的对比关系，如图 6.9.9、图 6.9.10 所示，自然漂浮在水面上的聚散浮萍形成具有美感的空间对比关系。

图 6.9.9　聚散对比（一）

图 6.9.10　聚散对比（二）

（6）肌理对比——形象表面的肌理不同所产生的视觉感就不同，如图 6.9.11 所示是粗糙与光滑对比，如图 6.9.12 所示是细密与松散、规律与不规律等之间的对比。

图 6.9.11　肌理对比（一）

图 6.9.12　肌理对比（二）

第十节　平面构成的形式美法则

一、对称与均衡

对称与均衡是图案最基本的两种组织、构成形式。对称体现了静感与稳定性，具有端庄、安定的美；均衡则表现了动感和变化性，具有生动、活泼的美。对称是指图形或物体对某个中心点、中心线、对称面，在形状、大小或排列上具有一一对应的关系；均衡是不对称形态的一种平衡。对称与均衡是取得良好的视觉平衡的两种形式。巧妙地使用对称与均衡，可以使所要表现的事物呈现出"动中有静、静中有动"的秩序感，如图 6.10.1 所示，利用水面的反射来达成整个画面的对称与平衡的感觉。平衡并不是对称，平衡是运用大小、色彩、位置等差别来形成视觉上的均等，在构图中，当左右形象大小不一的时候，我们通常会通过调整色彩的轻重、内容的疏密使其不会让人感觉一边倒，如图 6.10.2 所示，运用不同类型的元素来作为左右平衡的砝码。

图 6.10.1　对称与均衡（一）

图 6.10.2　对称与均衡（二）

二、虚实与留白

"计白守黑"作为传统审美观念的基础，是中国画论对二维平面中空间利用的概括，也是视觉造型的基本原理，指编排的内容是"黑"，也就是实体即形象，斤斤计较的却是虚的"白"。

留白是"虚"的特殊表现手法，即没有任何图文出现的空白为"底"，有时也可为细弱的文字、图形或色彩，这要根据内容而定。如图 6.10.3、图 6.10.4 所示，留白的感觉是一种轻松，最大的作用是引人注意。在排版设计中，巧妙地留白，讲究空白之美，可以更好地衬托主题，集中视线和造成版面的空间层次。

图 6.10.3　虚实与留白（一）

图 6.10.4　虚实与留白（二）

三、变异与秩序

变异是规律的突破，是一种在整体效果中的局部突变，如图 6.10.5 所示，在诸多相同性质的形象中，有个别异质性的形象，便会打破原有的单调格局凸现出来。将变异的原理用于版式设计，会使版面更活跃、更丰富、更有情趣，而异质形象往往就是整个版面最具动感、最引人关注的焦点，也是其含义延伸或转折的始端。变异的表现形式有位置的变异、规律的转移、色彩的变异，也可依据大小、方向、形状的不同来构成特异效果。

版面设计的最基本要求是清新明了、井然有序，由此而产生版面的秩序美。秩序美是排版设计的灵魂，它是一种组织美的编排，通过对文字、图形、线条、色块有规律的组织来体现版面的科学性和条理性。构成秩序美的原理有对称、均衡、比例、韵律、多样统一等，如图 6.10.6 所示，在重复排列的花瓣中，将其中一片变异为花朵，在秩序美中融入了变异之构成，使得版面获得一种活动的效果。

图 6.10.5　变异与秩序（一）

图 6.10.6　变异与秩序（二）

四、节奏与韵律

节奏是规律性的重复。音乐靠节拍体现节奏，绘画通过线条、形状和色彩体现节奏。节奏往往呈现一种秩序美。在版面设计中，没有节奏的版面肯定是沉闷的。在图案中将图形按照等距格式反复排列，做空间位置的伸展，如连续的线、断续的面等，就会产生节奏，如图 6.10.7所示。

韵律更多地呈现一种灵活的流动美，它变节奏的等距间隔为几何级数的变化间隔，赋予重复的音节或图形以强弱起伏、抑扬顿挫的规律变化，产生优美的律动感，如图 6.10.8 所示。节奏与韵律往往互相依存、互为因果。韵律在节奏基础上得以丰富，节奏是在韵律基础上的发展。

图 6.10.7 节奏与韵律（一）

图 6.10.8 节奏与韵律（二）

 思考题

1. 举例说明平面构成的基本元素有哪些？

2. 收集有关点、线、面在设计中应用的案例各 3 个以上，并加以分析。

3. 什么是渐变构成？举例说明渐变构成都有哪些种类。

4. 找出 3 个以上运用变异方法表现的平面设计案例，并加以分析。

5. 形式美法则一般包括哪几方面？

6. 实训题

实训目的：掌握平面构成的原理及形态的表现方法

实训环境：在白卡纸上手绘练习/用 Photoshop 软件上机练习

实训内容：

（1）重复构成训练。利用一个基本形，用 2 个、4 个、6 个等比数目构成重复图形，再用多个基本形组成更多复杂的图形。

（2）做一个图形到另一个图形的中间形过渡的形状渐变练习。要求 4～6 个过渡图形，过渡自然。

（3）利用 Phtoshop 滤镜功能，模拟某种材质肌理，做肌理构成练习。

第七章　版式构成

本章导读

- 虽然感性是一种相当重要的因素，设计中一定要带有情感，但并不代表简单地依靠情感就能做出好的设计。设计的时候要考虑到各方面的因素并恰当运用原则、方法，只有这样，作品才会更加得体和出色。
- 现代版式的设计者不应只满足于运用文字符号作为媒介传达的唯一手段，而应根据文字信息做出新的认识和解释，并尽可能运用形象思维，以视觉信息的表达方式从单向性向多向性传播的方向发展。
- 好的版式设计，能营造一条颇具诱惑力的桥梁，引导读者做一番台榭漫游、曲径探幽之后，有层次地渐入佳境，带给读者心旷神怡、愉悦满足的感受。
- 版式设计艺术是实用艺术，应该为产品的内容服务，不但要充分体现产品个性，而且版面要有富有冲击力，能够瞬间抓住读者的眼球，激发读者的阅读欲望。

关键词聚焦

创意　排列　页面构成　文字元素　图片元素　色彩元素　色彩表现　留白　视觉流程
形式法则　网格系统

第一节　版式设计概述

一、版式设计的定义

所谓版式设计，就是将有限的视觉元素进行有机的排列组合，将理性思维个性化地表现在版面上，是一种具有个人风格和艺术特色的视觉传达设计方法。版式设计在传达信息的同时，也产生感官上的美感。目前，版式设计已构成视觉传达的公共语言，用于现代广告、招贴、书籍等文化和商业产品，为媒体传播功能提供了不可取代的附加值。

版式设计最基本的功能定位是梳理文字、组织结构、方便阅读。成功的版面设计，将增强或潜移默化各种视觉要素所传递的信息，以给予最有效的视觉环境。可以说版式设计是技术与艺术的高度统一。

二、版式设计的发展趋势

保守的、传统的版式设计认为排版设计只要规定一种格式即可，放上文字而不需要有什么设计，长期忽视整体考虑，仅在图片和图形上下工夫。其实，设计师不仅要把美的感觉和设计观点传播给观众，更重要的是要广泛调动观众的激情与感受。读者在接受版面信息的同时，获得娱乐、消遣和艺术性的感染。

世界高新科技的发展和信息社会的到来，大大推动了各媒体的发展与更新。采用简单明晰的字体、图形和符号，打破民族间语言隔阂，这样的新设计，加快了信息的传达，以期相互融洽、相互交流、相互推动，共同构筑版面的新格局、新概念。当代的版式设计，具有如下几项发展趋势。

1. 创意为先导——内容与形式紧密相连的表现方式，已成为排版设计的发展趋势，设计师们敢于打破前人的设计传统，不重复以往习惯性的条条框框，并在司空见惯的事物中发掘出新意来，树立大胆想象、勇于开拓的观念，掀起一场设计思维与设计理念的全新革命。

2. 形式独特性——每种设计潮流的发展和共识，都离不开对新字体风格的无止境追求。在排版设计中，文字的编排从来没有像今天这样吸引设计者的偏好与瞩目。这种通过文字与图形化的编排制造出幽默、风趣、神秘的独特形式，已发展成为当今设计界艺术风格上的流行趋势。这种设计手法，给版面注入了更深的内涵与情趣，已作为生动的设计元素每时每刻都活跃于排版设计中，使版面进入了一个更新更高的境界，从而产生了新的生命力。

3. 情趣性的攻势——排版设计在表现形式上，正在朝着艺术性、娱乐性、亲和性的方向发展。将过去那种千篇一律的、硬性说教的、重视合理性的版面形式，取而代之深化为一种新文化、新艺术、新感受、新情趣，更加具有魅力。这种极具人情味的观赏性与趣味性，能迅速吸引观众的注意力，激发他们的兴趣，从而达到以情动人的目的。

4. 计算机新特技——运用计算机影像合成、透叠、方向旋转、图像滤镜等处理方式，创造多维空间的版面。这种构成方式，使版面不再简单、单一，而是变得多视点、立方化，以此来刺激观者，产生出前所未有的艺术形式。

三、版式设计的类型

创意是没有局限的，版式设计的形式也是多样的，现按照人们欣赏角度和视觉流程的不同，将版式设计分为以下几种类型：骨格型、满版型、分割型、曲线形、倾斜型、重心型、三角型、自由型。

1. 骨骼型

骨骼型是一种规范的理性的分割方法。常见的骨格有竖向通栏、双栏、三栏和四栏等和横向通栏、双栏、三栏和四栏等。一般以竖向分栏为多，如图7.1.1所示。在图片和文字的编排上严格按照骨格比例进行编排配置，给人以严谨、和谐、理性的美感。骨格经过相互混合后的版式，既理性有条理，又活泼有弹性，如图7.1.2所示。

图 7.1.1　骨骼型版式设计（一）　　　　　图 7.1.2　骨骼型版式设计（二）

2. 满版型

版面主要以图片充满全版为主，在传达视觉信息上更加直观、表现更加强烈。根据信息内容需要，文字可以放置在图像的上下、左右或中部，也可将部分文字压置于图像之上，如图 7.1.3 所示。满版型版式设计，层次清晰、表达准确，常用于商品广告平面设计中。广告的最终目的是宣传商品，满版型版式设计可以达到传播速度快、视觉表现强的宣传效果，如图 7.1.4 所示。

图 7.1.3　满版型版式设计（一）　　　　　图 7.1.4　满版型版式设计（二）

3. 分割型

分割型版式设计在版面上采用分割再拼接的方法，以一种打破常规的版面构成形式，给人们视觉上的冲击和活灵活现的版面效果，是版式设计的重要表现手法。常用的分割方法有三种：

（1）等形分割。分割形状完全一样，分割后再把分割界线加以调整或取舍，达到一种对比的效果，如图 7.1.5 所示。

（2）自由分割。自由分割就是不规则的、无限制的，将画面自由分割的一种方式，使画面产生活泼、不受约束的感觉，如图 7.1.6 所示。

（3）比例与数列。利用比例关系完成的构图通常都具有秩序、明朗的特性，给人清新的感觉。分割具有一定的法则，如黄金分割法、数列等，如图 7.1.7 所示。

图 7.1.5　等形分割　　　　　图 7.1.6　自由分割　　　　　图 7.1.7　比例分割

4. 曲线型

曲线型版式设计是将图片或文字在版面结构上做曲线型的编排，使画面产生一定的韵律与节奏，如图 7.1.8 所示。曲线的分割与构成可增强画面的趣味性和流动性，让人的视线随着画面上元素的流动方向获得信息，如图 7.1.9 所示。

5. 倾斜型

倾斜型版式设计是对版面主体或多幅图像做倾斜编排，造成版面强烈的动感和不稳定因素，以此来吸引人们的眼球，如图 7.1.10 所示。倾斜式的编排让人产生一种重心不稳的感觉，具有较强的视觉冲击力，如图 7.1.11 所示。

图 7.1.8 曲线型版式设计（一）

图 7.1.9 曲线型版式设计（二）

图 7.1.10 倾斜型版式设计（一）

图 7.1.11 倾斜型版式设计（二）

6. 重心型

重心型版式设计使观赏者产生视觉焦点，控制视线流向，使其更加突出。重心型版式设计有三种类型。

（1）直接以独立而轮廓分明的形象占据版面中心，如图 7.1.12 所示；

（2）向心：视觉元素向版面中心聚拢的运动，如图 7.1.13 所示；

（3）离心：犹如石子投入水中，产生一圈一圈向外扩散的弧线的运动，如图 7.1.14 所示。

图 7.1.12 重心型版式设计（一）

图 7.1.13 重心型版式设计（二）

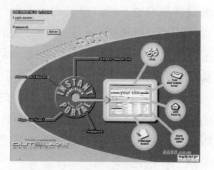

图 7.1.14 重心型版式设计（三）

7. 三角型

相对于圆形、矩形等基本图形，三角形是最具有安全稳定因素的图形，尤其是正三角型。正三角型的稳定结构一直被人们所推崇，金字塔是一个很好的证明，正三角型应用到版式设计中，给人稳定、平和、值得依赖的感觉，如图 7.1.15 所示。相反，倒三角型会增加版面的动感和不稳定因素，如图 7.1.16 所示，正反两个三角形构成一种均衡版式，既安定又有动感。

图 7.1.15　三角形版式设计（一）

图 7.1.16　三角形版式设计（二）

8. 自由型

自由型版式设计是在版面中采用无规律的、随意的编排构成，为版面增加活泼、轻快的感觉，如图 7.1.17 所示。在设计中，设计者可以根据个性，打破常规，挥洒自由，无拘无束，体现出无限的创意和新奇，如图 7.1.18 所示。但在设计中要体现主体，把握版面的协调性。

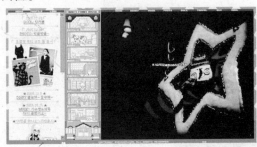

图 7.1.17　自由型版式设计（一）

图 7.1.18　自由型版式设计（二）

四、版式设计的灵魂——创意

版面设计的价值不能以单纯的美术创作概念来判定，而是要以信息传递的效率来评判。好的版式设计可以推销产品，好设计、美的设计可以感动心灵、感动思想、感动山川。版式设计艺术，也是实用艺术，首先应该为产品宣传的内容服务。然而，它又有其独特的表现形态，具备其特有的魅力。要达到"利"与"美"的要求，就必须在设计中体现出版式设计的灵魂，即"创意"。创意要呈现两种目的：一是传达出产品的好，实现"利"；二是呈现出完美的意境，别出心裁，感动吸引观众，实现"美"。如同"人面仅一尺，各各不相肖"一样，版面虽不盈尺，却应该具备形形色色、林林总总的可塑性、丰富性，处处体现出版式设计的灵魂——创意。

有创意的版式设计，总是摆脱规范化的常规束缚，将那些平淡无奇的字体、线条、图形、空白，经过有序地组合，形成不同寻常的空间关系，使版面变得层叠有序，让人耳目一新。优秀的版式设计，绝不会出自那些只会简单的使用字体、字号的版式设计人员之手。它要求设计人员具备丰富的素养，有敏锐的审美观点，有创造性的思维方式，有一定的艺术胆量，有一定的技术知识。

第二节 版式设计中的构成元素

一、页面构成

在版式设计中，点、线、面是构成视觉空间的基本元素，也是版式设计的主要语言。视觉理论指出，不管版面的内容与形式如何复杂，但最终可以简化到点、线、面上来。

（一）点的表现形式

版面中的点由于大小、形态、位置不同，所产生的视觉、心理效果也不同。它的表现形式为：点的缩小起着强调和引起注意的作用，而点的放大有面的感觉。点在首行放大，起着引导、强调、活泼和成为视觉焦点的作用。当点居于几何中心时，上下左右空间对等，有庄重之感，但有些许呆板；点居于视觉中心时，有平衡和舒适感，而点偏右或偏左时，有向心移动之势，但过于边置则产生离心之动感；点做上下边置，有上升或下沉之感。

（二）线的表现形式

线是版面中点移动的轨迹，它的表现形式有直线、折线、波浪线、实线、虚线、自由曲线、几何曲线等。一般水平直线有平安之感，曲线有变化运动之感，折线有转折、僵硬之感，波浪线有优美舒缓之感，自由曲线有随意、奔放之感，几何曲线有工整、节奏之感，垂直直线有严肃、肃穆之感。

（三）面的表现形式

面在版面中的概念可理解为点的放大、点的密集或线的重复。面常以结实肯定、大方的优点，起着烘托及丰富版面空间层次的作用。但只有面的版面会显得单调、平淡，如加入线的分割组织，版面会立即产生精细且精神之感。若再加入点的运用，则整个版面会出现鲜活的效果。

（四）点、线、面混搭

由于点、线、面是相互依存、相互渗透的关系，所以绝对的由点组成的版式有太花、太碎、不够集中的感觉；绝对的曲线组成的版式有单薄、零碎的感觉；同样，绝对的由面构成的版式会出现呆板的感觉。而均等的点线面同样也不利于主题的表现，会扰乱整体的设计风格，因此从版式设计的目的出发，我们一定要相对地对点、线、面做一定倾斜或变形，创造出各种各样的形态，构造一个个千变万化的全新版面。

二、文字元素

文字元素是版面设计中的重要构成元素，是人们交流和信息传递的主要手段。在版面设计中文字的表现力在信息交流方面是非常重要的。在文字的整体编排上，要体现出条理清晰、服从整体的原则；要注重文字的图形表达，力求形象生动；要注重文字与文字、文字与图形的互动性，以达到丰富、醒目、对比、夸张的艺术效果。值得注意的还有文字的跳跃性特征，可以使观众产生好奇心理，达到信息交流、传递的作用。当然还应考量文字作为形式要素所具备的审美性。

总之，文字的表现力非常丰富。在文字的版面中大字比小字醒目，有色字比单色字突出，在文字与图形的版面中，图形比文字突出。在把握整体设计风格中视觉层次的安排应遵从主题的主次层次来编排。

（一）文字的基本属性——字体

文字在版式设计中是重要的视觉传达元素，文字的字体样式不同，所呈现的版面风格也有所差异。从传达信息的角度来看，文字可以分为：标题、副标题、正文、附文等。设计师必须根据文字内容的主次关系，采用合理的视觉流程进行编排，吸引大众目光。

字体指的是文字的风格款式，也可以理解为文字的一种图形表达方式。不同的字体代表着不同的风格，根据不同的版式需求选择不同的字体，最主要的是要与总版面文字内容相协调。艺术字体一般用于标题以及版面重点描述的部分，体现版面的风格性。印刷字体一般用于正文，体现文字的整齐性。

中文文字中，宋体给人大方、典雅、朴实的感觉。在版式设计中，宋体的编排最为自如，无论是标题还是正文，都给人精致独特的感觉。黑体简洁明了，是粗细一致的字体结构，可随意调整。黑体具有多重适应性，是现代版式设计中最大众化的字体之一。在字体设计时可以去掉两端的结构，使字形更简洁，形成一种现代流行的字体形态，让字以形的方式在版面中展现。传统书法字体与现代字体有内在的呼应，给人现代与传统、民族与国际的和谐感，符合现代审美，能准确地传递信息。

版式设计中，字体样式和风格的变化，影响着整个版面的视觉效果。因此字体设计成为版面设计中一个不可缺少的步骤。从简单的单字设计开始入手，能够训练我们运用多种手段进行字体样式变化的能力。

字体在版式中可以根据版面主要传达的内容而不断变化，一般较正式的版面在编排文字时不会太强调文字的字体变化，而是以一种规整严肃的字体形式进行编排，给人稳定、可依赖的心理感受，不选择过于花哨的字体样式与色彩样式，以免造成阅读时的困扰。但是，在一些具有宣传性的传单、活动、招贴设计、封面设计等版面中，则要求文字尽可能地提高跳跃率，在众多信息中跳跃而出，体现出版面活跃的视觉效果。一般可采用新颖突出、变化多样的字体形态，使版面具有活跃感，体现出活动的喜悦感。

（二）文字与字体的搭配

文字相当于版面中的线条，不同文字和不同字体传达的效果不同，依照设计主题，选择合适的文字和字体搭配，会达到意想不到的效果。从目前的版式设计角度来看，以多语言文字混搭设计居多，中文和英文在字体与形态上有很大不同，合理搭配是一种很好的创意，能体现出和谐之美。

1. 英文字体的搭配

英文字母笔画简练，常见字型以三角形、方形、圆形等几何图形居多，以流线型的方式存在，能够解决版面的呆板、僵硬，使版面更生动，视觉上更流畅，如图 7.2.1 所示。英文可创意的空间较大，可以以曲线或直线的形式出现，设计时较自由灵活，既可以使版面丰富充实，又可以将信息传达到位。而且，英文每个单词的字母都不一样，在版面上会出现不规则的错落现象，能够产生跳跃感觉和很强的视觉冲击力，如图 7.2.2 所示。

图 7.2.1　英文字体（一）

图 7.2.2　英文字体（二）

2. 中文字体的搭配

中文主要以方正字体形式出现，整齐划一，具有明确的字体外在轮廓，在版面设计时不如英文那样自由灵活，创意突破小，很难出现错落的效果。

3. 中英文混搭编排

东西方文化的不断融合，成为当今设计界的一大进步。在版式设计中，将中文与英文混搭设计，便是这种文化现象的产物。中文字体具有象形、会意、表音三位一体的优势，英文字体具有简洁、规范、图形化、线条感等特征，如图 7.2.3 所示。中文字体与英文字体的混搭设计，目的是充分地体现出这两种字体混合的优势，如图 7.2.4 所示。中、英文字体混搭设计，应注重以下两点。

图 7.2.3　中英文混搭编排（一）　　　　　　图 7.2.4　中英文混搭编排（二）

（1）文字主次关系

版式设计中应用中英文混搭设计，要注意字体的设计创意与主次关系，应明确文字的层次感，而且尽量避免扭曲中文的象形以适应想要表达的意境。

（2）字体样式设置。

由于中英文的字体样式不同，呈现的视觉效果自然也有所不同。人们在阅读时，习惯将字体样式相同的文字看成是一个整体。因此，在中英文混搭编排时，要注意字体的统一性，实际上，版面中不管有多少信息量，最好控制在两种或者三种字体内。在控制三种字体排列时，最好采用标题吸引眼球，其他两种字体编排简洁、整齐、方便阅读即可。切记不要在同一版面中运用三种都很抢眼的字体，那样会让版面看起来很凌乱，人们会产生迷惑，分不清主次。同时，根据字体风格的不同，在选择字体的时候要尽量达到和谐与包容，不同字体之间既要有区别又要相互协调。字体间的选择搭配有其自身规律，主要目的在于在传递信息的同时保证版面的协调性，如图 7.2.5 所示。在图 7.2.6 中，共采用三种字体样式，中文部分采用两种字体风格，英文一种风格。图中"中国"二字，选择书法形式，突出中国文化的神韵；"之旅"二字字体方正，体现版面内容的中心，与书法式的"中国"二者，搭配和谐有序。

图 7.2.5　中英文混排字体样式（一）　　　　图 7.2.6　中英文混排字体样式（二）

（三）文字距离的安排（磅值、字距、行距）

文字传播信息的作用为版式设计的内容与形式提供了方便，起到便于理解的辅助作用，文字距离的安排要服从版式设计的表达主题，符合人们的阅读习惯。文字的磅值、字距与行距，都会引导人们的视觉流向，吸引人们的眼球。

文字的磅值是指从笔划最顶到最底端的距离，其主要作用是区分不同字体信息，使整段文字整齐划一，具有一定的组织性和统一性。就一篇文章来说，标题一般采用最大磅值或者最粗的字体来突出重要性，正文的文字依据阅读需要和内容的重要性依次缩小字体的磅值，使内容呈现层次感，以方便阅读，如图 7.2.7 所示，是中文字号、磅值、字样对照表。

中文字号	初号	小初	一号	小一	二号	小二	三号	小三
磅	42	36	26	24	22	18	16	15
字样	永	永	永	永	永	永	永	永
中文字号	四号	小四	五号	小五	六号	小六	七号	八号
磅	14	12	10.5	9	7.5	6.5	5.5	5
字样	永	永	永	永	永	永	永	永

图 7.2.7　中文字号、磅值、字样对照表

文字的字距与行距，不仅可以方便阅读、引导视线，还可以表现设计师的设计风格。在视觉理论和阅读心理学的指导下，合理安排字距与行距的前提是要方便阅读，顾及到读者的心理感受和阅读习惯。文字编排的疏密直接影响着阅读者的心情与阅读速度，从而影响信息传达的速度及准确性，可以结合点、线、面的知识，可以把单个的文字看为点，文字有秩序、有规律的编排形成线的视觉流向，可以达到良好的阅读效果，如图 7.2.8、图 7.2.9 所示。

图 7.2.8　不同字号和间距的文字设计（一）　　　　　　图 7.2.9　不同字号和间距的文字设计（二）

（四）文字排列的规则

文字排列的规则要以版式设计的最终目的为前提，根据设计的需要来妥善安排文字的整齐度，达到方便阅读的效果。设计师可以充分发挥创意，将文字排列成线条或者面的形式，使文字成为版面的一部分，与版面中的其他元素相融合。一般可以把文字排列成具体的图形，也可以是抽象的图形。总而言之，文字的排列方式多种多样，关键在于如何将文字与其他元素的关系达到互相和谐的效果。文字的排列规则有以下几种。

1. 左右均齐

文字从左到右依次排列，左右统一，文字组合形成统一长度的直线，使文字显得端正、严谨、美观。左右均齐的版面可分为横向排列与纵向排列。

横向排列：横向左右均齐的文字排列方式指文字两端对齐，在书籍、报刊、杂志中最为常见，如图 7.2.10 所示，图中文字的排列方式是横向排列的左右均齐，版面整体表现出一种整齐、端正的感觉，引导观众去阅读文字。

纵向排列：在多数传统书籍中，常被认为是上下均齐，即文字的上下两端对齐，如图 7.2.11所示。

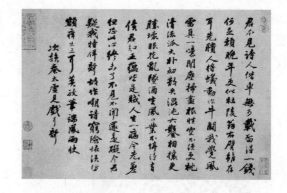

图 7.2.10　文字横向排列　　　　　　　　　　图 7.2.11　文字纵向排列

2. 齐中

齐中排列是以版面的中心线为轴，两边的文字字距相等，起到使视线更集中、整体性更强、内容中心更突出的作用。这种排列方式不太适合正文编辑，却非常适合编排版面的标题。齐中排列方式使整个版面简洁、大方，给人高层次、高格调的视觉感受，如图 7.2.12、图 7.2.13 所示。

图 7.2.12　文字齐中排列（一）　　　　　图 7.2.13　文字齐中排列（二）

3. 齐右或齐左

　　左对齐与右对齐的排列方式，空间性较强，使得整个文字能够自由呼吸，具有节奏感。齐右或齐左在行首都会有一条明确的垂直线，在与图形搭配的情况下会更协调。齐左是阅读中最普遍的排列方式，符合人们阅读时的视觉习惯，如图 7.2.14 所示；齐右在版面中不常见，使版面具有新颖的视觉效果，如图 7.2.15 所示。

图 7.2.14　文字齐左排列　　　　　　　　图 7.2.15　文字齐右排列

4. 倾斜

　　倾斜就是将文字整体或变化局部排列成倾斜状，构成非对称的画面平衡形式，使版面具有动感、方向感与节奏感，具有强烈的视觉效果，如图 7.2.16、图 7.2.17 所示。一般用于招贴设计版面。

图 7.2.16　文字倾斜排列（一）　　　　　图 7.2.17　文字倾斜排列（二）

5. 沿形

沿形就是文字围绕着图形的排列，让文字随着图形的轮廓起伏，时而紧张、时而平缓，具有明确的节奏感和画面的美感，如图 7.2.18、图 7.2.19 所示。沿形的排列方式体现了新颖的视觉效果，使阅读更别致。

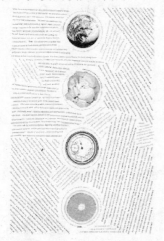

图 7.2.18　文字沿形排列（一）　　　　图 7.2.19　文字沿形排列（二）

6. 重复

为加深印象，便于记忆，在版面中运用重复的编排方式，相同的文字在版面中反复出现，形成有规律的节奏，可以增添版面的趣味性，如图 7.2.20、图 7.2.21 所示。

图 7.2.20　文字重复排列（一）　　　　图 7.2.21　文字重复排列（二）

7. 渐变

文字在编排过程中由大到小、由远到近、由暗到明、由冷到暖地有节奏、有规律的变化过程就叫渐变。渐变的快慢程度可以按照主题的要求进行调整，具有强烈的空间感，如图 7.2.22、图 7.2.23 所示。

8. 突变

在一组整体有规律的文字群中，个别单词出现异常变化，但是没有破坏整体效果，这就被称为突变，如图 7.2.24、图 7.2.25 所示。这种打破规律的局部突变，给版面增添了动感，突变的文字也具有了新的内涵，达到吸引人们注意的视觉效果，具有强烈的视觉冲击力。

图 7.2.22　文字渐变排列（一）

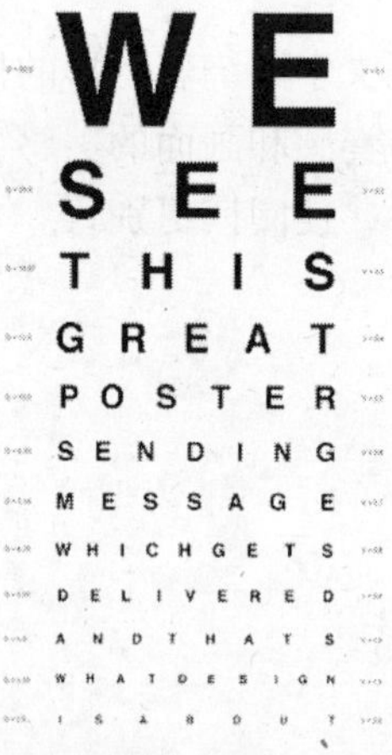

图 7.2.23　文字渐变排列（二）

图 7.2.24　文字突变排列（一）

图 7.2.25　文字突变排列（二）

三、图片元素

从视觉角度看，图片元素更容易吸引人们的注意，让人们联想到事物的各种特性，其接受程度广泛，传递信息方便，是一种更直接、更形象、更快速的信息传递方式，是现代社会传递信息的主要表现形式。因此，学习图片元素的编排很重要。

（一）图片的比例和分布

图片在版式设计中占主要地位，因为其能够更直接、准确地传达信息，表现设计主题。通过图片的比例和分布，使画面具有视觉的起伏感和极强的视觉冲击力，吸引读者的注意，更好地传达信息。

图片的比例与分布影响着整个画面的跳跃率。所谓跳跃率，就是画面中最小面积的图形与最大面积的图形之间的比率。图形之间的比例大小不仅在于图形本身的大小，还包括图形本身所含信息量的大小。比例越小越显得画面稳定与安静，如图 7.2.26 所示；比例越大则表现出画面的强烈视觉冲击效果，如图 7.2.27 所示。图片根据版式的需要分布在版面中，应该注意图片与图片之间的关系。一般把用于传达主要信息的图片放大，其他次要的图片缩小，可以使整个版面结构清晰、主次分明。

　　图片在版面中的分布影响版面的视觉效果，有些图片由于在版面中分布得过于杂乱，版面也会显得杂乱无主体。统一图片分布，可以使版面显得整齐。

图7.2.26　图片比例与分布（一）　　　　　　　图7.2.27　图片比例与分布（二）

（二）图片的组合

　　图片的组合就是把多张图片安排在同一个版面上，在编排的过程中要注意主次安排，其主要形式表现为文字与图片的组合、图片与图片的组合，如图7.2.28、图7.2.29、图7.2.30所示。

图7.2.28　图片的组合（一）　　　图7.2.29　图片的组合（二）　　　图7.2.30　图片的组合（三）

（三）图片的去底与特写

　　图片的去底，简单地说就是去掉图片的背景，使图片中的主体独立呈现的一种方式。去底图形的特点是简洁单纯、生动感人、效果鲜明而强烈。图片去底不仅可以去除多余复杂的背景，使画面主体更突出，而且可以更和谐地与整个版面设计元素相结合，形成整体、和谐的视觉效果。去底后的图片，画面空间感更强，版面平衡协调，如图7.2.31、图7.2.32所示。

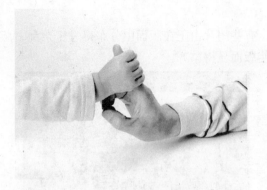

图 7.2.31　图片的去底与特写（一）　　　　　图 7.2.32　图片的去底与特写（二）

（四）图片的应用与编排

图片是能带给版面生命的重要构成元素，无论是整个版面的重要点还是次要点，图片在传达和交流信息中都起着很关键的作用，在视觉表现上也是很重要的因素。图片在版式设计中占有很大的比重，具有强烈的视觉冲击力。难怪现在有人说当今世界是一个"读图时代"。图片能具体而直接地传递信息，使原本事物成为强烈的诉求画面，更具创造性，吸引人们的注意，是重要的视觉元素。

图片可以以多种方式被运用到版式设计当中，下面我们就从图片的位置、面积、数量、组合、方向、关系等方面来了解图片的排列方式。

1. 图片的位置

图片在版面中的位置直接影响到版面的构图布局，版面中的上下左右及对角线的四角都是视觉的焦点，如图 7.2.33、图 7.2.34 所示。根据视觉焦点合理编排图片，可以使得整个版面主体明确、层次清晰，具有强烈的视觉冲击力。

图 7.2.33　图片的位置（一）　　　　　　　图 7.2.34　图片的位置（二）

2. 图片的面积

图片的面积直接影响着整个版面的视觉传达效果。一般把用于传达主要信息的图片放大，其他次要的图片缩小，使整个版面结构清晰，主次分明。图片面积越大，视觉度、图版率越高，因而其感染力、张力、亲和力就强。图片面积小给人拘谨、静止、趣味弱的感觉，但与大图片相配合，则有精致、点缀、呼应、对比、变化的作用，如图 7.2.35、图 7.2.36所示。

图 7.2.35 图片的面积（一）

图 7.2.36 图片的面积（二）

3. 图片的数量

版面中图片数量的多少也直接影响到阅读者的兴趣。如果一个版面上没有一张图片，会使整个版面变得枯燥无趣。添加几张图片就增添了版面的跳跃率，使原本无趣的画面恢复活力，变得生动而具有层次，如图 7.2.37、图 7.2.38 所示。但是，图片的多少不能随心所欲，要根据版面需求进行编排设计。

图 7.2.37 图片的数量（一）

图 7.2.38 图片的数量（二）

4. 图片的方向

图片的方向性主要表现为图片本身的画面元素影响着整个版面的视觉效果。图片的方向可以通过图片上人物的姿势、视线等来获得，如图 7.2.39、图 7.2.40、图 7.2.41 所示。所以在选择图片的时候，应该注意到版式的需要，具有方向性的图片如果采用视觉效果向外的编排方式，会给人没有重心的散乱印象。

图 7.2.39 图片的方向（一）

图 7.2.40 图片的方向（二）

图 7.2.41 图片的方向（三）

5. 图片的上下关系

在编排图片时，还应该注意图片的上下位置关系。关于这一点，在版式设计中也有一些禁忌。比如在处理纵向编排的较多人物图片时，应该特别注意其上下关系，必须考虑人物的职位与年龄的问题。一般年长的人物头像放在偏上的位置，画面显得合理自然，如果颠倒两者的上下关系，就会显得不礼貌。

（五）图片与文字的搭配

图片与文字是版面中主要的编排元素，通常不会以单独的形式出现。在版面设计过程中，注意图片与文字的组合排列方式是非常重要的。在图片与文字的混排过程中，常常会出现一些版面编排的问题，以下介绍几种常见的问题。

1. 注意图片与文字间的距离关系

文字说明是与图片内容相关的文字，在版面中与图片的对应必须明确。因此在编排设计时应注意文字与图片间的距离。正确的编排方式为：文字编排在图片的下面，距离关系明确，具有说明图片的作用，让人一眼就能分辨出画面中的文字属于哪张图片的解释说明。如果文字与图片的间隔距离相同，很难分辨出那段文字是哪张图片的信息说明，造成版面混乱、信息含糊。因此在图文混排的版面中，文字与图片间距离是很重要的。

2. 注意图片与文字的统一

在图片与文字编排的版面中，应注意版面的协调、统一感。文字与图片作为版面中重要的构成元素，其版面的一致性直接影响着整个版面的视觉效果。因此在版式设计中，应将文字与图片的宽度统一起来，避免版面中的所有元素都采用同样的编排形式，那样会给读者造成阅读时的疲劳感，在统一中求变化是版式设计的要点。在统一图片与文字的编排过程中，应避免不彻底的处理方式造成的版面散乱。

3. 注意图片与文字的位置关系

在版面编排的过程中，应注意图片与文字的位置关系，不能损坏文字的可读性。如果将图片编排在一段文字的中间，就会打断文字的阅读节奏，使整个版面失去连续性，给读者的阅读顺序造成障碍。可以考虑将图片编排在文字段落的句首或者句尾的位置上，避免打乱版面的阅读流程。可以看出，图片的编排应在不妨碍视线流动的基础上进行，以免造成版面的混乱，给人视觉不流畅的感觉。

4. 注意对图片中文字的处理

在版面中，文字是信息传达的主要元素，在文字与图片的混合编排中，文字往往起着解释图片的作用。

四、色彩元素

对色彩元素的偏爱是人类最本能、最普遍的美感，它对观赏者的影响是最为直接的。因此，在版式设计中，色彩元素给人造成的视觉冲击力也是最为直接、迅速的。

（一）色彩元素的选择与取舍

色彩元素是一种特定的语言，每种色彩都包含一定的象征意义。通过色彩的刺激，引起情感作用，它往往同观念、情绪、想象与意境等联系，形成一种特定的知觉，这便是色彩心理。

1. 色彩心理的认识

色彩的象征意义具有世界性。尽管由于民族、地域、宗教、信仰的不同有一定差异，但其表达的色彩心理给人的感觉是共通的。

红色：是火与血的颜色，最引人注目。象征热情、朝气、喜庆、幸福；另一方面又象征危险、俗艳等。在色彩的配合中常起对比调和的作用，是警觉点缀之色。如图7.2.42、图7.2.43所示。

图7.2.42 红色的心理认识（一）

图7.2.43 红色的心理认识（二）

橙色：如图7.2.44所示，是秋天收获之色，象征温暖、快乐、健康与活泼。它是色彩中最温暖的颜色，强烈而又华美；另一方面又使人有俗气、刺眼的感觉。

图7.2.44 橙色的心理认识

黄色：如图7.2.45、图7.2.46所示，黄色是明度最高的颜色。黄色具有灿烂、辉煌以及如太阳一样的光芒，是象征照亮黑暗的智慧之光；黄色发出的金色光芒，洋溢着喜悦与轻松的气氛，同时还具有欢快、祥和的感染力，是骄傲的颜色。

图7.2.45 黄色的心理认识（一）

图7.2.46 黄色的心理认识（二）

绿色：是大自然植物之色。象征青春、平静、安全与舒适，如图7.2.47所示；与黄色相配明快清新，如图7.2.48所示；与蓝色相配更柔和宁静，如图7.2.49所示。

图 7.2.47　绿色的心理认识（一）　　　　图 7.2.48　绿色的心理认识（二）

图 7.2.49　绿色的心理认识（三）

　　蓝色：天空、大海之色。象征和平、安静、坚实与理智，如图 7.2.50 所示；另一方面有消极、寒冷、压抑之感，如图 7.2.51 所示。蓝与红、黄共组为三原色。

图 7.2.50　蓝色的心理认识（一）　　　　图 7.2.51　蓝色的心理认识（二）

　　紫色：象征高贵、优美，给人神秘、浪漫、温和之感，如图 7.2.52 所示；另一方面又有暗淡、阴沉、恐怖之感，如图 7.2.53 所示。如果运用得当，能产生新颖别致的效果。

图 7.2.52　紫色的心理认识（一）　　　　图 7.2.53　紫色的心理认识（二）

黑色：如图 7.2.54、图 7.2.55 所示，是明度最低的非彩色。象征力量与庄严，神秘与时髦；另一方面又意味罪恶与冷漠，黑暗与恐惧。是版面设计中运用最广的颜色。

图 7.2.54　黑色的心理认识（一）　　　　　图 7.2.55　黑色的心理认识（二）

白色：表示纯粹与洁白。象征朴素、纯洁与高雅，如图 7.2.56、图 7.2.57 所示；作为非彩色，与其他色构成明快的对比调和关系，如图 7.2.58 所示。

图 7.2.56　白色的心理认识（一）　　　　　图 7.2.57　白色的心理认识（二）

图 7.2.58　白色的心理认识（三）

灰色：表示浑浊与灰暗，象征沉闷、悲伤、孤独；灰的意象又具有高级感与科技感，含蓄而有品位，如图 7.2.59、图 7.2.60、图 7.2.61 所示。不同层次的灰在与其他色配合中，能够起很好的衬托作用。

图 7.2.59　灰色的心理认识（一）

图 7.2.60　灰色的心理认识（二）

图 7.2.61　灰色的心理认识（三）

2. 色彩表现的形式

色彩能增强版面的感染力，更能刺激人的视觉神经，加强艺术魅力。根据色彩的语言特征，版面设计中色彩的构成往往有三种表现形式。

（1）直接表现——根据版面中对象随类赋彩，成为版面中主色，如图 7.2.62 所示。是版面设计中最基本的表现形式。

图 7.2.62　色彩的直接表现

（2）间接表现——创造信息的某种情调，运用色彩心理，以色彩的象征语言渲染气氛、给人联想，如图 7.2.63 所示。间接表现是一种写意手法的表现，可使版面给人遐想的空间，增强传递效果。

（3）色彩的强化——在版面中以最强烈、最刺激的色彩构成画面，以提高色彩的知觉度，迅速吸引读者的视线，如图 7.2.64 所示。

图 7.2.63　色彩的间接表现　　　　　　　　　图 7.2.64　色彩的强化

（二）色彩的创意与强调

色彩作为版面的设计要素之一，其视觉传递的作用在创意中往往得到加强。

1. 整体色调——色调是由配色的色相、明度、纯度和面积关系决定的，如图 7.2.65、图 7.2.66 所示。

图 7.2.65　色彩的整体色调（一）　　　　　图 7.2.66　色彩的整体色调（二）

2. 点缀色——在同质的色中，加上局部不同质的色，形成视觉重点，如图 7.2.67、图 7.2.68所示。

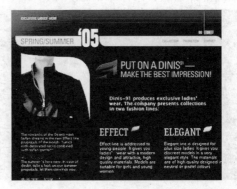

图 7.2.67　点缀色（一）　　　　　　　　　图 7.2.68　点缀色（二）

3. 虚实的衬托——以图像中某主色或近似色作为版面中的主要色块，以含混的虚色烘托和加强主题图象，增添版面的立体性，如图 7.2.69、图 7.2.70 所示。

图 7.2.69　虚实衬托（一）　　　　　　　　图 7.2.70　虚实衬托（二）

4. 抽象意念——色彩可以传达意念，即使是复杂抽象的信息，将色彩符号化也会使信息更易理解和阅读，如图 7.2.71、图 7.2.72 所示。

图 7.2.71　抽象意念（一）　　　　　　　　图 7.2.72　抽象意念（二）

5. 黑白灰的创意——塑造版面明快、大方、理性的内涵。黑白灰尽管是非彩色系，但通过加强创意，同样能创造版面的独特个性，如图 7.2.73、图 7.2.74 所示。

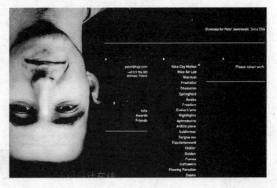

图 7.2.73　黑白灰的创意（一）　　　　　　图 7.2.74　黑白灰的创意（二）

五、留白

版式设计中的留白，是一种有效的画面处理方法，是画面中存在的一种"气场"，将画面中各构成要素协调统一在一起，从而表现出一种完整性。这一画面处理方法如果运用巧妙的话，可以成为设计中最突出、最令人瞩目的地方。它所传达出来的信息有时比实体的画面视觉元素还要丰富、吸引视线。对画面版式留白所产生的虚空间的合理运用受到了许多设计者的关注，如图7.2.75、图7.2.76、图7.2.77所示。设计师把这种画面处理手法引入到版式设计中，可以更好地提升和强化作品的传达效果，加强作品的格调情趣，增强作品的意蕴美，使版面获得最佳的画面表现效果。

图7.2.75　留白设计（一）　　　　图7.2.76　留白设计（二）　　　　图7.2.77　留白设计（三）

第三节　版式设计的视觉流程

版面设计的视觉流程是一种"视觉空间的运动"，是版面空间的各元素引导视线阅读的运动进程。

一、单向视觉流程

单向视觉流程使页面的流动更为简明，直接表达主题内容，有简洁而强烈的视觉效果。其版面为三种方向关系：

（1）竖向视觉流程——坚定、直观的感觉，如图7.3.1所示；

（2）横向视觉流程——给人稳定、恬静之感，如图7.3.2所示；

（3）斜向视觉流程——以不稳定的动态引起注意，如图7.3.3所示。

图7.3.1　竖向视觉流程　　　　图7.3.2　横向视觉流程　　　　图7.3.3　斜向视觉流程

二、曲线视觉流程

曲线视觉流程不如单向视觉流程直接简明，但更具韵味、节奏和曲线美。曲线流程的形式微妙而复杂，可概括为弧线开"C"和回旋形"S"，弧线形具有饱满、扩张和一定的方向感，如图 7.3.4、图 7.3.5 所示；回旋形两个相反的弧线则产生矛盾回旋，在平面中增加深度和动感，如图 7.3.6 所示。

图 7.3.4　曲线视觉流程（一）

图 7.3.5　曲线视觉流程（二）

图 7.3.6　曲线视觉流程（三）

三、反复视觉流程

反复视觉流程指相同或相似的视觉要素做规律、秩序、节奏的逐次运动，如图 7.3.7、图 7.3.8、图 7.3.9 所示。其运动流程不如单向、曲线和重复流程运动强烈，但更富于韵律和秩序美。

图 7.3.7　反复视觉流程（一）

图 7.3.8　反复视觉流程（二）　　　　图 7.3.9　反复视觉流程（三）

四、导向视觉流程

　　通过诱导元素，主动引导读者视线沿一定方向顺序运动，由主及次，把画面各构成要素依序串连起来，形成一个有机整体，使重点突出、条理清晰，发挥最大的信息传达功能。编排中的导线有虚有实，表现多样，如文字导向、手势导向、形象导向及视线导向等，如图 7.3.10、图 7.3.11、图 7.3.12 所示。

图 7.3.10　反复视觉流程（一）

图 7.3.11　反复视觉流程（二）　　　　图 7.3.12　反复视觉流程（三）

五、重心视觉流程

　　重心是视觉心理的重心，可理解为：其一，以强烈的形象或文字独据页面某个部位或完全充斥整版，其重心的位置因其具体画面而定。在视觉流程上，首先是从页面重心开始，然后顺沿形象的方向与力度的倾向来发展视线的进程；其二，向心、离心的视觉运动，也是重心视觉流程的表现。重心的诱导流程使主题更为鲜明突出而强烈，如图 7.3.13、图 7.3.14所示。

图 7.3.13　重心视觉流程（一）

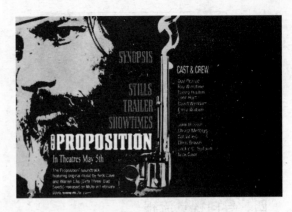

图 7.3.14　重心视觉流程（二）

六、散构视觉流程

散点视觉流程指页面图与图、图与文字间呈自由分散状态的编排。散状排列强调感性、自由随机性、偶合性，强调空间和动感，追求新奇、刺激，常表现为一种较随意的编排形式。面对自由散点的页面，我们仍然有阅读的过程，即：视线随页面图像、文字或上或下或左或右地自由移动阅读。这种阅读过程不如直线、弧线等流程快捷，但更生动有趣。这正是页面刻意追求的轻松随意与慢节奏，如图 7.3.15、图 7.3.16 所示。

设计视觉流程的导读应注意理性与感性、方向关系的流程与散构关系的流程。方向关系的流程强调逻辑，注重版面清晰的脉络，让读者感觉似乎有一条贯穿版面的"主题旋律"，细节与主题犹如树干树枝一样和谐，方向关系流程较散构关系的流程更具理想色彩。

每个版面都有各自不同的视觉导读流程，无论导读流程清晰单纯，还是散乱含糊，都是设计师的风格体现，是设计师编排技巧的能力标志。

有什么样的视觉导读，就有什么样的版面结构，视觉流程决定了板式风格。视觉流程和版式风格的综合体，就是设计师的个人设计魅力所在。

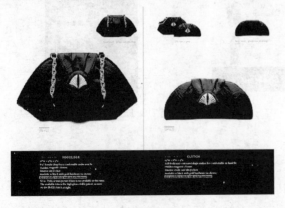

图 7.3.15　散构视觉流程（一）

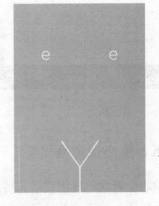

图 7.3.16　散构视觉流程（二）

第四节　版式设计的形式法则

一、重复与交错

在排版设计中，不断重复使用的基本形或线，它们的形状、大小、方向都是相同的。重复使设计产生安定、整齐、规律的统一。但重复构成的视觉感受有时容易呆板、平淡、缺乏趣味性的变化，因此，我们在版面中可安排一些交错与重叠，打破版面呆板、平淡的格局，如图7.4.1、图7.4.2所示。

图 7.4.1　重复与交错（一）

图 7.4.2　重复与交错（二）

二、对称与均衡

两个同一形的并列与均齐，实际上就是最简单的对称形式。对称是同等同量的平衡。对称的形式有以中轴线为轴心的左右对称；以水平线为基准的上下对称和以对称点为源的放射对称；还有以对称面出发的反转形式。其特点是稳定、庄严、整齐、秩序、安宁、沉静，如图7.4.3、图7.4.4所示。

图 7.4.3　对称与均衡（一）

图 7.4.4　对称与均衡（二）

三、对比与调和

对比是差异性的强调，对比的因素存在于相同或相异的性质之间。也就是把相对的两要素互相比较之下，产生大小、明暗、黑白、强弱、粗细、疏密、高低、远近、硬软、直曲、浓淡、动静、锐钝、轻重的对比，对比的最基本要素是显示主从关系和统一变化的效果。调和是指适合、舒适、安定、统一，是近似性的强调，使两者或两者以上的要素相互具有共性，如图 7.4.5、图 7.4.6 所示。对比与调和是相辅相成的。

图 7.4.5　对比与调和（一）

图 7.4.6　对比与调和（二）

四、节奏与韵律

节奏与韵律来自于音乐概念，正如歌德所言："美丽属于韵律。"韵律被现代排版设计所吸收。节奏是按照一定的条理、秩序、重复连续地排列，形成一种律动形式。它有等距离的连续，也有渐变、大小、长短，明暗、形状、高低等的排列构成。在节奏中注入美的因素和情感，就有了韵律，韵律就好比是音乐中的旋律，不但有节奏，更有情调，能增强版面的感染力，开阔艺术的表现力，如图 7.4.7、图 7.4.8、图 7.4.9 所示。

图 7.4.7　节奏与韵律（一）

图 7.4.8　节奏与韵律（二）

图 7.4.9　节奏与韵律（三）

节奏是均匀的重复，节奏是延续轻快的感觉。韵律是通过节奏的变化而产生的，变化太多失去秩序感，也就破坏了韵律的美，变化太少则单调而失去韵律感，节奏和韵律可以使我们产生轻松、优雅和激烈、奔放之感。

五、比例与适度

比例是形的整体与部分以及部分与部分之间数量的一种比率。比例又是一种用几何语言和数比词汇表现现代生活和现代科学技术的抽象艺术形式。成功的排版设计，首先取决于良好的比例：等差数列、等比数列、黄金比等。黄金比能求得最大限度的和谐，使版面被分割的不同部分产生相互联系。

适度是版面的整体与局部与人的生理或习性的某些特定标准之间的大小关系，也就是排版要从视觉上适合读者的视觉心理。比例与适度，通常具有秩序、明朗的特性，给人一种清新、自然的新感觉，如图 7.4.10、图 7.4.11、图 7.4.12 所示。

图 7.4.10 比例与适度（一）

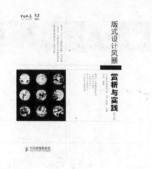

图 7.4.11 比例与适度（二）

图 7.4.12 比例与适度（三）

六、突变与统一

变化与统一是形式美的总法则，是对立统一规律在版面构成上的应用。两者完美结合，是版面构成最根本的要求，也是艺术表现力的因素之一。变化是一种智慧、想象的表现，是强调种种因素中的差异性方面，造成视觉上的跳跃。

统一强调物质和形式中种种因素的一致性，最能使版面达到统一的方法是保证少量的版面构成要素，而组合的形式却要丰富些。统一的手法可借助均衡、调和、秩序等形式法则，如图 7.4.13、图 7.4.14 所示。

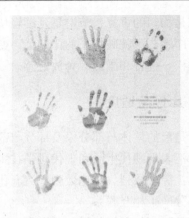

图 7.4.13　突变与统一（一）　　　　　　　　图 7.4.14　突变与统一（二）

七、虚实与留白

中国传统美学上有"计白守黑"这一说法。是指编排的内容是"黑"，也就是实体，斤斤计较的却是虚实的"白"，也可为细弱的文字、图形或色彩，这要根据内容而定，如图 7.4.15 所示。

留白则是版中未放置任何图文的空间，它是"虚"的特殊表现手法。其形式、大小、比例、决定着版面的质量。留白的感觉是一种轻松，最大的作用是引人注意。在排版设计中，巧妙地留白，讲究空白之美，是为了更好地衬托主题，集中视线和造成版面的空间层次，如图 7.4.16 所示。

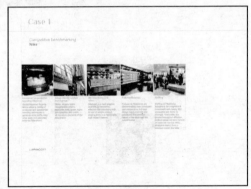

图 7.4.15　虚实与留白（一）　　　　　　　　图 7.4.16　虚实与留白（二）

第五节　版式设计的网格系统

网格是现代版式设计中要重要的基本构成元素之一。应用网格可以将版面的构成元素点、线、面协调一致地编排在版面上。随着版式设计的计算机化进程，网格在版式设计中越来越受到重视，已成为艺术院校平面设计的必修课程。下面我们来了解一下网格在版式设计中的重要性。

一、什么是网格

网格是用来设计版面元素的一种方法，主要目的是帮助设计师在设计版面时有明确的设计思路，能够构建完整的设计方案。网格可以让设计师在设计中考虑得更全面，能够更好地把握页面的空间感与比例感。

在版式设计中，可以将版面分为一栏、二栏、三栏或多栏，然后将文字各图片编排在栏中，使版面具有一定的节奏感，给人视觉上的美感，如图 7.5.1、图 7.5.2 所示。网格设计在实际版式设计中具有严肃、规则、简洁，朴实等版面艺术风格。但是，在进行版式设计的时候，如果没处理好网格，就会给整个版面带来呆板的感觉。

图 7.5.1　版面的网格（一）

图 7.5.2　版面的网格（二）

二、网格在版式设计中的重要性

网格在版式设计中有着约束版面的作用，其特点是强调了比例感、秩序感、整体感、时代感与严肃感，使整个版面具有简洁、朴实的艺术风格，成为版式设计中的主要设计手法。在版式设计中，网格可以体现理性的、稳定的视觉效果，起到稳定画面的作用，给人稳定、信赖的感觉。下面将分析网格在编排版面信息时的作用，了解其重要特征。

（1）网格具有版面需求性

网格作为版式设计中的重要构成元素，为版面提供了一个框架，使整个设计过程更轻松、灵活，同时也让设计师能更简单地确立版面风格。运用网格能使整个页面具有活力，能够有效地编排版面中一些不起眼的元素，使整个版面产生戏剧性的变化，具有视觉冲击力，让人在阅读的时候能够体会到版式设计的风格，如图 7.5.3、图 7.5.4 所示。

图 7.5.3　网格的版面需求性（一）

图 7.5.4　网格的版面需求性（二）

（2）网格具有组织信息的功能性

组织页面信息是网格的基本功能体现。在现代设计中，风格的运用方式变得更加进步、精确，从以前简单的文字编排到现在的图文混排，网格的运用使整个版面中的图文编排具有规律性特征，如图7.5.5、图7.5.6所示。

图 7.5.5　网格的组织信息性（一）

图 7.5.6　网格的组织信息性（二）

（3）网格具有阅读的关联性

在版面设计中，设计师有很大的自由空间编排版面元素，但是人们阅读版面中图片和文字信息的方式决定了版面中有一部分内容更容易吸引人们的注意，视觉冲击力更强。在一个版面中，有"中心"区域与"外围"区域之分，设计师可以利用对此的认识来编排版面中关键元素的位置。网格设计给页面带来清晰的"流动感"，使人们的视线从标题移动到图像，再移动到文本，最后移动到图片说明文字，如图7.5.7、图7.5.8所示。

图 7.5.7　网格的阅读关联性（一）

图 7.5.8　网格的阅读关联性（二）

三、网格的类型

在版式设计中，网格主要表现为对称式网格和非对称式网格两种。

1. 对称式网格

所谓对称式网格，就是版面中左右两个页面结构完全相同，有内页边距和外页边距，而且外页边距要比内页边距大一些。对称式网格是根据比例创建的，而不是根据测量创建的。对称式网格的作用是组织信息、平衡左右版面。下面我们来学习怎么区分对称式栏状网格与对称式单元格网格，分别了解它们在版式设计中的作用。

（1）对称式栏状网格

对称式栏状网格的主要作用是组织信息以及平衡左右页面。根据栏的位置和版式的宽度，左右页面的版式结构是完全相同的。对称式栏状网格中的"栏"指的是印刷文字的区域，可以使文字按照一种方式编排。栏的宽度直接影响文字的编排效果，可以使文字编排更有秩序，使版面更严谨。但是栏也有一些不足之处，比如，字号变化不大，会使整个版面的文字缺乏活力，使版面显得单调。

对称式栏状网格分为单栏网格、双栏网格、三栏、四栏、甚至多栏网格等。下面我们了解一下不同的对称式栏状网格对版面产生的影响。

1）单栏对称式网格。在单栏对称式网格版式中，文字的编排显得过于单调，容易使人产生阅读疲劳。单栏对称式网格一般用于文字性书籍如小说、文学著作等，如图7.5.9所示。因此，在单栏对称网格版式中，每行文字一般不要超过60个字。

图7.5.9　单栏对称式网格

2）双栏对称式网格。这种网格结构能更好地平衡版面，使阅读更流畅。双栏对称式网格在杂志版面中运用十分广泛，但是版面缺乏变化，文字的编排比较密集，画面显得有些严肃，如图7.5.10所示。

图7.5.10　双栏对称式网格

3）三栏对称式网格。将版面分为三栏，这种网格结构适合信息文字较多的版面，可以避免每行字数过多造成阅读时的视觉疲劳感。三栏对称式网格的运用使版面具有活跃性，打破了单栏的单调感，如图 7.5.11 所示。

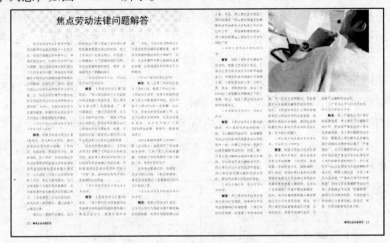

图 7.5.11　三栏对称式网格

4）多栏对称式网格。这种网格结构适合于编排一些有关表格形式的文字，比如联系方式、术语表、数据目录等，不适合编排正文，如图 7.5.12 所示。

	A 级别	B 标题	C 位置宏	D 分隔线	E FaceID	F
1	级别	标题	位置宏	分隔线	FaceID	
2	1	&MyMenu	10			
3	2	Wi&zards				
4	3	Wizard Number &1	DummyMacro		384	
5	3	Wizard Number &2	DummyMacro		90	
6	3	Wizard Number &3	DummyMacro	TRUE	181	
7	2	&Tools				
8	3	Tools Number &1	DummyMacro		109	
9	3	Tools Number &2	DummyMacro		353	
10	2	&Printing				
11	3	Printing Number &1	DummyMacro		323	
12	3	Printing Number &2	DummyMacro		338	
13	3	Printing Number &3	DummyMacro	TRUE	209	
14	2	&Charts				
15	3	Charts Number &1	DummyMacro		337	
16	3	Charts Number &1	DummyMacro		170	
17	2	&Minimize	DummyMacro	TRUE	327	
18	2	Ma&ximize	DummyMacro		20	
19	2	&Help		TRUE		
20	3	&Help Contents	DummyMacro		116	
21	3	&More Help	DummyMacro		134	
22	3	&About	DummyMacro	TRUE	365	
23						

图 7.5.12　多栏对称式网格

（2）对称式单元格网格

采用对称式单元格网格编排版面，是将版面分成同等大小的单元格，再根据版式的需要编排文字和图片。这样的网格结构具有很大的灵活性，可以随意编排文字和图片。在编排过程中，单元格之间的间距可以自由调整，但是每个单元格四周的空间距离必须相等。版式设计中单元格的划分，保证了页面的空间感与规律性。整个版面给人规则、整洁、有规律的视觉效果，如图 7.5.13 所示。

图 7.5.13 对称式单元格网格

2. 非对称网格

非对称式网格是指左右版面采用同一种编排方式，但是并不像对称式网格那样严谨。非对称式网格结构在编排过程中，可以根据版面需要，调整网格栏的大小比例，使整个版面更灵活、更具有生气。

非对称式网格主要分为非对称栏状网格与非对称单元格网格两种。

（1）非对称栏状网格

非对称栏状网格是指，在版式设计中，虽然左右页面的网格栏数基本相同，但是两个页面并不对称，如图 7.5.14 所示。栏状网格主要强调垂直对齐，这样的排版方式使版面文字显得更整齐，更具有规律性。非对称栏状网格设计相对于对称式栏状网格更具有灵活性，版面更活跃。

（2）非对称单元格网格

非对称单元格网格在版式设计中属于比较简单的版面结构，也是基础的版式网格结构。有了单元格划分，设计师可以根据版面的需要，将文字与图形编排在一个或几个单元格中。非对称单元格网格结构，使文字编排灵活多样、错落有致、层次清晰。非对称单元格网格中较多地应用在图片编排上，使整个版面更生动，打破了版面的呆板无趣，如图 7.5.15 所示。

图 7.5.14 非对称栏状网格　　图 7.5.15 非对称单元格网格

3. 基线网格

基线网格是不可见的，但却是版面设计的基础。基线网格提供了一种视觉参考，可以帮助版面元素按照要求准确对齐，这种对齐的版面效果是凭感觉无法达到的。因此，基线网格构架版面的基础，为编排版面提供了一个基线，有助于准确地编排版面。

基线是一些水平的直线（洋红色），可以帮助编排文字信息，也可以为图片编排提供参考。基线网格的大小、宽度与文字的字号有密切关系，如字体的字号为 10 磅，行距为 2 磅，那么就要选择宽度为 10 磅的基线网格。版面中，蓝色线代表网格的分栏，页面是白色底。基线网格的间距根据字体的字号增大或者减小，以满足不同字体的需求。

基线网格具有交叉对齐的特征。交叉对齐指的是，文字对齐同一网格，并且不同层级的文字之间相互关联的一种对齐方式。在交叉对齐时字号的文字同样实现了对齐的效果，页面中采用了红色的网格线，它既是文字的编排线，也是文字的对称线。

4. 成角网格

成角网格在版面中也很难设置，因为网格可以设置成任何角度，成角网格发挥作用的原理跟其他网格一样，由于成角网格是倾斜的，设计师在编排版面的时候，能够以打破常规的方式展现自己的创意风格，如图 7.5.16 所示。

在设置成角网格角度的时候，要注意版面的阅读性特征，一般情况下，设计师出于对页面构图、设计效率和连贯性的考虑，成角网格通常只用一个或是两个角度，使版面结构与阅读习惯在最大程度上达到统一。网格与基线呈 45°角，这样的版面编排方式，可以使页面内容清晰、均衡、具有方向性。值得注意的是，向上倾斜的文字比向下倾斜的文字更方便阅读，如图 7.5.17 所示。

图 7.5.16　成角网格（一）　　　　　　图 7.5.17　成角网格（二）

四、网格在版式设计中的应用

网格的形式复杂多样，在编排版面的过程中，设计师发挥的空间很大，各种各样的编排结构都可能出现。网格设计的主要特征是，能够保证版面的统一性，在版式设计中，设计师根据网格的结构形式，能在有效的时间内完成版面结构的编排，从而快速地获得成功的版式设计。

（一）网格的建立

一个好的网格结构可以帮助设计师明确设计风格，排除设计中随意编排的可能，使版面统一规整。网格的建立不仅可以令设计风格更连续，还可衍生无尽的自由创作风格。在版式设计中，把网格作为一种关键的设计工具，可以采用栏状网格与单元格网格混排的形式编排版面。设计师可以利用两者的不同形式编排出灵活性较大、协调统一的版面。

　　如图7.5.18所示，网格采用四栏四单元格的方式。蓝色线条既是栏的分割线也是单元格的分割线，为文字和图片的编排提供准确的版面结构。网格不会影响整个版面的编排，反而会为编排版面提供明确的指导，引导设计师在版面设计中更好地编排文字与图片。合理地运用网格不仅使版面灵活多变，更能体现设计风格。

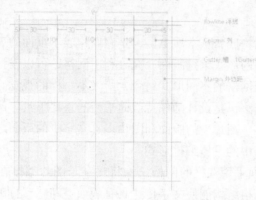

图7.5.18　网格的建立

　　通过以下两种方式可以创建网格。

　　（1）比例关系创建网格

　　利用比例关系，能够确定版面的布局与网格。德国字体设计师简安·特科尔德（Jan Tschichdd，1902~1974）设计过经典版式，是在长宽比例为2:3的纸张尺寸比例之上建立的。高度 a 与页面的宽度 b 是一样的，装订线和顶部边缘留白占整个版面的1/9。内缘留白是外缘留白的一半。假如跨页的两条对角线与单页的对角线相交，两个焦点分别为 c 和 d，再由 d 出发，向顶部页边做垂线，其交点 e 与 c 相连，这条线又与单页的对角线相交，形成交点 f，就是整个正文版面的一个定位点。

　　（2）单元格创建网格

　　在分割页面的时候，也可以采用8:13的黄金比例，可称做是斐波那契数列比例关系，如图7.5.19、图7.5.20、图7.5.21所示。在斐波那契数列中，每一个数字是前两个数字的和。在网格建立的过程中，我们可以利用这种特性来决定每一个单元格的大小，从而建立网格。在斐波那契数列中，5后面的数字是8，正好是外边缘的留白单元格数。8后面的数字是13，是底部留白的单元格数。以这种方式来决定正文区域的大小，可以在版面的宽度与高度比上获得连贯和谐的视觉效果。

$$a_n = \frac{1}{\sqrt{5}}\left[\left(\frac{1+\sqrt{5}}{2}\right)^n - \left(\frac{1-\sqrt{5}}{2}\right)^n\right]$$

图7.5.19　斐波那契数列通项公式

　　网格建立的主要目的是对设计元素进行合理有序的编排。它决定了图片与文字以及图表在版面中的位置以及比例关系。网格为文字编排创造了众多可能性，它可以对文字或者图片的编排起到指导作用。

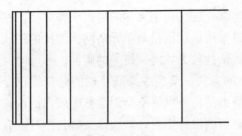

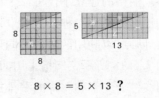

$$8 \times 8 = 5 \times 13 \text{?}$$

图 7.5.20　斐波那契数列间隔构成　　　　图 7.5.21　斐波那契数列网格

（二）网格的编排形式

版面由图像和文本元素构成，从本质上讲，是它们构成了页面的表现形式。在编排图像与文本时，常常会采用网格的形式编排版面，充分利用网格，可以设计出流畅并令人印象深刻的版面，文本与图形运用网格的不同形式组合，给人不一样的视觉心理感受。

网格版式设计的主要方法，是设计师保持版面平衡的重要工具。网格的构建形式以版面主要的需要而决定，文字多、图片少的版面和图片多、文字少的版面之间有很大区别。下面我们来看看网格在实际版面中的具体编排形式。

如图 7.5.22 所示，版面采用双栏的网格结构将文字与图片编排在版面中，因为文字信息较多，因此，运用双栏网格结构能使文字传达具有版面空间感，打破单栏的阅读疲劳感。

如图 7.5.23 所示，运用图片与文字的对比关系，采用非对称网格结构，使版面具有活跃的版面气氛，打破网格过于规整的视觉效果。

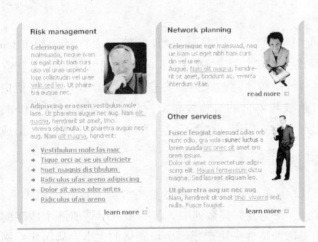

图 7.5.22　双栏网格版式　　　　　　　　图 7.5.23　非对称网格版式

在版式设计中，网格的编排形式主要分为以下几种。

（1）多语言网格编排

如图 7.5.24、图 7.5.25 所示，在版面中出现了多种文字的情况下，内容通常驱动着版面的编排方式，而不是仅仅凭创造性来编排版面。网格具有很大的灵活性，可以适应不同语言的文字。

（2）说明式网格编排

当版面中信息过于复杂，出现了若干个不同元素的时候，很容易造成阅读困扰。此时，可以通过网格的形式，对版面信息进行调整，如图 7.5.26 所示。图 7.5.27 的版面采用将图片放大，文字编排在图片下方的网格形式，使整个版面显得稳定、层次清晰。

图 7.5.24　多语言网格编排（一）

图 7.5.25　多语言网格编排（二）

图 7.5.26　说明式网格编排（一）

图 7.5.27　说明式网格编排（二）

（3）数量信息网格编排

　　网格的主要功能是加强设计的秩序感，在表现数据较多的表中，网格的编排运用十分重要。下面以一个记账薄为例，分析网格的结构形式。图 7.5.28 采用双栏的网格形式，将文字信息与数字清晰地编排在版面上，让人一目了然。

项目	本年累计数
一、主营业务收入	60000000
减：主营业务成本	41000000
主营业务税金及附加	200000
二、主营业务利润	18800000
加：其他业务利润	
减：营业费用	1750000
管理费用	3914000
财务费用	3024716.42
三、营业利润	10111283.58
加：投资收益	1664000
补贴收入	
营业外收入	
减：营业外支出	32000
四、利润总额	11743283.58
减：所得税	3743283.58
五、净利润	8000000
加：年初未分配利润	7500000
其他转入	
六、可供分配的利润	15500000
减：提取法定盈余公积	
提取法定公益金	
七、可供投资者分配的利润	15500000
减：应付优先股股利	
提取任意盈余公积	
应付普通股股利	
转作股本的普通股股利	
八、未分配利润	15500000

图 7.5.28　数量信息网格编排

第六节　版式设计的应用

一、报纸

版面设计随报纸诞生而开始。纸张的大小、印刷技术的变化、照相技术的演进，每一次技术进步都会对报纸版面设计带来影响。而现代印刷、照相与排版技术的突飞猛进，将现代报纸版面设计带领到一个全新的领域，它完全改变了传统的设计理念，将一种现代化的、工业流程似的设计思想推行到整个报纸版面设计的工作程序之中。

在设计报纸版面时不仅要根据本版的特点来确定风格，同时应与整张报纸风格一致，大到报纸定位，小到报头、刊头、字体，应做到变化统一。报纸版面作为报纸信息承载模式而存在，同时，报纸版面又作为报纸视觉风格的主要因素而存在。因此，报纸版面的设计分几个层面。

（1）文字传达的信息。这是报纸的主要内容，是要显在的、明确的，能够被读者清晰确认的。报纸版面设计的目的，首先是使这类信息能够清晰地传达给读者，使报纸内容易读，如图 7.6.1 所示。

图 7.6.1　报纸的文字信息传达

（2）图片传达的信息。报纸对大小不同图片的安排恰当与否，对版面的美观程度有直接影响。图片为新闻制造气氛，激发读者的阅读兴趣。如图 7.6.2 所示，报纸的图片已成为打破单调版面的手段，是帮助读者从一条报道转向另一条报道的阶石。

（3）隐藏信息的编排。强化或淡化处理某些文本和图片内容，以含蓄的方式传达编辑对新闻内容的态度或者观点，体现了编辑对新闻价值的判断、对新闻本身的挖掘。这类信息是隐藏的，读者不易察觉的，但会被潜移默化影响的。这类信息内容只能通过报纸版面设计来实现，例如头版新闻或头条新闻的安排、新闻图片大小的安排、标题字号的相对选择、文本框的处理等，如图 7.6.3 所示。

图 7.6.2 报纸的图片信息传达

图 7.6.3 报纸隐藏信息的编排

二、杂志

杂志的版面构成要素包括内文、标题、作者姓名、页码、页眉、刊名、期数、出版日期、篇名线框与空白、图片等。内页是指封面、封二、封底、封四以外的项目,由版心、页眉、页脚和页边白四部分构成,如图 7.6.4、图 7.6.5 所示。杂志期刊的特点是周期短、传播快。期刊总是在我们的视觉文化中扮演着重要的角色,它们是平面媒体,也是编辑和设计师共同劳动产生的图文结合体。大多数期刊都有固定的读者。一个好的设计师总是深谙新闻学和品牌定位,而一个好的编辑则应懂得图片设计的重要性,在这个宽泛的范围里再考虑明确的设计因素,如版面大小、网格、字体和细节,所有这些都促成了杂志的定位和视觉冲击力。同时由于期刊内容包括各方面资料,期刊的整体感以及风格是不可忽视的问题。

图 7.6.4　杂志版面设计（一）　　　　　　　　图 7.6.5　杂志版面设计（二）

三、书籍

　　书籍版面编排是文字编排设计的重要内容。书籍版面包括封面、护封、扉页、版权页、前言、目录、正文内页、文学插图、后记、参考文献等内容，是一个完整的体系，涉及文字、图片、段落、章节，乃至于页眉、页脚、页码等各种编排元素，如图 7.6.6 所示。

　　通过对文字的排列，字号、字体的选用，图片、图形的编排和栏目的划分来进行统一设计。设计师的任务就是合理运用上述构成要素，给予读者视觉和精神上的享受，如图 7.6.7 所示，目的是版面内容章节分明、层次清晰、和谐统一、富有节奏感。

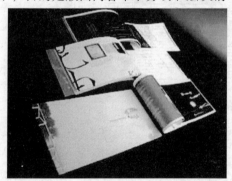

图 7.6.6　书籍版面设计（一）　　　　　　　　图 7.6.7　书籍版面设计（二）

四、宣传单

　　宣传册的目的是为了介绍产品、企业或者某项活动，采用图文参照的形式，有目的地分发给相应的目标人群，使他们对客户、产品和活动有比较详细的了解。宣传册应用的范围极为广泛，是平面设计的重要领域。大到国家的重要活动，比如申奥、世博会，小到一个咖啡馆，都通过这种形式和客户沟通。

　　宣传册设计集中了版面设计的各种因素，也是文字编排设计比较全面系统的应用。宣传册包括各种小册子，如产品目录、企业刊物、画册等，有前言、致辞，部门、各种产品、成果介绍，未来展望和介绍服务等，树立一个企业的整体形象，系统展现产品，如图 7.6.8、图 7.6.9、图 7.6.10 所示。

　　宣传册有封面和内页，像书籍装帧一样，既有封面的完整，又有内容的完整。正因为宣传册具有针对性强和独立的特点，因此要充分让它为商品广告宣传服务，应当从构思到形象表现、从开本到印刷、纸张都提出高要求，让消费者爱不释手，就像得到一张精美的卡片或一本精美的书籍妥善收藏，而不随手扔掉。

图 7.6.8　宣传册版面设计（一）

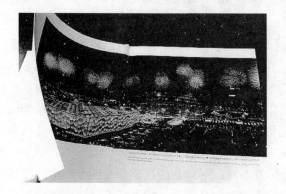

图 7.6.9　宣传册版面设计（二）　　　　　　图 7.6.10　宣传册版面设计（三）

五、网页

　　网页的版式设计同报刊杂志等平面媒体的版式设计有很多共同之处，它在网页的艺术设计中占据着重要的地位。所谓网页的版式设计，是在有限的屏幕空间上将视听多媒体元素进行有机的排列组合，将理性思维个性化地表现出来，是一种具有个人风格和艺术特色的视听传达方式。它在传达信息的同时，也产生感官上的美感和精神上的享受。

　　网页的版面设计主要从造型、视觉要素及版式构成类型几方面入手。

　　（1）版式设计的造型

　　网页版式设计常常借助多种形式的框架，规则的框架与不规则的框架，可见的框架与不可见的框架，同时还要与文字样式、色调等因素紧密联系起来，如图 7.6.11、图 7.6.12 所示。另外，网页界面设计不同于报纸、杂志等版面的设计，它是动态的、变化的版面。多数人的显示器分辨率为 800×600 像素或 1024×768 像素，我们设计版面时就应以 800×600 像素为标准，除去滚动条所占的 20 像素，安全宽度应控制在 780 像素以内，这样才能浏览到全部的横向页面内容；垂直方向上，页面是可滚动的，版面的长度一般不做限制。

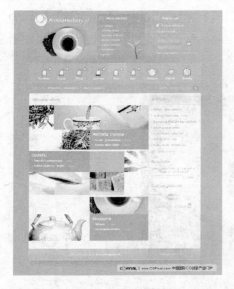

图 7.6.11　网页版面设计（一）　　　　　图 7.6.12　网页版面设计（二）

（2）点、线、面及留白处理

版面设计中，文字、图形图像根据其在画面中的大小、方向、排列可以视为点、线、面等构成要素，同时文字又有标题和正文之分，图片也有主次之分，所以在网页设计时都要加以考虑。图片与文字，还有动画这些信息都需要同时展示给观众，不加设计的简单罗列，往往会使人感觉粗制滥造，不愿继续停留，所以必须要根据主题内容的需要，将传递信息的图片和文字按照一定的次序和关系进行合理的编排和布局，如图 7.6.13 所示，使整个页面和谐统一，充满艺术性。

点、线、面、视觉中心、留白等元素所处位置不同，对观众的视觉和心理会产生的作用也不同。当设计主体处于版面的几何中心时，给人的感觉是平衡、稳重，不过相对就会显得呆板、缺乏灵活性；如将设计主体向一侧稍作偏移，既可打破了原有的稳定与平衡，形成一个动向，画面因此而造成不稳定趋势，这时需要在适当的位置添加平衡元素，使画面在变化中求稳定，如图 7.6.14 所示。

图 7.6.13　网页版面设计（三）　　　　　图 7.6.14　网页版面设计（四）

（3）常见的几种网页版式类型

在网页设计中较常见的网页版式构成类型主要有：水平分割式、垂直分割式、水平与垂直分割交叉式、斜线式、"S"曲线式、重复式等，如图 7.6.15 所示，水平分割的页面具有较强的视觉稳定性，给人平静、安定的感觉，观者的视线是水平流动的，一般是从左至右，遵从人的视觉习惯；如图 7.6.16 所示，垂直分割强调的是垂线的视觉冲击力，体现坚强、理智与秩序的感觉；如图 7.6.17 所示，水平与垂直分割交叉式分割，使页面平稳中求动感，纵横交错，富于变化；如图 7.6.18 所示，斜线、曲线形状的应用能够产生运动、韵律的动感，形成富有活力的视觉效果。多应用于青春、活泼、运动、娱乐类型的网页题材。

图 7.6.15　水平分割式网页版式设计

图 7.6.16　垂直分割式网页版式设计

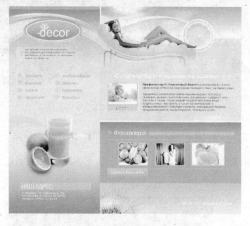

图 7.6.17　水平与垂直交叉式分割网页版式设计

图 7.6.18　斜线式网页版式设计

六、多媒体界面设计

随着多媒体技术的迅猛发展，人们开始认识到创设友好界面的重要性和必要性，人机交互界面的研究已经从某种从属地位升为一个专门的领域。将美的原则应用于界面设计可以加强界面的气氛、增加吸引力、突出重心、提高美感。多媒体节目界面设计就是指为了满足节目浏览需求而产生的对节目使用界面进行美化、优化、规范化的设计。具体包括主界面设计、分界面设计、按钮设计、导航面板设计、标签设计、图标设计、滚动条及鼠标状态设计等。界面设计有以下几个基本原则。

（1）用户原则。人机界面设计首先要确立用户类型。划分类型可以从不同的角度，视实际情况而定，如图 7.6.19、图 7.6.20 所示。确定类型后要针对其特点预测用户对不同界面的反应。

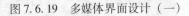

图 7.6.19 多媒体界面设计（一）　　　　　图 7.6.20 多媒体界面设计（二）

（2）信息最小量原则。人机界面设计要尽量减少用户记忆负担，采用有助于记忆的设计方案，如图 7.6.21、图 7.6.22 所示。

图 7.6.21 多媒体界面设计（三）　　　　　图 7.6.22 多媒体界面设计（四）

（3）帮助和提示原则。要对用户的操作命令做出反应，帮助用户处理问题。系统要设计有恢复出错现场的能力，在系统内部处理工作要有提示，尽量把主动权让给用户，如图 7.6.23、图 7.6.24 所示。

图 7.6.23 多媒体界面设计（五）　　　　　图 7.6.24 多媒体界面设计（六）

（4）媒体最佳组合原则。多媒体界面的成功并不在于仅向用户提供丰富的媒体，而应在相关理论指导下，注意处理好各种媒体间的关系，恰当选用，如图 7.6.25、图 7.6.26 所示。

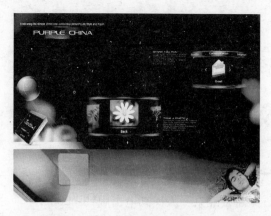

图 7.6.25　多媒体界面设计（七）

图 7.6.26　多媒体界面设计（八）

 思考题

1. 版式设计的定义？版式设计有哪些类型？

2. 版式设计中的构成元素有哪些？在版式设计时如何应用这些元素？

3. 掌握版式设计的视觉流程在设计中的应用。

4. 版式设计的形式法则有哪些？

5. 什么是网格？网格的类型有哪些？

6. 掌握网格在版式设计中的应用。

7. 掌握版式设计的应用。

参考文献

[1] 王朋娇．数码摄影教程．北京：电子工业出版社，2009.

[2] 宋雪岩．图像处理 Photoshop 7.0 入门与提高．北京：人民邮电出版社，2002.

[3] 时代科技编著．Photoshop 平面设计篇．北京：人民邮电出版社，2006.

[4] 【英】E.H 贡布里希著，林夕，李本正，范景中译．艺术与错觉——画面再现的心理学研究．湖南科学技术出版社，2009.

[5] 张明．打开认识世界的窗口——与错觉．北京：科学出版社，2004.

[6] 何雄飞．版式设计．武汉：湖北美术出版社，2006.

[7] 黄盛萍，苏秦，张凯．Photoshop 广告设计艺术．北京：电子工业出版社，2005.

[8] 肖蕾，江泓．版式设计精品解读．北京：电子工业出版社，2008.

[9] 赵艳霞，卢正明，徐天雪．Photoshop 经典设计实例精粹．北京：人民邮电出版社，2002.

[10] 锐艺视觉．Photoshop CS3 平面设计师就业实战教程．北京：中国青年出版社，2008.

[11] 陈青．企业形象设计之助手——VI 设计新模版西安：陕西人民美术出版社，2006.

推荐网站

1. 三视觉：http://www.3visual3.com/
2. 威客中国：http://www.vikecn.com/
3. 字体中国网站：http://www.zitichina.com/
4. 名片大世界：http://www.mpdsj.com/
5. 国外名片设计欣赏：http://www.nipic.com
6. 三联素材：http://www.3lian.com
7. 设计之家：http://www.sj33.cn
8. 在线书法字典大师：http://www.ooopic.com/zaixianshufa
9. PS联盟：http://www.68ps.com
10. 中华图网：http://www.cntuw.com
11. PS学习网：http://www.ps-xxw.cn
12. CC视觉论坛：http://www.spps.cc
13. 专业国外教程网：http://www.17ps8.com
14. http://www.sj63.com
15. 我图网：http://www.ooopic.com
16. http://www.behance.net
17. 昵图网：http://www.nipic.com
18. 我要自学网：http://www.51zxw.net
19. 红动中国：http://shejigao.redocn.com
20. 站酷：http://www.zcool.com.cn
21. 活力盒：http://www.olihe.com
22. www.japandesign.ne.jp
23. http://www.ottagono.com/default.asp
24. 视觉中国：http://www.chinavisual.com
25. 视觉同盟：http://www.visionunion.com
26. 猪八戒：http://www.zhubajie.com

后　记

又是一季充满期待的耕耘，走笔至此，始觉窗外梧桐深茂、芙蓉如梦。一本书的诞生，也如植物的生长与绽放，诚如容易却艰辛，需要作者潜心努力，更少不了大家的鼓励和扶持。

最当铭记、最应感谢的是《数码摄影教程》（第2版）的责任编辑张旭，是她从2001年开始带着我一步一步不辞劳苦地完成三部摄影教材的出版。字斟句酌之谨严，呕心沥血之殷切，今犹历历在目！正因《数码摄影教程》（第2版）得到读者的认可，才激励我完成此书。可惜斯人已逝，独余我遗泽绵长。每思及此，痛彻心髓。此书出版，挚友芳魂可稍得慰藉否？洒泪感恩。

对电子工业出版社基础教育分社，我也深怀谢忱。贾贺社长的关心与支持，给了我超越自己的契机；张贵芹和韩蕾编辑以精准的专业眼光给出很多建议，没有她们的鼓励和支持，或许我无法鼓起勇气把此书展现给读者。

编写过程中，我的学生们也给了我不遗余力的帮助。张晗进行了第四章案例的校对工作，盖帅查找了大量资料，吴永兴、朱丽泽、金鑫、林琳、李珍珠、周晓明、汪敏等进行了排版、校对等工作，在此一并致谢。

人近知天命之年，更容易惜时、惜身、惜福。我始终以为自己的很多福分来自于多年相交的朋友。虽然他们的名字没有出现在本书中，但正是在与他们的交流、合作中，激发了灵感，获得了鼓励，积聚了力量。这份情意，不是一个"谢"字所能全部传达，相信灵犀脉脉，彼此会有一种感通。

春生夏长，物华不负耕耘。藉此机会，也愿读者开卷开心。疏漏之处在所难免，一并就教于方家。

王朋娇

2011年7月于大连

反侵权盗版声明

电子工业出版社依法对本作品享有专有出版权。任何未经权利人书面许可，复制、销售或通过信息网络传播本作品的行为；歪曲、篡改、剽窃本作品的行为，均违反《中华人民共和国著作权法》，其行为人应承担相应的民事责任和行政责任，构成犯罪的，将被依法追究刑事责任。

为了维护市场秩序，保护权利人的合法权益，我社将依法查处和打击侵权盗版的单位和个人。欢迎社会各界人士积极举报侵权盗版行为，本社将奖励举报有功人员，并保证举报人的信息不被泄露。

举报电话：（010）88254396；（010）88258888

传　　真：（010）88254397

　E-mail：dbqq@phei.com.cn

通信地址：北京市万寿路 173 信箱

　　　　　电子工业出版社总编办公室

邮　　编：100036